KB274763

벽력십전

碧天十雷

신가 新무협 판타지 소설

벽천심뢰 5
신가 新무협 판타지 소설

초판 1쇄 찍은 날 § 2007년 8월 27일
초판 1쇄 펴낸 날 § 2007년 9월 7일

지은이 § 신가
펴낸이 § 서경석

편집장 § 문혜영
편집책임 § 서지현
편집 § 심재영

펴낸곳 § 도서출판 청어람
등록번호 § 제1081-1-89호
등록일자 § 1999. 5. 31
어람번호 § 제2-1280호

주소 § 경기도 부천시 원미구 심곡1동 350-1 남성B/D 3F (우) 420-011
전화 § 032-656-4452 팩스 § 032-656-4453
http://www.chungeoram.com
E-mail § eoram99@chollian.net

ⓒ 신가, 2007

ISBN 978-89-251-0877-3 04810
ISBN 978-89-251-0633-5 (세트)

新무협 판타지 소설 [완결]
신가
FANTASTIC ORIENTAL HEROES

벽전십뢰

碧天十雷

5

빛나는 열 줄기의 벼락

도서출판 청어람

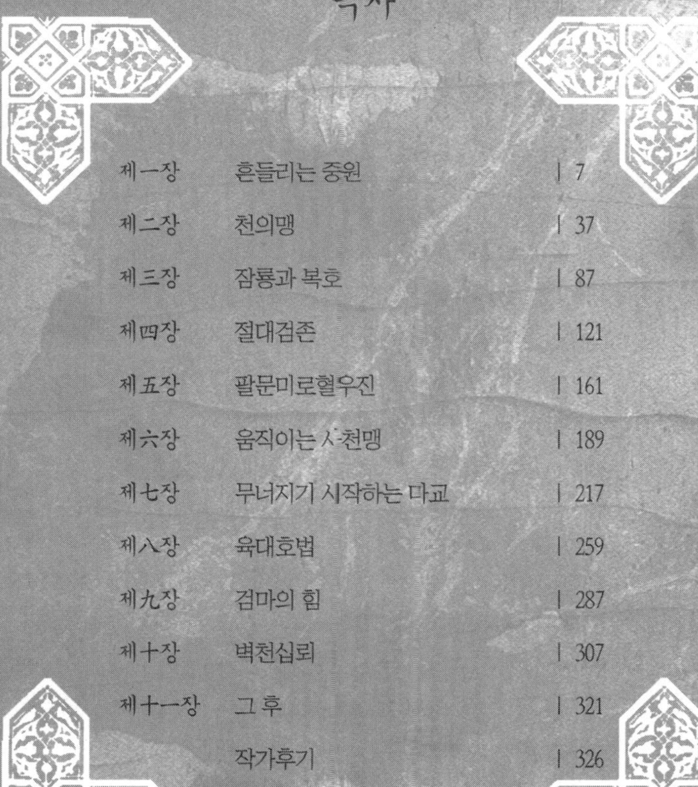

碧天雷

목차

第一章

흔들리는 중원

"사람이 아니야… 사람일 리 없어. 그래, 동방의 하늘에서 내려온 천신(天神)일 거야. 틀림없어…"

해동에서 온 백의의 사내. 한 번의 손짓에 열 개의 벼락이 떨어지고, 다로의 혈사는 그 앞에 침묵한다. 열 개의 벼락을 중원에 남겨두고 홀연히 떠났다.

그리고 오십년후. 다시금 중원이 어지러워지려 할 따 그의 후예가 중원으로 향한다.

푸른 하늘에 열 개의 벼락이 다시 떨어지는 순간 천하는 그 앞에서 무릎꿇으리라.

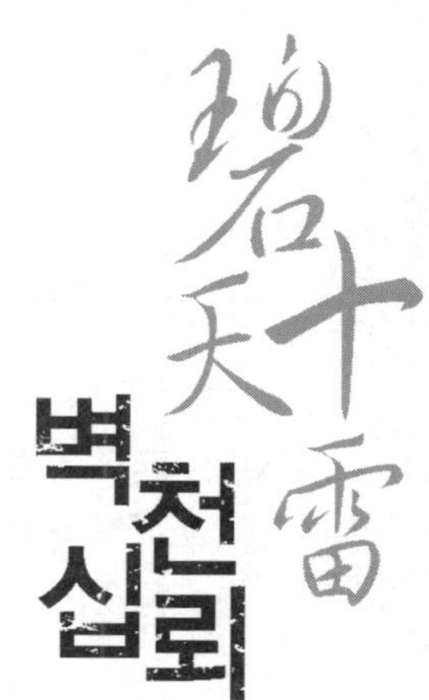

위청운은 언짢아하는 얼굴로 허겁지겁 들어온 잠영대주를
내려다보았다.

조금 전에 나갔던 사람이 다시 이리 갑자기 찾아올 일이 무
엇이 있단 말인가. 그 일 처리가 마음에 들지 않았다.

잠영대주는 그런 위청운의 표정이 눈에 들어오지 않는지
무릎을 꿇고 막 들어온 정보에 대해 보고했다.

"조금 전 잠영대를 통해 들어온 정보입니다. 도귀 어르신
께서 패했다 하십니다. 그리고 소수마녀께서도 부상을 입어
뇌룡아에 대한 추적에 실패하셨다 합니다."

잠영대주의 말이 끝나기 무섭게 정적이 찾아왔다.

위청운은 자신이 들은 말을 믿을 수 없다는 얼굴로 아래를 내려다보고 있었다.

귀연수 역시 이게 무슨 말도 안 되는 일이냐는 표정으로 서 있다. 그의 얼굴은 허탈해 보이기까지 했다.

"그게 무슨 말이냐? 도귀 호법이 당하다니?"

위청운의 목소리에는 은은한 분노마저 어려 있었다. 결코 있을 수 없는 일이 일어난 것이다.

"신환우라는 자입니다. 뇌룡아를 모으고 있는 동방신협의 제자. 도귀 어르신께서 그자와의 대결에서 패했다 합니다."

정확히 패한 것은 아니다.

도귀 손철야는 분명 환우와 더 싸울 수 있었다. 비록 그러기 위해서는 원정을 깨뜨려야 했지만 말이다. 하지만 소수마녀 천옥심은 패했다고 보고했다. 그녀의 눈에는 패한 것으로 보였다.

쾅!

요란한 소리가 울렸다.

그 소리와 함께 태사의의 오른쪽 팔걸이가 산산이 부서져 나갔다. 지금까지 그가 이토록 분노한 적은 없었다.

"그게 말이 되는 소리냐!!"

위청운의 일갈이 대전을 울렸다.

그는 지금 들은 소식을 믿을 수 없었다. 아니, 믿기 싫었다.

혈사자 구양천의 손에서 살아남은 것도 마음에 들지 않는다. 그런데 이번에는 도귀 손철야를 물리쳤다 한다. 그사이 더욱 강해졌다는 소리다.

있을 수 없는 일이다.

"그리고 공동에서 흘러나온 뇌룡아가 그자의 손에 들어갔다 합니다."

잠영대주는 위청운의 분노에도 자신이 보고할 것을 모두 마쳤다. 그의 보고에 따라 위청운의 두 눈에 맺힌 분노의 불길이 더욱 거세졌음은 말할 필요도 없었다.

"귀연수!"

"네."

분노에 찬 위청운의 부름에 귀연수는 허리를 숙였다. 그의 등은 땀으로 축축이 젖어들었다.

"이것이 가능한 일인가?"

분명 불가능한 일이다.

불과 몇 달 사이다. 그사이에 혈사자의 손에서 기적적으로 살아난 녀석이 이번에는 도귀를 눌렀다니 있을 수 없는 일이다.

그런데 일어났다.

"소수마녀님의 전갈이었습니다."

잠영대주는 그 말을 끝으로 입을 다물었다. 보고가 끝난 것이다.

다른 사람의 말도 아니고 소수마녀의 말이라 한다. 그러면 절대 허언은 아닐 터.

귀연수도 미치고 팔짝 뛸 노릇이다.

"면, 면목이 없습니다. 소인으로서도 도무지 어찌 된 일인지 알 수가 없습니다."

더군다나 이상한 점은 또 있었다.

도귀와 소수마녀는 분명 점창의 뇌룡아를 쫓고 있었다. 그런데 그들을 패퇴시킨 녀석이 공동의 뇌룡아를 가지고 가다니 그게 대체 무슨 말인가?

물론 점창의 뇌룡아를 천영비마 장로가 손에 넣었다가 잠룡은검의 손에 잡힌 것은 알고 있다.

귀연수가 이해할 수 없는 것은 점창의 것을 쫓는 경로로 이동하면 공동의 것이 이동하는 경로와는 만날 수 없는데도 불구하고 그놈이 공동의 뇌룡아를 손에 넣었다는 사실이다.

'젠장. 정파 놈들은 대체 일을 어떻게 진행시킨 것이냐!'

그의 계산이 이렇게 빗나갈 수도 있다니 굴욕이었다.

그에게는 도귀가 패했다는 사실보다도 자신의 예측이 틀렸다는 것이 더 크게 다가왔다.

"귀연수."

"네."

귀연수의 대답에 분노에 찬 눈으로 잠시 생각에 잠겼던 위청운이 입을 열었다.

"중원 정벌 계획을 더욱 앞당겨라. 이렇게 된 것 더 이상

앞뒤 잴 것 없다. 그냥 쓸어버리면 될 일이다. 놈이 아무리 발악해도 결국은 모두 우리 교의 손에 떨어지게 되어 있다.”

위청운의 두 눈이 살기로 번들거렸다.

그는 지금 몹시 흥분해 있었다.

조금 전만 하더라도 좀 더 신중히 중원을 정복해 나가는 계획을 귀연수와 세우고 있었다.

그런데 이렇게 갑자기 밀어버리다니.

그는 지금 환우에 대한 분노로 냉정을 잃고 있었다. 하지만 귀연수는 그 말에 입가에 미소가 걸렸다.

귀연수의 입장에서는 오히려 전화위복인 셈이다.

그렇지 않아도 위청운의 너무나 신중한 행보가 답답한 참이었으니 말이다.

“알겠습니다.”

귀연수가 대답했다.

“둘 모두 나가봐.”

그 대답을 끝으로 위청운은 두 사람을 물렸다.

넓은 대전에 높이 위치한 태사의에 위청운만이 홀로 앉아 있었다.

“놈!”

우지직.

위청운이 움켜쥔 태사의의 왼쪽 팔걸이가 으스러졌다.

                    *   *   *

마차는 쉬지 않고 곧장 달렸다.

더 이상 그들이 뒤를 쫓지 못한다는 사실을 알고 있었지만 마차는 멈추지 않았다.

한시라도 빨리 천의맹에 도착해야 한다는 무영개의 닦달에 치호는 채찍질을 더욱 빨리했다.

마차 안의 환우는 두 눈을 감고 명상에 잠겨 있었다.

환우는 도귀와 소수마녀로부터 벗어나고 얼마 안 있어 정신을 차렸다. 그리고 하루가 지났다.

정신을 차리자마자 명상에 들더니 아직까지도 그 상태다.

도귀와의 싸움은 환우에게 많은 것을 알려주었다.

활용편을 익힌 후 첫 실전이나 다름없는 싸움이었다. 그것도 육대호법 중 한 명인 도귀, 이미 초절정의 경지도 넘어섰을지 모르는 절대고수와의 싸움이었다.

환우는 활용편에서 익힌 모든 것을 펼쳐 볼 수 있었다. 그리고 그 속에서 부족한 것과 미진한 것, 무언가 잘못 이해하고 있는 것들을 느낄 수 있었다.

긴박한 상황에서 머리 한구석에 밀어두었던 것을 정신을 차리자마자 명상에 빠져 하나씩 채득해 가고 있었다.

이 순간에도 환우는 조금씩 강해지고 있었다.

환우가 명상에 잠겨 있는 옆에서는 임소민이 운공에 빠져 있었다.

자신이 펼칠 수 없는 초식을 무리하게 펼친 탓에 큰 내상을 입었다. 정신을 차리자마자 소민은 바로 운공에 들어 거의 하루를 저 상태로 있다.

단목휘경은 신기하다는 얼굴로 그런 두 사람을 보고 있었다. 어찌 먹지도 자지도 않고 저러고 있을 수 있단 말인가.

하지만 그저 신기하다는 얼굴로 보고만 있을 뿐 건드린다거나 그러지는 않았다. 무영개로부터 단단히 주의를 받았기 때문이다.

무영개는 급박히 달리는 마차의 지붕 위에 앉아 있었다. 이제 큰 위험은 넘겼음에도 혹시 모를 습격에 대비해 감각을 극대화시킨 상태다.

그것은 마부석에 앉아 있는 돌쇠 역시 마찬가지다.

형님이 정상적인 상태라는 것을 알자마자 그의 긴장감은 최고조에 달했다.

"허허, 설마 육대호법 중 두 사람을 상대해 낼 줄이야. 직접 보고서도 믿을 수가 없구만."

마차의 지붕에서 무영개가 중얼거렸다.

이미 하루가 지났건만 그는 전날 본 환우의 모습에서 받은 충격에서 헤어나지 못하고 있었다.

자그마치 도귀와 소수마녀다.

환우는 그런 둘을 상대하고도 멀쩡한 몸뚱이로 명상에 잠겨 있는 것이다.

"역시 그분의 제자라는 것인가. 허허. 동방탕아라니 말도 안 되는……."

무영개가 고개를 가로저었다.

"신 소협, 아니, 신 대협은 오늘부터 동방뇌룡(東方雷龍)일세."

그렇게 환우의 새로운 별호가 지어졌다.

"치호야, 어서 서두르자꾸나."

그 와중에 치호를 향한 재촉은 끊이지 않았다.

"네."

무영개의 말에 치호는 공손히 대답했다.

'으이구. 이 사숙이나, 저 사숙이나……'

그런 내심은 그의 머릿속에만 감춰둔 채 채찍질에 더욱 힘을 주었다.

*   *   *

두 자루의 용아천뢰검이 모두 무사하다.

그 소식은 빠르게 천의맹으로 들어갔다. 막도광의 일은 중간에 들른 마을에서 임충이 전서구를 통해 천의맹에 소식을 전했고, 환우의 소식은 무영개가 개방의 제자를 통해 전했다.

그 두 소식에 천의맹은 아주 오랜만에 분위기가 밝아졌다.

"허허, 설마 살아 있을 줄은 몰랐습니다."

"거기에 도귀를 쓰러뜨리다니요. 참으로 놀랍습니다. 과연 그분의 제자라는 것인가요."

"동방뇌룡이라는군요, 무영개 장로가. 그가 떨어뜨린 벼락은 흡사 오십여 년 전 그분의 그것을 보는 듯했답니다."

소천걸의 말에 좌중에 앉은 천의맹의 장로들은 고개를 끄덕였다.

이제 누구도 동방탕아라는 별호는 입에 올리지 않았다. 단지 환우와 안 좋은 일이 있던 무당의 무극 진인만이 못마땅한 얼굴로 있을 뿐이다. 그도 주변의 분위기를 고려했는지 크게 내색하지는 않았다.

"허, 참. 알 수 없는 일입니다. 그 같은 이가 그런 일을 해내다니요."

다만 화산의 장문인인 곽상만이 알 수 없다는 얼굴로 중얼거렸다. 하지만 아무도 그에게 동조해 주지 않았다.

사실 이 자리에 환우의 다혈질적인 모습을 본 이는 몇 되지 않는다.

기껏해야 무극 진인과 곽상, 불요 대사와 소천걸 정도가 전부다.

무극 진인은 캥기는 것이 있었기에 가만히 있었고 불요 대사와 소천걸은 환우를 좋게 보고 있었기에 슬며시 그 말을 무시했다.

결국 곽상의 말을 받아줄 이는 아무도 없는 것이다.

사실 다른 이들은 무림에 떠도는 소문만으로 환우를 판단하고 있었다. 그리고 이번 일로 그 판단을 완전히 바꾼 것이다.

"그러면 해동으로의 일은 어떻게 해야 할까요?"

곤륜의 장문인인 자미 진인이 입을 열었다.

그랬다.

용아천뢰검을 해동으로 보낸다는 계획은 환우가 죽었다는 사실에 기초해서 세워진 계획이었다. 그런데 당사자가 멀쩡히 살아 있다 하니 그 계획은 변경되어야 했다.

"그렇군요. 분명 변화가 있어야 할 것입니다. 아미타불."

자미 진인의 말에 맹주인 불요 대사가 동의했다.

"분명한 것은 그래도 해동에는 사람을 보내야 한다는 것입니다. 그가 굉장한 신위를 보였다 하나, 아직은 젊은이입니다. 불안한 마음이 드는 것이 사실입니다."

남궁세가의 가주인 남궁건원이 말했다.

그 말에 좌중에 앉은 이들은 모두 고개를 끄덕였다.

이 자리의 그 누구도 도귀를 꺾을 수 있다고 자신있게 말할 수 있는 사람은 없었다. 아니, 꺾지 못할 것이다.

그것을 환우는 해냈다.

분명 이 자리의 누구보다 강하다는 뜻이다.

그럼에도 그들은 불안했다.

젊음이라는 요소가 노회한 그들을 불안하게 만드는 것이
다.

"남궁 가주님의 말씀이 옳습니다. 그로서는 솔직히 부족함
이 많습니다."

당가의 가주 당서헌이 남궁건원의 말에 힘을 실어주었다.

"그러면 해동으로 사람을 보내는 일은 그대로 진행을 해야
겠군요."

불요 대사의 말에 서문황이 입을 열었다.

"그렇습니다. 굳이 용아천뢰검을 가지고 갈 필요가 없어졌
으니 오히려 더 빨리 사람을 보낼 수 있게 되었습니다. 현 중
원의 상황을 설명하고 도움을 요청하는 맹주님의 친서를 그
분께 보내는 것이 좋을 듯합니다."

서문황의 의견에 모두들 고개를 끄덕였다.

"그러면 그렇게 하는 걸로 하겠습니다. 소 방주께서 말씀
좀 잘해주십시오."

불요 대사의 말에 소천걸은 웃으며 대답했다.

"알겠습니다. 그렇지 않아도 맹에서 하릴없이 여기 기웃
저기 기웃 하는 모습을 보기 싫었는데 어서 보내야지요."

그랬다.

청풍개와 구지개는 곧 먼 길을 떠나야 한다는 핑계로 맹에
서 놀고먹으며 아무런 일도 하지 않았던 것이다.

소천걸로서는 그 모습이 못마땅했다.

마교의 발호로 가뜩이나 시끄러운 마당에 한 팔 거들 생각
은 하지 않고 놀고만 있으니 곱게 보일 리 없었다.

그 이후 몇 가지 사안을 더 논의한 후 천의맹의 수뇌부 회
의가 끝났다.

회의가 끝나자마자 소천걸은 곧장 청풍개와 구지개를 찾
았다. 서신은 불요 대사가 내일 아침에 전해주기로 했다. 그
러면 곧장 출발하면 될 터이다.

그것을 알리기 위해 두 사람을 찾는 것이다.

"네? 뭐라구요?"

"그게 무슨!"

소천걸의 말이 두 사람에게는 그야말로 마른하늘의 날벼
락이었다.

빈둥빈둥 잘 놀고 있는데 이 무슨 말인가, 내일 당장 해동
으로 떠나라니?

"그러면 내일 아침까지 맹주부로 오십시오."

소천걸은 그 말을 남기고 사라졌다.

청풍개는 그런 방주의 뒷모습을 허망한 얼굴로 바라보았
다.

"이게 어찌 된 일이냐?"

"그러게 말입니다."

구지개도 맥없이 대답했다.

'그래도 살아 있다니 다행이로구나.'

청풍개는 자신이 직접 중원으로 안내해 온 환우가 살아 있다는 말에 안도의 미소를 지을 수 있었다.

정말로 그렇게 명을 달리했다면 무척이나 괴로웠을 것이다.

*   *   *

가까운 마을에서 말을 산 이협수 일행은 무림맹이 있는 무창으로 쉬지 않고 달렸다.

빨리 가면 갈수록 좋았다.

그들의 품에는 용아천뢰검이 있지 않은가. 언제 다시 마교 놈들이 습격해 올지 모르는 일이다.

아직 이협수는 환우가 살아 있다는 사실을 몰랐다. 그랬기에 그의 얼굴은 딱딱하게 굳어 있었다.

임충은 그 옆에서 조용히 말을 몰았다. 그의 심사가 좋지 않음을 알기에 그저 갈 길을 재촉할 뿐이다. 그런 임충의 뒤로 혈도가 제압된 채 묶여 있는 막도광이 말에 앉혀져 있었다.

그의 얼굴은 침중했다.

자신이 어찌 될지 예상할 수 있기 때문이다.

소교주는 엄한 사람이다. 그리고 냉혹하다. 자신이 이렇게 천의맹 총단에 들어가게 놔둘 사람이 아닌 것이다.

언제 어디선가 분명 자신을 노릴 것이다.

이제 마교의 입장에서는 뇌룡아보다 자신의 제거가 먼저이리라.

자살할 수 있다면 하고 싶었다. 하지만 방도가 없었다. 그는 장로였기에 다른 밀정들처럼 입 안에 독단을 숨기고 다니지 않는다. 혈맥을 터뜨려 죽으려 해도 혈도가 제압당해 한 줌의 진기도 모을 수 없었다.

그저 묵묵히 잠룡은검에게 끌려갈 뿐이다.

"누구냐!"

그때, 선두에 있던 이협수의 입에서 일갈이 터져 나왔다.

그와 동시에 양옆의 숲에서 화살이 하늘을 새까맣게 덮으며 날아왔다.

한둘이 숨어 있는 것이 아니었다.

이협수가 느낀 것은 그들 중 일부였다. 이협수의 기감이 감지할 수 있는 범위 밖에 이미 많은 이들이 몸을 숨기고 있었다. 그리고 한 명이 발각되자마자 그들이 모두 총공격을 감행한 것이다.

"어딜!"

이협수가 말 등에서 뛰어올랐다. 어느새 그의 손에는 검이 쥐어져 있었다. 검은 눈부신 빛을 발하며 하늘에서 떨어지는 화살을 쓸어갔다.

그의 검에 잘린 화살들은 힘없이 바닥으로 쓰러졌다. 그럼에도 그를 향해 화살은 계속 쏟아졌다.

감히 가까이 접근은 못하고 멀리서 화살로 공격할 뿐이다.

이협수의 검의 움직임에 끊김이 없었다. 쉼없이 움직이며 하늘을 덮은 화살들을 베어갔다. 그 와중에 숨어서 자신들을 공격하는 이들의 기척을 찾고 있었다.

'서른 정도인가……'

화살을 쏘면서 접근한 것일까? 처음에 느꼈던 기척보다 훨씬 많은 이들이 근처에 매복해 있었다.

아무리 사람이 없는 길이라 하지만 이곳도 명색이 관도 중한 곳이다. 이런 곳에서 이렇게 대놓고 공격을 하다니 과연 마교라는 생각이 들었다.

임충은 창을 쥔 채 멍한 얼굴로 검을 휘두르는 이협수를 바라보았다. 자신도 화살을 쳐내기 위해 재빨리 창을 조립했지만 굳이 자신까지 나설 필요가 없었던 것이다.

이협수가 펼쳐 낸 검의 막을 뚫고 내려오는 화살은 없었다.

'엄청나다. 과연 잠룡은검.'

다시 한 번 이협수의 무위에 감탄했다.

'하지만 대체 저들은 어떤 이들인가? 평범한 활로는 이렇게 쏠 수 없을 텐데.'

임충도 이런 길 양쪽에 매복하기에는 매복하는 이들의 수가 한정된다는 사실을 알고 있었다. 그가 생각하는 최대한의 인원에 비해 자신들의 머리 위를 새까맣게 덮을 것 같은 화살의 수는 엄청났다.

어지간한 속사가 아니고는 이런 일은 불가능했다.

'잠영대로군. 날 죽이려 나섰어.'

막도광은 하늘을 덮은 화살을 보면서 대번에 어찌 된 일인지 알아차렸다. 이렇게 속사가 가능한 활은 흔한 것이 아니다. 오직 교에서 특별히 제작한 강노만이 가능한 일이다.

군부에서 알면 큰 사단이 벌어질 일이기에 마교에서도 특급 기밀에 속하는 병기다. 그런 병기까지 동원한 것으로 보아 자신을 반드시 죽일 것이다.

'훗. 그래도 내가 중하기는 중한 모양이군. 정파 놈들을 쓸어버리려고 개발한 병기까지 동원을 하다니.'

장로였기에 특급 기밀에 속하는 병기까지 알고 있는 막도광이다. 정파를 상대하기 위해 만든 병기에 자신이 먼저 희생되다니 가슴 한쪽이 쓰려왔다.

이협수는 그런 막도광의 변화를 알아차리지 못했다. 하늘에서 쏟아져 내리는 화살에 정신을 집중한 탓이다.

그때, 다른 화살보다 두 배는 굵어 보이는 화살 십여 개가 섞여 떨어졌다.

이협수는 그 화살의 존재를 확인했으나 다른 화살과 똑같이 쳐내려 했다.

그 모습에 막도광의 입가에 미소가 어렸다.

'후후. 잠룡은검이라 하더라도 어쩔 수가 없구나.'

막도광은 그 화살의 정체를 알고 있었다.

괜히 다른 화살들에 비해 두 배나 굵은 것이 아니다. 다른 장치가 되어 있는 것이다.

콰콰쾅!

이협수가 몸을 띄운 허공에서 거대한 폭음과 함께 불꽃이 피어올랐다. 폭발의 여파에 임충도 말에서 뛰어내려 땅을 굴렀다.

그랬다.

십여 개의 화살은 폭약이 장치된 화살이었던 것이다.

폭발과 함께 임충이 땅을 구른 그 순간 수십여 개의 화살이 막도광의 몸에 박혔다.

"큭. 결국은……."

짧은 한마디. 그 한마디와 함께 막도광은 숨을 거두며 말 아래로 떨어졌다.

"빌어먹을!"

이협수는 폭발에 휘말린 여파로 옷이 갈가리 찢어지고 봉두난발에 몸 이곳저곳이 상처투성이였다.

그럼에도 그는 자신의 몸에는 아랑곳하지 않고 눈을 뜬 채 명을 달리한 막도광의 시신만을 바라보았다.

너무 경솔했다.

저들이 장로씩이나 되는 인물이 순순히 적에게 넘어가게 둘 리가 없다는 것을 생각지 못했다. 마교라면 당연한 일인데 설마 자기들의 장로를 죽일 것이라 예상치 못한 것이다.

모두 자신의 경험이 적고 생각이 짧은 탓이다.

어쩌면 천의맹에 큰 정보를 줄 수도 있었던 인물을 이렇게 허망하게 놓쳐 버리다니. 씁쓸했다.

그리고 마교의 그 잔혹한 손속에 치가 떨렸다.

애초에 자신이 가진 용아천뢰검이 아닌 막도광의 목숨을 노린 것이리라.

그랬기에 그렇게 줄기차게 화살만 쏘아댄 것이다. 폭약까지 터뜨려 가면서 자신의 발을 묶었다. 제압되어 움직일 수 없는 막도광은 좋은 표적 그 이상도 이하도 아니었다.

그렇게 자신들의 목적을 달성한 잠영대의 인물들은 빠르게 사라졌다. 계속 이 자리에 있어봐야 이협수의 검 앞에 희생당할 뿐이라는 것을 그들은 잘 알고 있었다.

"어처구니가 없다고 해야 하나요, 과연 마교라고 해야 하나요? 설마 이런 일이 벌어질 것이라고는 생각도 못했습니다."

폭발의 여파로 여기저기 성치 못한 모습의 임충이 말했다. 그래도 그는 이협수에 비해서는 상당히 나은 모습이었다.

"젠장!"

임충의 말에 이협수는 세차게 발을 굴렀다. 땅에는 깊은 족적이 남았다.

"자네나 나나 너무 물렀어. 마교를 너무 우습게보았어."

스스로에게 분노한 목소리다.

"그래도 한 가지. 마교에 그렇게 무서운 병기가 있다는 것은 알았지 않습니까? 엄청난 속사가 가능하고 폭약까지 화살에 실어 쏠 수 있는 병기요."

임충의 말에 이협수가 고개를 끄덕였다.

겨우 삼십의 인원으로 자신의 발을 묶을 수 있을 정도의 수의 화살을 쏘아대다니. 보통의 병기로는 어림도 없는 일이다.

"이 정보라도 가지고 맹으로 가야겠습니다."

이미 세 마리의 말은 모두 죽어 있었다. 두 마리는 폭발의 여파로, 한 마리는 막도광을 노린 화살을 맞고 죽었다.

두 사람은 관도를 따라 걸음을 옮겼다.

*   *   *

환우는 여전히 눈을 감고 있었다. 그나마 달라진 점이라고는 식사 때는 눈을 뜨고 있다는 것이다. 환우가 눈을 뜨고 있을 때는 딱 그때뿐이다.

덕분에 환우가 식사를 하러 나온 때 조용할 수가 없었다.

단목휘경의 질문이 쏟아졌기 때문이다.

하지만 환우는 아무런 대답도 없이 묵묵히 식사를 한 후 다시 명상에 잠겼다. 그 모습에 단목휘경이 몹시나 분해했지만 환우는 아랑곳하지 않았다.

그저 그 모습을 지켜보는 이들만 쓴웃음을 지을 뿐이다.

이제 상당히 여유가 생겼다.

일단 소민이 내상을 완전히 다스렸다. 꼬박 사흘 동안 운공에 빠져 있었던 덕분이다.

소민이 내상을 모두 추스른 후부터 무영개의 긴장은 눈에 띄게 풀어졌다. 이제 믿을 만한 고수 한 명이 전력을 회복했으니 마음을 놓는달까. 그런 것이었다.

소민이 운공을 끝낸 후부터 다른 이들의 관심은 그녀에게로 향했다.

어찌 그렇지 않겠는가.

천하십대 고수 중 한 명인 쌍은의 복호비창이 그녀였으니.

특히나 치호의 놀람은 대단했다.

"설마 여협일 줄은 몰랐어요."

"크크크. 이놈아, 무공의 고수에 남자가 어디 있고 여자가 어디 있느냐. 그냥 강하면 되는 것이다."

무영개의 말은 일견 맞는 말이지만 무공에 대해 아는 이들이라면 대부분 틀렸다 할 것이다.

여성은 무공을 익히는데 있어 근골에서부터 남성에 비해 불리했다. 그런 여성이 천하십대고수에 이름을 올린다는 것은 보통 일이 아니다. 더군다나 창이라는 여성이 쉬이 다루지 못할 장병기를 가지고서 말이다.

"그렇지 않아요. 천하에 저보다 강한 분들은 많을 거예요."

"겸손도 지나치면 보기 안 좋아. 너는 충분히 강하다. 내가 예전에 보았을 때도 능히 천하에서 다툴 정도로 강했었는데 이번에 보니 더욱 강해졌더구나."

무영개가 웃으며 말했다.

하지만 그의 말에 소민은 쓴웃음을 지을 뿐이다.

사실 그녀도 나름대로 스스로의 무공에 자신을 가지고 있었다.

기련에 있을 때 종종 찾아오는 공동의 무인들 중 감히 자신의 창을 받아내는 이가 없었고 그것은 점창산에 와 있는 동안 점창파의 무인들 역시 마찬가지였다. 그런데 요 며칠 사이 그런 자신이 형편없이 깨졌다.

마교의 호법들이야 오랜 세월을 살아온 괴물이라 그렇다 하더라도 지금 마차 안에서 명상에 빠진 환우라는 청년은 대체 어떤 존재란 말인가.

도귀를 그렇게 패퇴시키다니.

"신 소협이 있는 걸요."

"흘. 마차 안의 저 녀석은 다른 존재야. 출발이 우리와 다르고 가는 길이 우리와 다르니 비교를 하면 안 돼지."

"네?"

무영개의 말에 소민은 알 수 없다는 얼굴로 그에게 되물었다. 그의 말에 치호 역시 진한 관심을 보였다. 그저 돌쇠만이 묵묵히 앉아 있을 뿐이다.

"내가 역마살이 심해 온 천하를 다녔지. 해동이라고 안 가 봤을 성싶으냐? 그분이 온 땅이기에 몇 번 가보았지. 그 땅의 무인들은 우리와는 걷는 길이 달라. 더군다나 신 소협은 그분 의 제자임에야 비교할 수가 없는 것이지."

무영개의 설명에도 소민은 쉬이 수긍할 수 없었다.

환우는 자신에 대한 이야기가 오가든 말든 더욱 깊이 명상 에 빠져들었다.

자신의 내면에서 환우는 수없이 용아천뢰검을 던졌고 수 없이 벼락이 내리쳤다.

그러면서 벼락의 움직임은 조금 더 정교해졌고 더욱 위력 있게 변했다. 그렇게 환우는 조금씩 강해지고 있었다.

도귀와의 싸움이 환우가 진정 껍질을 깨는데 커다란 계기 로 작용한 것이다.

치호로서도 사숙의 저런 모습은 처음이었다.

사숙이 수련하는 모습을 곁에서 지켜본 것이 어디 한두 번 이던가. 그중 저렇게 집중해 있는 모습은 처음이었다.

'눈을 뜨면 또 얼마나 강해져 있을까?

저렇게 명상과 수련을 한 후 환우는 항상 새로운 모습을 보 여주었다. 그것을 알기에 치호는 앞으로 사숙이 어떻게 변해 있을까란 생각에 가슴이 뛰었다.

"이제 조금만 더 가면 무창이다. 어서 부지런히 가자."

그랬다.

도귀 일행과 부딪친 후 상당한 시일이 흘렀다. 그동안 환우는 줄곧 명상만 한 것이다.

이제 천의맹이 있는 무창까지는 불과 이틀을 남겨놓고 있었다.

*   *   *

"크크크. 그래서 그 애송이 놈에게 그렇게 당하셨다? 크하하하하. 꼴이 아주 우습게 되었구나. 하하하."

구양천이 무엇이 그리도 좋은지 커다랗게 웃음을 터뜨렸다. 그 맞은편에는 손철야가 소태 씹은 얼굴을 하고 있었다.

이번에 뇌룡아를 회수하러 갔다가 실패한 이야기를 하는 중이었다.

실패한 것이 무에 자랑이라고 이야기할 것이냐마는 그들의 대형인 백리장호가 물었으니 어쩔 수 없었다.

구양천의 웃음소리만이 들렸다.

다른 다섯의 얼굴은 침중히 가라앉아 있었다. 그럴 수밖에 없는 것이 실제로 손철야가 그 애송이에게 패한 것이나 다름없었기 때문이다.

"철야가 그리 당하다니, 방심할 수 없는 놈이로구나."

백리장호의 말에 구양천이 웃음을 멈췄다.

"그래요. 게다가 아직 어려요. 앞으로 얼마나 더 강해질 것인지 알 수 없는 아이죠."

천옥심이 고개를 끄덕이며 백리장호의 말을 거들었다.

그랬다.

그들은 이미 백 년이 넘는 시간을 살아온 인물들이다. 이제 무공의 강함도 거의 그 벽에 부딪친 상태다. 하지만 놈은 아직 새파랗게 어린 녀석. 앞으로 어떻게 성장할 것인지 알 수 없었다.

"교에 큰 방해가 될 놈이로군."

백리장호가 담담히 말했다. 하지만 그의 표정은 그의 말과는 달랐다. 별다른 동요 없이 평안한 얼굴이었다. 다들 그의 표정이 이상하다는 생각을 했지만 오직 사도명만이 아무런 동요가 없었다. 그는 대형의 저 여유가 어디에서 오는지 이번 동행에서 알았기 때문이다.

"그러면 이번에 우리 호법들이 나선 일이 모두 실패로 끝난 것인가? 두 자루의 뇌룡아를 가지고 오기 위해 교를 떠났는데 한 자루도 찾지 못했으니."

"그 때문에 중원에 가 있는 소교주가 제법 상심했다 합니다."

사도명이 조심스레 말했다.

"그것보다는 손 형이 그 애송이에게 패했다는 것 사실에 무척이나 노했다 하더군요."

구양천과 함께 계속해서 교에 있었던 갈문호가 말했다. 그의 말에 손철야의 얼굴이 시뻘겋게 변했다.

"뭐, 소교주께서는 그놈을 숙적으로 생각하시는 것 같더군요. 해서 그리 노하셨다 합니다. 소교주께서 자신이 그놈보다 처지는 건 아닌가 하는 불안 때문에 말입니다."

손철야의 얼굴을 본 갈문호가 재빨리 뒤이어 말했다. 손철야는 소교주가 자신 때문에 노했다 오해하는 것 같았기 때문이다.

"그러실 수 있지. 소교주나 그놈이나 뇌룡아를 사용하니. 더군다나 그놈이 뇌룡아를 그리 능숙히 다룬다니……."

"대형, 혹 대형은 교주께서 뇌룡아를 다루는 모습을 보신 적이 있습니까?"

사도명이 백리장호의 말에 조심스레 물었다. 그러자 그는 쓴웃음을 지으며 고개를 저었다.

"벌써 수백 년 전에 교에서 사라진 수호신물이다. 오직 수호신공만이 남아 있을 뿐. 그러다가 오십여 년 전에야 그것의 존재를 확인했는데 어찌 내가 보았겠느냐."

"아!"

모두들 아는 사실이다. 그럼에도 묻다니 사도명은 스스로의 어리석음을 탓했다.

하지만 대형은 왠지 보았을 것만 같은 그런 느낌이 드는 것은 어쩔 수 없었다. 그랬기에 물었던 것이고.

"중원 총단에서 다른 연락은 없었느냐?"

“네. 우리에게는 없었습니다.”

백리장호의 물음에 구양천이 답했다.

“그러면?”

“각 전투 부대에 중원으로의 진격하라는 명이 내려졌습니다.”

구양천의 이어진 대답에 다른 호법들의 얼굴에 미소가 어렸다.

“드디어.”

“크. 그래, 들어갈 때가 되었지.”

“좀 늦은 감이 있어요.”

각자 중원으로의 침공 명령에 자신의 생각을 말했다.

“우리에게는 아무런 명이 없었다는 것은 알아서 하라는 뜻인가?”

“아무래도 그런 것 같습니다.”

사도명이 백리장호의 말에 답했다.

“그러면 움직여야지. 우리가 무엇을 위해 지난 세월간 이곳에서 숨을 죽이고 있었는데.”

그렇게 말하는 백리장호의 두 눈이 빛났다.

사도명은 처음으로 대형의 감정을 눈에서 읽었다. 탈마의 경지에 들어 모든 것에서 초연해졌다 생각했는데 그것이 아닌가 보다.

중원이라는 곳에 저리 눈을 빛내는 것을 보면 말이다.

"그렇다면 우리는 중원 총단으로 간다."

그 말을 끝으로 백리장호가 몸을 일으켰다.

그날 밤.

여섯의 인영이 옥문관을 넘었다.

第二章

천의 맹

사람이 아니야… 사람일리 없어. 그래, 동방의 하늘에서 내려온 천신(天神)일 거야. 틀림없어.

해동에서 온 백의의 사내. 한 번의 손짓에 열 개의 벼락이 떨어지고, 마교의 혈사는 그 앞에 침묵한다. 열 개의 벼락을 중원에 남겨두고 홀연히 떠났다.

그리고 오십년 후. 다시금 중원이 어지러워지려 할때 그의 후예가 중원으로 향한다.

푸른 하늘에 열 개의 벼락이 다시 떨어지는 순간 천하는 그 앞에서 무릎 꿇으리라.

이제 마차는 천천히 움직였다. 무창 근교에 들어서서 관도에 다니는 사람이 많아져 지금까지처럼 속도를 낼 수 없었던 탓이다.

일반인들이 다니는 관도를 이용했기에 천천히 움직였다. 그렇다고는 해도 오늘 안에 천의맹에 들어갈 수 있을 것이다.

"사숙."

"왜 그러느냐?"

마차를 몰던 치호가 지붕 위의 무영개를 불렀다.

"복호와 잠룡 중에 누가 더 강해요?"

"내가 보았을 때는 우열을 다투기 힘들었지. 그래서 쌍은이라 이름 지어준 것이고. 그건 갑자기 왜 그러느냐?"

"음… 잠룡의 기운이 더 강한 것 같아서요."

마차 안의 소민에게 드릴세라 치호는 조심조심 말했다. 아무리 작게 말한들 소민 정도의 고수라면 들을 수 있었다. 소민의 귀에 안 들리게 하려면 전음을 사용해야 옳았다.

마차 안의 소민의 표정이 미묘하게 변하는 것을 단목휘경은 똑똑히 지켜보았다.

단지 그녀는 치호의 말을 듣지 못했기에 소민의 갑작스러운 변화가 어리둥절할 뿐이다.

"그게 무슨 말이냐? 잠룡을 만나본 적이 있단 말이냐? 어떻게?"

치호의 말에 무영개가 치호를 향해 목을 길게 빼며 물었다.

"사숙이 예전에 저에게 말씀해 주셨잖아요. 기련에는 복호가, 융중에는 잠룡이 있다고요."

"내가 그랬었나? 원, 늙으니 기억이 가물가물해서."

치호의 말에 무영개가 머리를 긁적이며 말했다.

"네. 그래서 사숙과 함께 융중에 갔었어요. 그리고 이 대협을 만났지요."

"사숙?"

"환우 사숙이요."

"아!"

무영개는 이미 환우가 치호의 사숙이 된 사연을 치호에게서 들었다. 그럼에도 치호가 환우를 사숙이라 칭할 때마다 깜빡깜빡 했다.

"그때 느꼈던 이 대협의 기세와 임 여협의 기세를 비교해 보면 아무래도 이 대협의 기세가 좀 앞서는 것 같아서요."

"흥. 어찌 어린 소협이 그리 단언할 수 있죠?"

그때 마차 안에서 소민의 목소리가 울렸다. 그녀의 목소리에 치호는 찔끔한 얼굴을 했다.

조심한다고 했는데 다 들은 모양이다.

"녀석, 마차 안에 안 들리게 하려면 전음을 사용했어야지. 끌끌."

무영개가 혀를 차며 말했지만 이미 때는 늦은 터다.

"장 소협, 제가 납득할 수 있게 말씀해 주세요."

"그, 그것이……."

막상 소민이 채근하자 치호는 우물쭈물 제대로 대답하지 못했다.

무공이라는 무인에게는 민감한 사안이 나오자 소민의 목소리는 상당히 앙칼지게 변해 있었다. 그녀도 한 명의 무인으로 누군가에 비해 뒤진다는 소리를 듣는 것은 그다지 기분 좋은 일이 아닌 것이다.

그녀는 마차 안에 있었지만 그곳에서 쏘아져 나오는 기세가 자못 사나웠다.

"그만 기세 거둬, 아줌마. 치호 말이 맞으니까."

그때 치호를 구해준 것은 여태껏 눈을 감고 있던 환우였다. 식사 때를 제외하고는 줄곧 눈을 감고 있던 그가 드디어 눈을 뜨고 입을 열었다.

"뭐라고요?"

소민의 고개가 환우를 향해 휙 돌았다. 환우를 바라보는 그녀의 두 눈은 표독스럽게 빛나고 있었다. 환우가 말한 것 중 한 단어가 그녀의 신경을 거슬리게 한 것이다.

"아이 참, 오라버니는. 임 언니가 어디가 아줌마라는 거예요? 저보다도 어려 보이시는데."

그때 사태를 수습한 것은 단목휘경이다. 같은 여자로서 그녀는 소민이 어떤 말에 반응한 것인지 단번에 알아차린 것이다.

"어머, 애는. 무슨."

단목휘경의 말에 소민의 얼굴은 금방 풀렸다. 그리고 단목휘경에게로 시선을 돌리며 그녀의 어깨를 가볍게 두드렸다. 그래도 기분이 좋은 듯 보이는 얼굴이다.

그런 그녀의 변화에 환우는 어이가 없었다.

그렇다면 자신을 그렇게 노려본 것이 치호의 말이 맞다 해서 그런 것이 아니었다는 것 아닌가.

'하여튼 여자들은······.'

이미 그녀가 서른이라는 이야기를 들었다. 그런데 이제 스물이 되려 하는 단목휘경보다 어려 보인다는 말에 저리 좋아하다니.
　"욕심이 과해."
　"뭐얏?"
　그만 생각이 입 밖으로 나와 버렸다.
　"아니야, 아냐."
　환우가 고개를 흔들며 말했다.
　"쳇. 어려 보인다는 건 분명 네놈도 인정했던 거야."
　그랬다.
　두 사람이 처음 만났을 때 환우는 그녀가 어려 보인다면 그녀가 자신보다 나이가 많다는 것을 인정하지 않았었다. 소민은 똑똑히 그것을 기억하고 있었다.
　어려 보인다는 기분 좋은 말을 들었던 사실을 잊을 리가 없다.
　"됐어."
　두 사람이 느낀 유독 친밀한 느낌은 이제 서로가 서로에게 퉁퉁거릴 정도로 바뀌어 있었다.
　너무 친해져도 꼭 좋은 것은 아닌 것이다.
　"그것보다 아까 그 말은 무슨 말이지?"
　잠시 본론에서 엇나갔었다. 본디 그들이 하려는 이야기는 이것이 아니지 않았던가.
　"이 형이 더 강하다고."
　"뭐야?"

치호가 이 대협이라 부르는 것에서 환우가 이 형이라 한 사람이 잠룡은검임을 쉬이 짐작할 수 있었다.

"분명해. 내가 직접 부딪쳐 봤으니까. 이 형이 한 수는 앞서."

"인정할 수 없어."

"크. 누이와 이 형의 가장 큰 차이가 무엇인지 말해줄까? 누이는 홀로 수련을 했고, 이 형은 나와 비무를 하면서 수련을 했어. 홀로 하는 것에는 분명한 한계가 존재해."

그다지 말을 많이 나누지 않았는데도 환우는 소민을 누이라 부르고 있었다.

"그런……!"

소민은 인정할 수 없다는 얼굴을 하고 있으나 환우의 말이 옳은 면도 있었기에 딱히 반박하지 못했다.

환우는 깊은 눈빛으로 소민을 보며 단호히 말했다.

"분명히 그래. 못 믿겠음 한 번 찾아가서 비무해 보던가."

홀로 익히는 것의 한계.

그것은 환우가 얼마 전에도 경험했었다.

활용편의 무수한 절기들. 환우는 분명 모두 익혔다 생각했다. 하지만 손철야와 실전을 치르면서 그 생각은 틀렸다는 것을 깨달았다.

아직 자신은 활용편의 초입에 서 있었던 것이다.

그 한 번의 싸움으로 환우는 많은 것을 깨달을 수 있었다.

그 깨달음의 크기는 환우가 무창에 오는 내내 명상을 할 정도로 거대했다.

그리고 지금 환우는 그 거대함을 모두 자신의 것으로 만들고 두 눈을 떴다.

누구도 알아차리지 못했지만 환우의 검은 눈빛은 더욱 깊어져 있었다.

"얼마나 남았죠?"

소민이 불만 어린 얼굴로 입을 달자 환우가 천장을 향해 물었다.

"허허. 오늘 해질녘이면 도착할 것이야."

"이제 곧이군."

무영개의 대답에 환우가 고개를 끄덕였다. 이제 조금만 기다리면 천의맹에 도착할 것이다.

처음 무영개가 천의맹으로 가자 할 때 환우는 거부했었다. 자신이 굳이 그곳에 갈 이유가 없는 것이다. 자신은 천의맹과 아무런 연관이 없는 사람이다.

그런 환우를 무영개는 끈질기게 설득했다.

무영개 역시 환우가 중원에 온 이유를 알고 있었다. 달리 개방의 장로인 게 아니다. 게다가 이동 중에 개방 방도들에게서 여러 가지 정보를 받은 터다.

그는 점창파의 용아천뢰검이 천의맹을 향해 움직이고 있음을 알고 있었다.

결국 무영개가 생각한 수없이 많은 설득의 말보다 용아천
뢰검이 천의맹을 향해 움직이고 있다는 사실 하나가 환우의
마음을 돌리게 만들었다.

그런 소요 속에서도 치호는 변함없이 마차를 몰았고 무영
개의 말대로 해질 무렵에 천의맹의 정문을 볼 수 있었다.

환우가 그렇게 천의맹에 도착하기 하루 전.

이협수가 환우보다 한 발 먼저 천의맹에 도착했다. 임충과
이미 죽어버린 천영비마 막도광의 시신과 함께였다.

임충이 도착했다는 말에 점창의 장문인인 임도욱이 서둘
러 나왔다. 그의 뒤에는 다른 구파의 장문인들과 오대세가의
가주들이 함께였다.

그럴 수밖에 없었다.

지금은 해동으로 떠나고 없는 구지개의 입을 통해 점창에
서 용아천뢰검을 가지고 오는 이가 복호비창이라는 소문이
돌았기 때문이다. 게다가 중간에 마교의 장로 중 하나인 천영
비마를 잡았다는 소식도 왔었다.

다들 기대 어린 얼굴로 임충을 찾았다.

"허허허. 먼 길에 고생 많았다. 어서 오너라."

빠르게 달려나온 임도욱은 임충을 보자마자 인자하게 웃
으며 맞이했다. 자신의 조카가 복호비창이라니 이렇게 기쁜
일이 어디 있을까.

자신보다 무위가 낮은 것으로 알았던 조카가 이렇게 자신을 감쪽같이 속였다니. 평소라면 괘씸했을 일이지만 조카가 복호비창이라는 사실을 알고 나니 그것마저 비범해 보였다.

"아닙니다, 숙부님. 제가 큰일을 맡아 제대로 처리하지 못한 것이 그저 송구스러울 뿐입니다."

예상하지 못한 환대에 임충은 고개를 숙이며 말했다. 그로서는 부끄러운 뿐이다.

"한데 이분은……."

임도욱은 임충과 함께 있는 젊은이를 보면서 물었다. 동행에 관한 이야기는 듣지 못한 때문이다.

임충도 급히 서신을 보낸다고 미처 이협수에 대한 말은 넣지 못했다. 워낙 큰일들을 겪은 터라 정신이 없었던 것이다.

자신이 천영비마에게 용아천뢰검을 빼앗겼었다는 사실을 숨기고 싶은 내면의 심리가 아예 없었다고 할 수는 없었다.

임도욱의 시선은 이협수를 향한 반면 다른 이들의 시선은 그들의 뒤에 있는 관으로 향했다. 그들 두 사람의 뒤에 있는 작은 수레에 관이 올려져 있었다.

"아, 저를 도와주신 분입니다. 강호에 이름은 높으나 그 정체가 비밀에 가려진 잠룡은검 이협수 대협입니다."

임충은 숙부의 질문에 다급히 대답했다.

그의 대답에 모두의 얼굴에 경탄의 기색이 어렸다.

"오오!"

“그럴 수가!”

“호오! 잠룡과 복호가 함께라니!”

곳곳에서 경탄성이 흘러나왔다.

그중 마지막 말에 임충은 고개를 갸웃거렸다. 잠룡은 곁에 있지만 복호는 대체 어디에 있단 말인가?

복호는 지금 환우와 함께 마차를 타고 이동 중인 소민이었다. 하지만 이 자리에 모인 사람은 그 사실을 알 턱이 없었다.

“허허. 축하드립니다, 임 장문인. 조카 분께서 복호비창인 사실도 놀라운데 어찌 잠룡은검과 함께 맹을 찾았단 말입니까?”

곤륜의 장문인인 자미 진인이 한 발 나서며 축하의 말을 전했다. 그의 말에 임충은 어렴풋이나마 이들이 어떤 오해를 하고 있는지 알아차릴 수 있었다.

“저, 그게 무슨 말씀이신지…….”

임충이 조심스레 입을 열 때 여기 모인 이들 중 오직 한 사람, 공동의 장문인인 편수일만이 고개를 갸웃거리고 있었다.

임도욱의 조카라는 젊은이는 자신도 잘 아는 이다. 불과 일 년 전까지 기련산에서 누이와 함께 창을 수련하지 않았던가.

가진바 실력은 높았지만 그렇다고 복호비창이라 불릴 정도는 아니었다. 그것은 자신이 직접 확인한 사실이다. 가끔 기련산을 찾아 이들을 만났기에 잘 알고 있다.

그래서 이번에 장문 제자인 류운상을 일부러 점창산까지

보냈던 것이다.

저 아이를 임충의 누이에게 부탁을 하기 위해서였다.

류운상은 임충의 누이인 소민의 실력을 잘 모른다. 그저 장문인의 명이기에 따랐을 것이다. 아마 자신에 대해 불만이 많이 생겼었으리라.

만약 복호비창이라면 그 아이가 더욱 어울리는 실력을 가지고 있었다. 아이라 부른다지만 자신도 감히 감당할 수 없는 절대의 창법을 구사하는 여인이 소민이다.

'혹시?

그때 불현듯 그의 머리를 스치는 생각이 있었다.

복호비창이 꼭 남자라는 법은 없지 않은가? 처음 구지개에게 이야기를 들을 때는 당연히 남자일 것이라 생각한 것이 오산이다. 무영개의 괴팍한 성격을 볼 때 여자일 수도 있는 것이다.

단지 잠룡과 복호라고만 알려졌지, 남자인지 여자인지는 알려지지 않았으니까.

"충아."

편수일이 자신의 생각을 확인하기 위해 임충을 불렀다.

임충은 그제야 자신을 반기는 사람들 속에 공동의 장문인인 편수일이 있음을 발견했다.

"오랜만에 뵙습니다, 편 숙부님."

임충의 인사에 사람들이 의아한 얼굴을 했다. 임도욱의 조카라는 아이가 공동의 장문인인 편수일을 알고 있다는 것이 신기했던 것이다. 게다가 그는 편수일을 숙부라 불렀고, 편수일은 이 자리의 누구도 알지 못하는 그의 이름까지 알고 있었다.

"아, 소개가 늦었습니다. 이 아이의 이름은 충입니다. 임충이지요."

그제야 아직 조카를 사람들에게 소개시키지도 않았다는 사실을 떠올린 임도욱이 황급히 말했다.

"지금 우리들의 환대에 조금 당황했을 것으로 안다."

편수일의 말에 임충은 고개를 끄덕이며 말했다.

"네. 그렇습니다. 무언가 오해가 있는 듯싶습니다."

"내 생각도 그렇구나."

사람들은 두 사람의 대화에 귀를 기울였다. 이미 편수일이 어떻게 임충을 알고 있는지에 대한 의문은 저 멀리 날아가 버렸다. 그들의 대화가 훨씬 더 흥미가 있었기 때문이다.

"사실 네가 이곳으로 오기 전에 개방의 구지개 대협이 한 말이 있었다. 그의 스승이신 무영개께서 융중에는 잠룡이 기련에는 복호가 있다 하시면서 용은 오얏나무 아래에 잠들어 있고 호랑이는 수풀 아래에 엎드려 있다 하셨다더구나. 오얏나무는 이(李) 씨를, 수풀은 임(林) 씨를 뜻한다는 생각이 들었지. 게다가 네가 본디 기련에서 수련을 하지 않았느냐?"

"아!"

편수일의 설명이 거기까지 이르자 임충은 이제야 어찌 된 일인지 알 수 있었다. 자신의 수련의 목표였던 복호비창. 그가 설마 자신과 같은 성씨에 같은 장소에서 수련을 했다는 것은 참으로 놀라운 사실이다.

하지만 자신은 복호비창이 아니다. 그것은 누구보다 자신이 잘 알고 있다.

이미 잠룡은검의 실력을 본 터다. 자신이 그의 발끝에도 미치지 못한다는 것을 안 이상 그런 터무니없는 말을 믿을 리 없었다.

임충은 고개를 가로저었다.

"저는 복호비창이 아닙니다."

담담한 임충의 말에 이 자리에 모인 각파의 장문인들을 대경했다. 그들은 철썩같이 믿고 있는 사실을 정작 당사자가 부인 한 것이다.

"하지만 정작 쌍은 본인도 자신이 쌍은임을 모른다지 않았느냐? 무영개 어른께서 당사자들에게도 알리지 않으셨다는 것은 이미 알 만한 사람은 다 아는 이야기다."

임도욱이 황급히 말하며 이협수를 쳐다보았다. 그의 시선을 따라 모두 이협수를 바라보았다.

그러고 보니 이상했다. 본인도 모를 거라 했는데 저자는 어찌 스스로를 잠룡은검이라 칭한단 말인가. 그가 스스로를 그리 말하지 않았다면 임충이 그를 잠룡은검이라 소개할 이유가 없었다.

그들의 시선에 이협수는 쓴웃음을 지었다. 그들의 시선에 어린 의혹의 기운을 읽은 탓이다.

"사실 저의 목표는 잠룡은검이었습니다. 저도 제가 잠룡은검임을 몰랐지요. 그저 융중산에서 홀로 수련하던 저에게 찾아와 제가 잠룡은검임을 알려준 이가 있었습니다. 개방의 후개인 장 소협이지요."

이협수의 말에 모두들 고개를 끄덕일 수밖에 없었다.

"쳇. 치호 그 녀석."

이협수의 말에 소천걸이 나직이 투덜거렸다. 자신도 모르고 있던 쌍은의 정체를 알고 그리로 쪼르르 쫓아간 것이 못마땅한 탓이다. 치호는 환우와 함께 움직이니 필시 그를 데리고 갔으리라. 그것이 못마땅함의 근본 원인이었다. 사부에게도 알려주지 않은 것을 자신이 어거지로 떠넘긴 사숙에게 알려주다니 배신감마저 느껴졌다.

"저는 이곳으로 오면서 이 대협의 신위를 보았습니다. 천영비마를 잡은 것도 이 대협이십니다. 제 실력은 제가 잘 압니다. 이 대협의 실력과 견주었을 때 저는 보름달 앞의 반딧불만도 못합니다. 그런 제가 복호비창이라니 어림없는 소리지요."

임충의 설명에 모두들 납득했다. 그렇다면 임충이 복호비창일 리 없다. 임도욱은 유독 아쉬운 표정을 했다. 그는 진심으로 자신의 조카가 복호비창임을 믿어 의심치 않았었다.

자신은 적성에 맞지 않아 배우지 않은 가문의 창법. 그 창법이 천하의 일절로 인정받는 일이니 오죽하겠는가.

두 자루로 분리가 되는 이절창으로 펼치는 월영창법은 능히 절기라 부를 수 있는 창법이었다.

그렇게 이야기가 끝맺어지려는 찰나 편수일이 입을 열었다.

"그런데 기련에서 창을 수련하는 임 씨가 너 하나는 아니지 않느냐?"

"혹 누님을 말씀하시는 것입니까?"

편수일이 미소를 지으며 고개를 끄덕였다.

그가 하고 싶은 말은 명확했다. 바로 임충의 누이가 복호비창이라 말하고 싶은 것이리라.

"그럴 리 없습니다. 그 아이가 복호비창이라니요."

임도욱이 먼저 부정하고 나섰다. 자신이 아는 큰조카는 그리 높은 무공을 지니고 있지 못했다. 그것도 까마득한 옛이야기지만. 임충과 함께 점창으로 왔을 때 잠시 얼굴을 본 정도지만 그때 그는 그 아이에게서 무공의 흔적을 느끼지 못했었다.

편수일의 얼굴에 맺힌 미소는 더욱 진해졌다. 그들이 모르는 사실을 그는 알고 있었다.

임소민과 임충 남매의 아버지 임도창과는 호형호제하는

사이의 편수일이다. 어느 날인가 기련을 찾아 그와 술을 거나하게 마셨을 때 술에 취해 임도창이 한 말을 똑똑히 기억하고 있었다.

보통 때는 그러는 사람이 아닌데 유독 그날 가슴에 쌓인 한이 폭발한 모양이었다. 그날의 일은 편수일의 가슴에만 담겨 있었다.

남의 가문에 관한 일을 떠들어 좋을 것은 없었기 때문이다.

하지만 이제는 밝혀도 될 것이다.

무영개가 환우와 함께 공동의 용아천뢰검을 가지고 이곳으로 오고 있다는 전갈을 이미 모두들 받은 터다. 그렇다면 그 아이도 함께 있을 것이다. 게다가 내일이면 도착한다 하였다. 어차피 알려질 일, 자신이 알린다고 큰일 날 것도 없었다.

"이 대협, 실례인 줄 알지만 사문을 물어봐도 될까요?"

사람들의 시선을 받은 편수일은 뜬금없이 이협수의 사문을 물어보았다.

이협수는 그의 질문에 당당하게 말했다. 이제는 더 이상 숨길 이유가 없었다.

이미 천의맹을 향할 때 천검이가가 아직 살아 있음을 떳떳이 천하에 밝힐 생각이었다.

"천검이가입니다."

이협수가 담담한 얼굴로 말했다.

그의 대답에 일순간 침묵이 주변을 지배했다.

천검이가(天劍李家).

얼마만에 들은 가문의 이름인가!

오십여 년 전 멸망했다 알려진 중원이대검가가 아닌가. 이제는 남궁세가 홀로 남아 중원제일검가가 되었지만 오십여 년 전에는 분명 중원이대검가였다.

“오오. 천검이가의 후예라니!”

“과연!”

모두의 입에서 다시 한 번 감탄성이 터져 나왔다. 설마 그런 신분을 가지고 있을 줄은 누구도 몰랐던 것이다.

편수일은 예상했다는 듯 고개를 끄덕였다. 사실 그도 이협수가 천검이가의 후예라는 사실에는 무척에나 놀랐다. 어느 정도 예상은 했지만 그 정도일 줄은 몰랐던 것이다.

천하십대고수는 아무나 될 수 있는 것이 아니다. 분명 거기에 걸맞는 무언가가 있다. 그것은 임충 남매에게도 있었다. 그래서 무언가 있을 것이라 예상을 하고 이협수에게 물어본 것이다.

“과연 잠룡은검답군요.”

편수일이 진정 감탄한 얼굴도 말했다. 그리고 그가 본디 하려던 말을 이었다.

“그것은 복호비창 역시 마찬가지입니다.”

그의 말에 모두의 호기심이 그에게로 향했다. 그는 분명 다른 이들은 모르는 어떠한 것을 알고 있었다.

“누님에게 그런 것이 있단 말입니까? 저는 그런 이야기는 들은 적이 없습니다.”

편수일의 말에 가장 강한 반응을 보인 것은 당연히 소민의 동생인 임충이었다.

그의 누이가 익히는 것은 그와 같은 월영창법이었다. 다른 것이 있다면 그녀는 세 자루로 분리가 되는 삼절창을 사용한다는 정도였다.

임충의 말에 편수일은 미소를 지으며 계속 이야기했다.

“장문인의 자리에 오르기 전 기련산에 수련을 위해 들어갔다가 하나의 큰 인연을 맺을 수 있었습니다. 이 아이의 아버지이지요.”

그 말에 임도욱은 깜짝 놀랐다. 설마 편수일이 자신의 형인 임도창과 인연이 있을 줄은 몰랐던 것이다.

“그 인연이 이어져 의형제를 맺기에 이르렀습니다. 그리고 아주 우연히 형님의 무공에 얽힌 놀라운 사실을 들었지요. 지금까지는 함구해 왔습니다만 이제는 말해도 될 때가 된 것 같군요.”

모두의 눈에 기대가 어렸다.

또 어떤 놀라운 사실이 그들을 즐겁게 만들어줄 것인가에 대한 기대다.

“일인전승 임가비전 월영천강창.”

쿠쿵.

편수일의 한마디가 모두의 머리에 거대한 충격을 주었다.
특히 임도욱과 임충은 커다란 충격을 받았다.

월영천강창.

천하이대창법으로 불리는 천고의 절기이다. 그리고 이제
는 전설로 사라진 절기이기도 하다.

그것이 편수일의 입에서 흘러나온 것이다.

"천하이대창법으로 이름 높은 월영천강창법은 임가의 가
전 창법입니다. 그것도 장자에 한해서만 전수되는 일인전승
의 비전이지요. 하지만 워낙 심오한 무공이다 보니 완성을 한
이가 드물었습니다. 한데 이번 대에서는 그것을 완성할지도
모른다고 형님이 그러시더군요. 그 아이가 이 아이의 누이입
니다."

편수일의 말에 모두들 고개를 끄덕였다.

전설이 되다시피 한 월영천강창이라면 능히 쌍은의 이름
을 얻을 만했다.

"허어. 그럴 수가……."

임도욱이 허탈하다는 듯 중얼거렸다.

무언가 이상하다고는 생각을 했었다. 형님은 세 자루의 창
을 이용해 월영창법을 익혔고 자신은 두 자루였다. 그리고 그
것이 적성에 맞지 않아 검을 들었다.

형님의 두 조카도 각기 다르게 창을 익혔다. 소민이 창을
익히는 모습은 본 적이 없어 모르겠지만 충은 두 자루의 창을

사용했다. 형은 세 자루의 창을 익혔는데 조카가 두 자루의 창을 사용하는 모습이 의아하기는 했었다. 그런데 이런 가문의 비밀이 있을 줄이야. 그리고 그것을 다른 사람을 통해 알게 될 줄이야. 착잡했다.

편수일은 그런 임도욱의 심정을 짐작한 듯 그를 보는 시선이 무척이나 미안해했다.

"자자, 그러면 이만 안으로 들어가도록 합시다. 언제까지 이곳에서 이럴 겁니까?"

무당의 장문인 무극 진인의 말에 모두 정신을 차렸다. 임충을 맞이하러 나왔다가 의외의 사실에 너무 오랜 시간을 허비한 것이다.

그들이 들어야 할 이야기는 훨씬 많았다.

일단 생포했다던 막도광은 없고 그들이 가지고 온 관에 대한 이야기부터 말이다.

사실 그 관을 본 모두는 막도광이 죽었음을 짐작할 수 있었다. 마교가 그들의 장로가 순순히 천의맹에 들게 두지 않을 것이라는 사실은 모두 예상했던 바다.

예상은 했으되 대비하지 못한 것은 모두 그들의 뼈아픈 실책일 뿐.

"그게 정말입니까?"

회의실로 자리를 옮겨 이야기를 하던 중 이협수가 자리에서 벌떡 일어났다.

환우가 살아 있다는 말을 들은 후의 격앙된 행동이다. 모두들 그의 그런 행동을 이해할 수 없다는 눈으로 바라보았다.

"신 아우가 정말 살아 있단 말입니까?"

이어진 그의 말에서 그가 환우와 모종의 관계가 있다는 사실을 알아차렸다. 단지 소천걸만 그럴 줄 알았다는 얼굴을 하고 있을 뿐이다. 치호가 그를 찾아갔으니 당연 둘 사이에 사귐이 있었을 것이라 생각한 터였다.

"그렇습니다. 저희도 무척이나 놀랐지요. 얼마 전 들어온 소식에 따르면 내일이면 맹에 도착할 것입니다. 아미타불."

이협수의 물음에 불요 대사가 대답했다.

"다행입니다. 참으로 다행입니다."

이협수는 자신의 가슴을 움켜쥐며 자리에 앉았다. 내일이면 도착한다니 직접 전해주리라.

자신의 손으로 직접 전해주고 싶었다.

그리고 이어진 여러 가지 이야기에 장문인들은 경악했다. 그저 서신으로 들어온 소식과 직접 보고 겪은 임충의 이야기는 차원이 달랐다.

임충의 이야기가 이어질수록 장문인들의 얼굴에는 수심이 가득해졌다.

마교의 힘이 생각보다도 훨씬 강했다.

그렇게 하루가 지나고 저녁 무렵 환우가 도착했다.

"이곳이 천의맹인가?"

마차에서 내린 환우가 주변을 둘러보며 말했다.

그의 눈앞에서는 많은 사람들이 서 있었다. 낯익은 얼굴도 있고 그렇지 않은 얼굴도 있었다.

환우의 뒤를 이어 단목휘경과 소민이 마차에서 내렸고 치호와 돌쇠도 내렸다. 무영개는 진작에 마차의 지붕에서 뛰어내린 터다.

환우의 시선과 정파 명숙들의 시선이 얽혀들었다.

환우로서는 이곳에 오래 있고 싶은 생각이 없었다. 용아천뢰검을 가지고 이곳을 떠나면 그뿐이다.

"허허. 오랜만일세, 신 공자. 아미타불."

맹주인 불요 대사가 한 걸음 앞으로 나오며 말했다.

"오랜만에 뵙는군요, 대사님."

환우도 마주 인사를 했다.

"그래, 떠났던 일에는 성과가 있었는가?"

"뻔히 아시면서 그리 물으시니 너무 짓궂으십니다."

환우의 뼈 있는 대답에 불요 대사는 허허롭게 웃었다.

"신 공자가 찾는 것이 어제 도착을 했다네."

불요 대사의 말에 이협수가 앞으로 나섰다.

"형님!"

환우의 얼굴에 놀람이 가득했다. 설마 이협수가 이곳에 와 있을 것이라고는 상상도 못했었기 때문이다.

“오랜만이다.”

“오랜만입니다. 그동안 잘 지내셨습니까?”

“그래.”

두 사람의 얼굴에 미소가 가득 번졌다.

“안 좋은 일을 당했다는 소문에 걱정을 많이 했다만 이렇게 무사하다니 참으로 다행이구나.”

“그저 무사하기만 한 것이 아닙니다.”

환우가 자신감 가득한 미소를 지은 채 당당한 얼굴로 대답했다.

그제야 이협수는 환우의 기도가 몰라보게 달라져 있다는 것을 느낄 수 있었다.

오랜만의 재회에 느끼지 못했었다. 하지만 지금은 분명히 느낄 수 있었다.

‘그사이 거대한 산이 되었구나.

이제는 자신이 결코 환우를 상대로 승리할 수 없으리라.

자신과 헤어진 후 환우에게 대체 어떤 일이 있었기에 이렇게 달라진 것일까. 괄목상대(刮目相對)라는 말은 환우를 위해 존재하는 것 같았다.

“형님께서는 어떻게 천의맹에 계신 겁니까? 융중을 떠나실 것이라고는 생각했지만 설마 이곳에서 만나게 될 줄은 몰랐습니다.”

환우가 반색을 하는 와중에 궁금한 것을 물었다.

"네가 그러지 않았느냐? 세상을 향해 뜻을 펼쳐 보라고. 그
래서 뜻을 펼치러 나오는 중에 약간의 일이 있었다. 그래서
이곳으로 오게 되었지."

그렇게 말하는 이협수의 시선이 자신의 가슴을 향했다. 환
우의 시선이 그 뒤를 따랐다.

"응?"

그제야 환우는 느낄 수 있었다, 이협수의 가슴에서 풍겨 나
오는 익숙한 기운을. 그것은 분명 용아천뢰검의 그것이었다.

"형님께서?"

환우가 놀란 얼굴로 이협수를 바라보았다.

"약간의 일이라는 게 이것에 관련된 것이다. 본디 점창파
에서 천의맹으로 운반 중이던 것에 일이 좀 생겼고 내가 거기
에 관련하면서 결국 천의맹까지 오게 된 것이지. 설마 널 만
날 수 있을 것이라고는 생각도 못했구나."

이협수의 손이 품으로 들어갔다. 다시 나온 그의 손에는 예
기를 발하는 용아천뢰검이 올려져 있었다.

"받거라. 네게 직접 전해주고 싶었다."

"감사합니다."

가장 기분 좋게 얻은 용아천뢰검이다.

환우는 모두 다섯 자루의 용아천뢰검을 가지게 되었다. 현
재 마교에 있는 것을 제외하고는 모두 찾은 것이다.

"그럼 회포는 이만 풀도록 하시고 이만 자리를 옮기는 것

이 어떨까요?"

불요 대사의 말에 모두들 자리를 옮겼다. 이협수는 전날 갔던 회의장에 다시 한 번 갔다. 이번에는 환우의 옆자리였다.

"신 소협, 그대의 활약에 대해서는 무영거 대협으로부터 잘 전해 들었습니다. 참으로 큰일을 하셨습니다."

불요 대사가 환우를 보며 경탄한 얼굴로 말했다.

"별말씀을요. 빚진 것을 갚았을 뿐입니다."

환우는 별것 아니라는 얼굴로 대답했다. 그의 그런 태도에 몇몇 인물들이 불편한 기색을 보였다.

그럴 수밖에 없었다. 안하무인으로도 보일 수 있는 환우의 태도가 눈에 거슬리는 것이 당연한 일이니.

중원에 들어온 지 상당한 시간이 흘렀음에도 환우의 행동에는 큰 변화가 없었다.

"그렇다 해도 소협이 무너뜨린 인물이 바로 도귀입니다. 이 자리에 있는 이들도 쉬이 할 수 없는 일이지요. 이제는 소협이 아닌 대협이라 불리워야 할 것입니다."

자리가 자리인지라 불요 대사는 환우에게 평소와 다르게 경어를 사용했다. 그의 그런 칭찬에도 환우는 시큰둥한 얼굴이었다.

'그럼에도 대사님의 실력을 짐작할 수 없으니 이게 대체 어찌 된 일입니까?'

그랬다.

환우는 그것이 찜찜한 것이다.

이곳으로 오는 동안 마차 안에서의 명상으로 환우는 도귀와 싸울 때보다 한층 더 강해져 있었다. 그럼에도 불요 대사의 실력만은 도통 알 수가 없었다.

처음 봤을 때는 막연히 승부를 장담할 수 없다였는데 강해지면 강해질수록 오히려 더욱 그의 실력을 알아보기 힘들었다.

환우는 그것이 마치 목에 걸린 가시처럼 신경에 거슬렸다.

무림의 태산북두라는 천년소림의 방장 대사에게서 알 수 없다는 느낌을 받는 것이 못내 가슴에 걸렸다.

"우리는 네가 죽은 줄 알고 남은 두 자루의 용아천뢰검을 해동으로 보낼 생각을 했었다."

오랜만에 보는 소천걸이 입을 열었다.

그런데 보자마자 반말이다. 그가 어거지로 환우 자신을 의동생으로 삼고서는 마치 당연하다는 듯 동생 취급이다. 환우의 심사가 살짝 뒤틀렸다. 하지만 그것과는 상관없이 소천걸은 말을 이었다.

"일전에 너를 데리러 갔던 청풍개 장로와 여기 무영개 장로의 제자인 구지개가 가기로 했었지. 그런데 네가 살아 있다는 소식에 용아천뢰검 없이 서신을 가지고 해동으로 향했다. 실체가 드러나는 마교의 세력이 무섭기 짝이 없어 그분께 도움을 청하기 위해서지."

소천걸이 말하는 동안 모두의 얼굴이 침중하게 굳어 들어갔다.

중원의 한가운데와 중원의 변방에서 동시에 치고 들어올 준비를 마친 마교의 힘은 전율 그 자체다. 솔직히 현재 중원 정파무림의 힘은 두 곳 중 한 곳을 막을 정도다.

육대호법 중 단 두 사람이 나서 점창을 쓸었다. 비록 주전력이 빠진 상태라 하지만 명백한 사실이다. 정파무림에서도 그 소식에 급히 전대 고수들에게 도움을 청했지만 아직 객관적인 전력은 부족한 상태다.

이 같은 상황에서 망아 대사야말로 정파무림의 구세주와 같은 존재다.

거기에 환우가 도귀 손철야를 패퇴시켰다니 그들로서는 가뭄의 단비를 맞은 심정이었다.

"이렇게 신 대협이 오셨으니 이제 본격적으로 마교 공략에 대한 회의를 할까 합니다."

서문황이 입을 열었다.

이제 기다리던 모든 것이 준비되었다. 해동에서 망아 대사가 오면 더욱 완벽해지겠지만 더 이상 마교의 움직임을 손 놓고 볼 수는 없었다.

"음… 심각한가 보군요."

환우의 말에 모두들 고개를 끄덕였다.

"그러면 회의 열심히 하세요."

그리곤 몸을 일으키는 환우. 그를 따라 치호와 단목휘경이 몸을 일으켰다.

본디 치호와 단목휘경은 이 자리에 올 신분이 아니나 환우와 함께 왔기에 앉을 수 있었다. 그런데 환우가 일어나니 그 둘도 일어날 수밖에 없었다.

두 사람의 차이라면 단목휘경은 당연하다는 듯 일어섰다는 것이고 치호는 소천걸의 눈치를 보며 엉거주춤 일어났다는 것이다.

"그게 무슨 말입니까?"

서문황은 당황해서 물었다.

정파무림의 한 구성원인 환우가 당연히 자신들의 회의에 응할 것이라 생각한 서문황은 환우의 행동을 이해할 수 없다는 얼굴이었다.

그러나 매화소선 곽상은 그럴 줄 알았다는 얼굴로 환우를 쏘아보았다. 이미 한차례 그를 천의맹에 영입하려는 시도를 하였다가 실패한 경험이 있었기 때문이다.

그사이 그 인격이 변했을 리 없었다.

"나랑은 상관없는 일이니까요. 마교가 중원을 구워먹든 찜 쪄 먹든 그것은 저랑은 상관없어요. 저는 단지 용아천뢰검을 모두 찾으면 그뿐이에요. 난 또 다른 이야기를 하는 줄 알고 왔더니 마교랑 싸우자는 이야기잖아요. 그럼 열심히들 회의 하세요."

그리고는 환우는 몸을 돌렸다.

마교의 총단이 어디에 있는지 이미 알고 있다. 마교의 중원 총단이 낙양이라는 것은 누구나 다 아는 사실이니 이제 그곳으로 가면 된다.

환우가 몸을 돌리자 치호가 여전히 소천걸의 눈치를 살피며 엉거주춤 움직인다.

"그들은 사악한 무리요. 그들이 중원을 유린하게 두다니, 어찌 정의로운 정파로서 가만히 두고 본단 말이오? 신 대협의 사부이신 동방신협도 그런 악도들을 무찌르신 분 아니오. 그분의 제자인 동방뇌룡으로 어이해 그런 모습을 보이시오!"

듣는 이의 웅심을 자극하는 열변이 서둔황의 입에서 쏟아져 나왔다. 그 자리에 앉은 모두가 과연이라는 얼굴로 고개를 끄덕이며 그가 말한 당위성에 전적으로 공감했다.

하지만 환우는 그러지 않았다.

"그러니까, 그 정의는 정파에서 열심히 지키시라고요. 저는 해동 사람입니다. 저랑은 아무 상관 없어요. 일개 오랑캐가 어이해 중원의 큰 뜻을 알겠습니까?"

뼈가 있는 환우의 말에 모두들 당황했다. 특히나 오랑캐라는 말에서 당황한 기색이 역력했다.

사실 그들 모두 해동을 오랑캐의 땅이라 생각했다.

그래서 중원의 위기를 오랑캐의 손을 빌려 막아야 한다는 사실에 착잡하게도 생각했지만 다르게 생각하면 그곳도 결국은 중원의 일부, 마교의 침입을 막는 것이 당연했다. 그런 생각을 모두 가슴 한 켠에 가지고 있었다.

그러던 차에 환우가 직접 오랑캐라는 말을 입에 올리니 당황하지 않을 수 없었던 것이다.

"이게 어찌 된 일이냐?"

소천걸이 다급히 전음으로 물었다.

치호가 전음으로 균현에서 있었던 일을 전했다. 무당의 제자 화풍천이 환우에게 했던 말을 그대로 전했다.

소천걸의 얼굴이 하얗게 질렸다. 설마 직접적으로 그런 폭언을 퍼부었을 줄 몰랐다.

처음부터 무당에서 환우를 좋지 않게 본 것은 알았지만 일대제자가 그런 생각을 직접 당사자에게 퍼부을 정도일 줄은 몰랐다.

소천걸이 다급히 다른 사람들에게 전음으로 상황을 전했다.

그러자 모두의 날카로운 시선이 무당의 장문인 무극 진인에게로 향했다. 그도 당황했다. 가뜩이나 무당과 사이가 안 좋은데 그전에 그런 일이 있었는 줄은 몰랐다.

"허어. 어찌 그리 생각하는가. 해동은 중원의 이웃일세. 이웃이 위기에 처해 있을 때 한 손 도와주는 것이 인지상정 아닌가."

소천걸이 다급히 입을 열어 환우를 달래려 하였다.

하지만 환우는 속이 좁았다. 그것도 좁을 때는 무지 좁았다. 바로 지금처럼.

"그럼 저어기 남만이나 서장, 아니면 북방 몽고족들에게 도움을 청해보시든지요."

어느새 목소리까지 냉랭해져 있었다.

언제나 자신을 이용하려만 하는 이들에게 질려 버린 것이다.

이곳에 와서 이협수를 만나지 않았더라련 더 막나갔을지도 모른다. 그래도 의형인 이협수가 있기에 이 정도인 것이다.

하지만 이들이 그런 사실을 알 리 없었다.

환우의 불같은 성격을 겪어본 이는 이들 중 손가락에 꼽을 정도다.

"네 이놈! 이 자리가 어떤 자리라고 그딴 소리를 지껄이느냐!"

결국 참지 못한 한 사람이 자리를 박차고 일어났다.

남궁세가의 가주 남궁건원이다.

그의 오른손은 어느새 검병을 꽉 움켜쥐고 있었다. 언제든 출수가 가능한 자세다.

환우가 그를 마주 보았다.

두 사람의 시선이 허공에서 얽혔다.

그런 대치에 모두들 숨을 죽이고 바라보았다.

“흥.”

코웃음과 함께 환우가 몸을 완전히 돌렸다.

무시도 이런 무시가 없었다.

남궁건원의 몸이 부들부들 떨렸다. 환우의 입장에서는 한 번만 더 참는다는 생각으로 한 행동이 남궁건원에게는 이를 수 없는 모욕이 된 것이다.

환우의 손이 회의실의 문을 열려 하고 남궁건원의 입에서 노호성이 터져 나오려는 찰나 회의실의 문이 거칠게 열렸다.

그리고 뛰어들어 온 인물. 그는 단번에 회의실의 긴장을 깨뜨렸다. 모두의 시선이 그에게로 향했다. 이렇게 무례하게 들어온 것에 대해 질책을 해야 한다는 것도 잊고 있었다.

아니, 뛰어들어온 인물이 그런 틈도 주지 않았다.

“급, 급보입니다! 옥문을 넘은 마교의 인물들이 진격을 시작했다 합니다. 그들의 첫 목적지는 공동파로 추정됩니다!”

두둥!

모두의 머릿속에 울리는 경고의 종소리.

드디어 마교가 움직이기 시작한 것이다. 이곳에서 자존심을 따지며 티격태격할 때가 아니다.

“이 일을 어찌해야 하지요?”

공동의 장문인인 편수일이 가장 먼저 입을 열었다. 지금 주전투 부대는 모두 천의맹의 총단에 있었다. 낙양에 있는 마교 총단의 움직임을 지켜보며 그에 대비하고 있는 것이다.

그런데 외곽에서 먼저 움직였다.

그들이 움직이기 시작했다면 이미 늦었다.

이곳에서 구원을 위해 달려갈 때까지 공등파가 버티지 못할 것이다.

그러니 공동의 장문인인 편수일이 몸이 달아 가장 먼저 입을 연 것이다.

"크흠. 완전히 뒤통수를 맞았습니다. 설마 벌써 움직일 줄은 몰랐습니다. 아니, 옥문관 안에 그렇게 많은 병력이 준비되어 있으리라 생각 못한 저의 책임입니다."

서문황이 침중한 얼굴로 말했다.

그의 말에 다른 모든 이들의 얼굴이 딱딱하게 굳었다. 편수일의 얼굴은 더없이 어두웠다.

문을 열고 나가려던 환우는 힐끗 그런 고습을 보았다. 고민이 되었다.

과연 이 상황에서 자신이 그냥 떠나도 될 것인가? 솔직히 자신이랑은 아무 상관 없는 일이다. 그런데 회의실 가득 자리를 차지하고 있는 어두움이 환우의 발길을 잡았다.

다른 이들의 표정은 모르되 치호와 이협수의 얼굴 역시 딱딱하게 굳어 어두운 표정인 것이 환우의 가슴 한쪽을 무겁게 만들었다.

단목휘경 역시 걱정스러운 얼굴로 앉아 있었다.

이들의 걱정은 자신과 무관하지 않았다. 적어도 지인이라 인정한 이들 아닌가.

'어떻게 한다……'

사실 자신 한 명이 힘을 보탠다고 어떻게 될 것 같지도 않았다. 엄청난 수의 무인들이 몰려오는데 자신 한 명이 간다고 무슨 영향이 있을까.

그것이 환우의 솔직한 생각이다.

"응?"

모두가 걱정에 빠져 있을 때, 환우는 회의실 밖에서 회의실로 다가오는 거대한 기운을 느꼈다.

중원에 들어온 이후 느껴본 기운 중 가장 강맹한 기운이다. 이 정도라면 능히 무당의 청로 진인을 넘어서 있는 것이다.

환우가 경계하면서 문에서 한 발 물러섰다.

아무도 그런 환우의 행동을 눈여겨보지 않았다. 찰나지간 불요 대사의 눈이 빛났던 것을 제외하면 말이다.

벌컥.

회의실의 문이 다시 한 번 거칠게 열렸다.

문을 열고 들어선 이는 문사와 같은 분위기가 역력한 노인이었다. 하지만 그의 등장은 일시에 회의실의 어두운 기운을 날려 버렸다.

크기 않은 체구에 오히려 호리호리해 보이는 노인이다. 이웃집 할아버지 같은 인자함이 배어 있는 얼굴. 하지만 그의 몸에서 풍겨 나오는 무형의 기세는 그런 외모를 무색케 만들었다.

그것도 환우이기에 느낄 수 있는 기세다.

"검존 어른을 뵙습니다."

모두가 일어나 포권을 취하며 예를 표했다.

사람들의 인사에서 환우는 노인의 정체를 알 수 있었다.

일존 쌍마 쌍은 오성.

천하십대고수의 수위에 당당히 이름을 올리고 있는 검존(劍尊).

그것이 지금 거칠게 문을 열고 들어온 노인이었다.

'강하다, 도귀라는 노인네보다 더.'

환우는 등이 땀으로 축축이 젖어드는 것을 느꼈다.

자신을 향해서 위협적인 기운을 뿜어내는 것이 아님에도 절로 긴장이 되었다.

전율이 일었다.

자신을 이렇게 긴장하게 만드는 상대가 있다는 사실에 전율이 일었다.

"아버님, 어인 일이십니까?"

절대검존 남궁명. 남궁세가의 전대 가주이다. 남궁건원이 갑작스레 찾아온 남궁명에게 물었다.

"급보가 들어왔다는 소식에 참지 못하고 찾아왔소이다, 가주."

남궁명은 이제 남궁세가의 원로로 현재 천의맹에 머물러

있는 중이다. 회의는 각파의 대표가 진행하는 것이기에 그는
그저 회의의 결과만 접할 수 있을 뿐이다.

게다가 오늘 회의는 환우에 관한 것이었기에 유유자적 시
간을 보내고 있었는데 갑작스러운 급보가 날아들었다는 소식
에 급히 찾은 것이다.

현재의 무림 상황에서 급보라고 할 것은 단 하나다.

마교의 습격.

그것말고는 없는 것이다.

뼛속부터 정파의 무인인 그가 이런 상황에 속 편히 회의의
결과만 기다리고 있을 수 없었다.

정파제일인.

그의 그런 위치는 이런 회의실로의 난입이 허용되는 그런
자리이다.

"이쪽으로 앉으시지요. 그렇지 않아도 막 마교 침공 소식
이 들어온 터입니다. 지금 그에 대한 대책을 논의하던 중입니
다."

서문황이 남궁명에게 자리를 권했다.

남궁명이 자리에 앉자 모두들 자신의 자리에 앉았다.

"무례하게 뛰어든 점 여러분께 사과드립니다."

남궁명이 다른 이들이 모두 앉아 조용히 사과의 말을 건넸
다. 누구도 그에 대해 무어라 하지 않았다.

정파무림의 협객이 마교의 발호를 참지 못하고 찾아온 것

이니 누가 무어라 하겠는가. 게다가 그가 정파제일인이자 이 자리에서 배분이 가장 높은 남궁명임에야 할 말이 없었다.

다시 회의가 진행되었다.

남궁명의 등장에 환우는 어정쩡한 위치에 서서 그를 가만히 지켜보았다.

이제 회의실에서 환우는 완전히 잊혀진 존재다.

마교의 침공 소식이 그렇게 만들었다.

회의는 치열하게 전개되었다. 일단 침공이 본격화되었으니 어떻게든 몰아내야 했다.

언제 낙양의 마교 무리들이 움직일지 몰랐다.

그래서 회의는 치열했으되 진전은 없었다.

"현재 전력으로는 두 곳 중 한 곳을 막아내는 정도입니다. 설마 마교 놈들이 저 정도로 힘을 키웠으리라고는 상상도 못 했습니다."

서문황의 말에 모두의 얼굴에 어둠이 내려앉았다.

"결국 두 곳 중 한 곳을 포기할 수밖에 없는 상황입니다. 그렇다고 낙양을 내어줄 순 없는 노릇입니다. 언제든지 중원의 심장을 공격할 수 있는 위치이니까요."

서문황의 말에 자파의 근거지가 사천과 청해에 있는 아미, 곤륜, 공동, 점창의 장문인과 당가의 가주의 얼굴에 안타까운 기색이 어렸다.

자신들의 근거지를 마교에게 내어줄지도 모르는 현실에

그들은 무척이나 괴로웠다.

"그렇다고 그렇게 중원 서쪽을 내주면 그들이 더욱 힘을 키워 중원으로 진출해 들어올 것입니다."

"결국은 두 곳 모두 막아야 한다는 말이군요."

곽상의 말에 회의실에 침묵이 감돌았다.

다람쥐 쳇바퀴 도는 것과 같은 회의다. 마교가 중원에 총단을 차렸을 때부터 이어져 오던 내용이다. 정작 옥문관에서 마교의 움직임이 감지되었음에도 나아진 것이 없었다.

"두 곳 모두라… 솔직히 우리만의 힘으로는 버겁습니다."

불요 대사가 나직이 말했다. 모두들 알고 있는 사실이다.

"우리만으로 힘들다라… 그렇다면 다른 이의 손을 빌리면 될 것 아니오?"

가만히 앉아 있던 남궁명이 입을 열었다.

"그것이 무슨 말씀이십니까?"

남궁명의 말에 서문황이 조심스레 물었다.

"지금까지 어이해 다른 대책이 세워지지 않는가 했더니 항상 이런 식의 회의를 했으니 당연한 것이었구려. 불가능한 일을 두고 계속 의논을 했으니 답이 나올 리 없지요."

남궁명의 말에 누구도 대답을 하지 못했다. 모두들 알고 있었다. 하지만 딱히 수가 없지 않은가.

"어찌 마교를 정파의 힘으로만 막으려 한단 말이오? 오십여 년 전의 그때도 정파 홀로 맞서려다 그렇게 몰리지 않았소

이까? 그분이 계셨기에 망정이지 그렇지 않았다면 정파무림
은 이미 그때 지리멸렬했을 것이오."

날카로운 말이다.

가만히 앉아서 담담히 말하는 듯했지만 그 내용이 날카롭
게 이 자리에 앉아 있는 이들의 가슴을 찔렀다.

환우는 눈을 빛내며 남궁명을 보았다.

그만은 이 자리에 있는 다른 이들과 달라 보였다.

"그 말씀은 사천맹(邪天盟)에 도움을 요청하자는 말씀이십
니까?"

모두들 침묵하는 가운데 이협수가 조심스레 물었다.

남궁명의 시선이 그에게서 멈췄다. 처음 보는 얼굴이기에
고개를 갸웃거렸다. 이 자리에 있을 정도의 사람이라면 자신
이 모를 리가 없는데 처음 보는 젊은이다. 저렇게 젊은 나이
에 이 자리에 있다면 범상한 인물은 아님에도 자신이 모르다
니 이상했다.

"아, 잠룡은검으로 이름 높은 이협수 대협입니다."

남궁명의 시선을 본 남궁건원이 재빨리 이협수를 소개했
다. 이협수는 가벼운 목례로 인사했다.

"그리고 옆에 계신 여협이 복호비창 임소민 여협이십니
다."

소민 역시 목례로 남궁명에게 인사를 건넸다.

"오호. 쌍은이로구만. 과연 무영개 그 친구가 쌍은을 오성

위에 올려놓을 만해."

남궁명은 단번에 이협수와 임소민의 실력을 알아보고 감탄했다.

"그래, 자네 말대로 사천맹의 손을 빌려야 해."

확고한 음성으로 말하는 남궁명의 모습에 각파의 수장들은 불편한 얼굴을 했다.

이곳은 정파의 힘이 집결된 천의맹이다. 그곳에서 스스로의 힘이 모자라 사파의 힘을 빌리자니 어찌 그런 말을 할 수 있단 말인가.

명문정파의 자존심으로는 결코 받아들일 수 없는 말이다.

그런 남궁명의 태도에 환우가 의외라는 표정을 지었다.

여느 정파인들과 다르게 느꼈지만 이렇게 확실히 다르리라고는 생각도 못한 것이다. 환우는 흥미롭다는 얼굴로 한쪽 벽에 기대어 회의의 양상을 지켜보았다.

환우에게 신경을 쓰는 인물은 여전히 없었다.

"으음… 정파가 어찌 사파에게 도움을 청한단 말입니까? 그들은 우리의 적입니다. 있을 수 없는 일입니다."

무극 진인이 불편한 얼굴로 말했다. 상대가 절대검존 남궁명이 아니었다면 노호성이라도 터져 나왔을 분위기다. 그의 말에 다른 이들도 고개를 주억거리며 동의의 뜻을 표했다. 그것은 맹주인 불요 대사 역시 마찬가지였다.

오직 서문황만이 심각한 얼굴로 고민하고 있었다.

사실 그도 사천맹과의 연수를 생각하지 않은 것이 아니다. 하지만 그는 이와 같은 반발도 예상했기에 아무런 말을 하지 않은 것이다.

하지만 남궁명이라는 거대한 조력자가 있다면 상황은 달라진다.

"저 역시 검존의 말씀이 옳다고 생각합니다."

"군사!"

곽상이 어이없다는 얼굴로 소리쳤다. 하지만 서문황의 표정은 확고했다.

그의 말에 남궁명이 반색을 하며 반겼다.

"그 말이 정말이오, 군사?"

"그렇습니다. 객관적으로 현재 마교의 전력은 우리 천의맹과 사천맹이 손을 잡아야만 막을 수 있습니다."

서문황은 군사의 위치에 맞게 객관적인 소견을 말했다. 그의 말에 이 자리에 앉아 있는 각파의 수장들의 얼굴에 불쾌한 감정이 더욱 진하게 걸렸다.

"아무리 그렇다 하더라도 어찌 사파와 손을 잡습니까? 안 될 말입니다. 이미 해동에 사람을 보냈습니다. 곧 좋은 소식이 있을 것입니다."

종남의 장문인인 무극검 황진의가 말했다. 그는 사천맹이라는 말에 질색한 얼굴로 말했다.

이들의 이런 행태에 남궁명의 얼굴에 점점 노기가 어리기 시작했다.

정파의 인물들이란 어찌 오십여 년이 지나도 변하지 않는 것일까?

그의 입장에서는 오십여 년 전 중원의 구세주였던 동방신협이 원망스러울 지경이다. 그때 그가 나타나지 않아 더 큰 위기에 몰렸다면 이들의 이런 아집이 꺾이지 않았을까? 그런 생각이 잠시 남궁명의 머릿속에 머물렀다.

"남궁 대협께서 오십여 년 전에도 그런 주장을 하신 것은 알고 있습니다. 하지만 그때도 우리 정파의 힘만으로 위기를 잘 넘겼습니다. 그것은 이번도 마찬가지일 겁니다."

청성의 장문인 유운 진인의 말이다.

"허어. 그래서 여태 대책도 세우지 못하고 같은 말만 반복하는 회의를 계속하고 있단 말이오?"

남궁명의 목소리에 점점 노기가 어리기 시작했다.

그는 오십여 년 전에도 같은 주장을 했었다, 사천맹과 손을 잡자는 주장을. 아무리 남궁세가의 가주라지만 새파랗게 어린 그의 주장은 받아들여지지 않았다. 아니, 비웃음마저 샀다. 천하의 남궁세가의 가주가 마교에 겁을 먹어 사파 따위 놈들의 손을 빌리려 한다고 말이다.

그러나 점점 마교에 패퇴해 궁지에 몰리자 수뇌부에서는 사천맹에 사자를 보내는 것이 진지하게 논의되기도 했었다.

그때 동방신협이 나타났다.

그리고 정파의 힘만으로 마교를 물리칠 수 있었던 것이다.

"게다가 어디 오십여 년 전에 정파의 힘만으로 그들을 물리쳤단 말이오? 동방신협의 도움이 없었으면 어찌 지금의 정파무림이 존재할 수 있단 말이오?"

남궁명의 목소리가 점점 커지고 있었다.

"그래서 해동에 사람을 보내지 않았습니까? 곧 동방신협께서 오실 것입니다."

아미의 탕마 사태가 입을 열었다. 그의 독소리도 조금 격앙되어 있었다.

"어찌 그리 장담을 하시오? 게다가 마교 놈들이 오십여 년 전과 같은 실수를 다시 할 것 같소이까? 그때 교주가 죽으면서 후계자 쟁탈을 일으켜 마교는 스스로 자멸했소. 그런 경험을 가진 놈들이 이번에도 같은 실수를 할 것이라 생각하냔 말이오! 동방신협께서 중원에 오실지 안 오실지도 모르고, 설사 도움을 주신다 하여도 오십여 년 전처럼은 되지 않을 것이오."

남궁명이 폭포수와 같이 말을 쏟아냈다. 그 말에 다른 이들의 얼굴에 어린 불쾌감이 더욱 심해져 갔다. 오직 서문황만이 감탄한 표정으로 남궁명으로 보고 있었다.

자신이 읽고 있던 수를 남궁명 역시 읽고 있었던 것이다. 그렇다면 마교에 있을 책사 역시 읽고 있을 터. 이 자리에 있는 인물들이 생각을 바꾸지 않는다면 절대적으로 자신들에게 불리한 싸움이 될 것이다.

"좋습니다. 검존의 말씀대로라고 합시다. 그렇다면 과연 사천맹에서 우리에게 힘을 빌려줄까요?"

곽상이 퉁명스레 말했다.

"입술이 없으면 이가 시리다고 했소. 정파무림이 무너지면 다음은 사파 무림일 터. 그 간단한 사실을 천정호가 모를 리 없소."

남궁명은 일체의 동요도 없이 준비하고 있었다는 듯 대답했다.

그의 말에 곽상은 아무런 말도 하지 못했다.

사실 그도 머리로는 남궁명의 말이 옳다는 것을 알고 있었다. 하지만 정파의 자존심이 먼저 사천맹에 도움을 요청하자는 것을 거부하고 있는 것이다.

"자자, 그만들 하시지요. 일단은 남궁 대협의 말씀이 맞습니다. 군사가 그리 말할 정도이니 우리만의 힘으로는 지키기 어렵지요."

불요 대사의 말에 일단 사람들은 진정했다. 남궁명은 고개를 끄덕이며 불요 대사를 보았다.

"맹주의 말씀이 맞습니다. 더군다나 마교 놈들은 사악한 중원 밖의 무리들이오. 사천맹은 비록 사파라 하나 우리와 같이 중원 땅을 밟고 살아가는 이들이오. 내부의 다툼은 일단 외부의 침략을 막은 후 해결해야 할 것이오."

마지막으로 남궁명이 한마디 보탰다.

그는 그 말로 사파를 거부하는 이들에게 자신의 주장이 가지고 있는 대의명분을 밝혔다.

"그 말씀이 옳습니다."

서문황이 남궁명의 말에 힘을 보탰다. 몇몇 장문인들의 따가운 시선을 받았지만 그는 괘념치 않았다.

"알겠습니다. 군사까지 그렇게 말씀하시니 일단 사천맹과 연수를 하기로 하지요. 상황도 급박하니 말입니다. 하지만 곽 장문인의 말씀대로 과연 그들이 우리의 제의를 받아들일까 하는 것입니다."

불요 대사의 말에 모두들 어림없다는 얼굴로 고개를 저었다. 자신들이 먼저 고개를 숙이고 들어가도 사천맹에서 거절할 것이 뻔하다는 얼굴들이다.

"받아들여야지요. 받아들이지 않는다면 본인이 그렇게 만들겠소이다."

남궁명의 말에 모두의 시선이 그를 향했다.

"그 말씀은?"

"내가 직접 사천맹으로 가서 천 맹주를 만나고 오겠소이다."

그 말에 다들 경악에 찬 얼굴을 했다.

절대검존 남궁명.

그가 누구인가. 정파무림의 기둥이나 다름없는 절대고수

다. 그런 그가 직접 움직이겠다니 누가 생각이나 했을까?

"검존께서 직접 가주신다면 저희야 믿음직스럽지요. 하지만 이런 일로 검존께서 직접 움직이시게 할 수야 없습니다."

"이런 일이라니요. 정파무림의 운명이 달린 일입니다. 본인으로도 모자라지 않을까 싶습니다."

남궁명의 대답에 불요 대사는 고개를 끄덕였다.

"그렇게까지 말씀하신다면 믿겠습니다."

"맡겨주시오."

남궁명이 결연한 표정으로 말했다.

"그럼 군사, 사천맹과 연수한다 가정하면 우리는 앞으로 어떻게 대응해야겠습니까?"

"그러면 일단 급한 불부터 꺼야지요."

"그 말씀은 청해로 사람을 보내야 한다는 말씀입니까?"

곽상이 물었다.

"그렇습니다."

"그러면 중앙은 사천맹에서 지키고요?"

"네."

"그들을 믿고 맡길 수 있을까요?"

곽상이 계속해서 물었다.

"그래도 어쩔 수 없습니다. 마교보다는 믿을 수 있으니까요. 그들을 믿지 않으면 결국 청해성과 사천성을 버려야 합니다."

서문황의 말에 몇몇이의 얼굴이 어둡게 변했다.

"그럴 수는 없지요."

불요 대사가 끼어들었다.

"네. 아직 확실히 결정된 것은 아니기에 만일을 대비해 사할의 병력을 맹에 남기고 육 할의 병력을 청해로 보내야 할 것입니다. 그리고 사천맹과의 연수과 확실이 결정되면 추가적으로 더 보내야겠지요."

서문황의 말에 불요 대사가 고개를 끄덕였다.

"알겠습니다. 이런 일은 나 같은 이보다는 군사께서 잘 아시겠지요. 군사의 계획대로 진행해 주십시오. 아미타불."

불요 대사가 자신을 숙이며 말했다. 그의 말대로 지금과 같은 상황에서는 서문황이 최고의 전문가다. 괜히 어설픈 자존심을 세운 이들이 끼어들어 그를 방해할 수는 없었다.

불요 대사가 스스로 물러섬으로써 다른 장문인들이 끼어드는 것을 미연에 방지한 것이다.

"알겠습니다, 맹주."

"그러면 그렇게 결론을 내리고 이만 앞으로의 방침에 대한 회의를 마치도록 하겠습니다. 그 일에 대한 세부 사항은 군사에게 전권을 위임하도록 하겠습니다."

그 이후의 일은 일사천리다.

회의를 통해 정식으로 천의맹의 이름으로 일이 진행되었기에 일처리는 빨랐다.

과연 서문황은 뛰어난 인물이었다.

청해성으로 마교를 막으러 갈 부대가 빠르게 결정되었고 적재적소에 뛰어난 인물들이 배치되었다.

서문황의 요청에 이협수와 임소민도 청해성으로 가기로 했다.

서문황이 심혈을 기울여 조직한 천의맹의 천, 지, 인의 세 단의 전투 부대 중 천단과 인단이 청해성으로 향하고 지단이 천의맹에 남기로 했다.

모든 준비가 끝나는 사흘 후 천단과 인단이 청해성으로 떠날 것이다.

第三章
잠룡과 복호

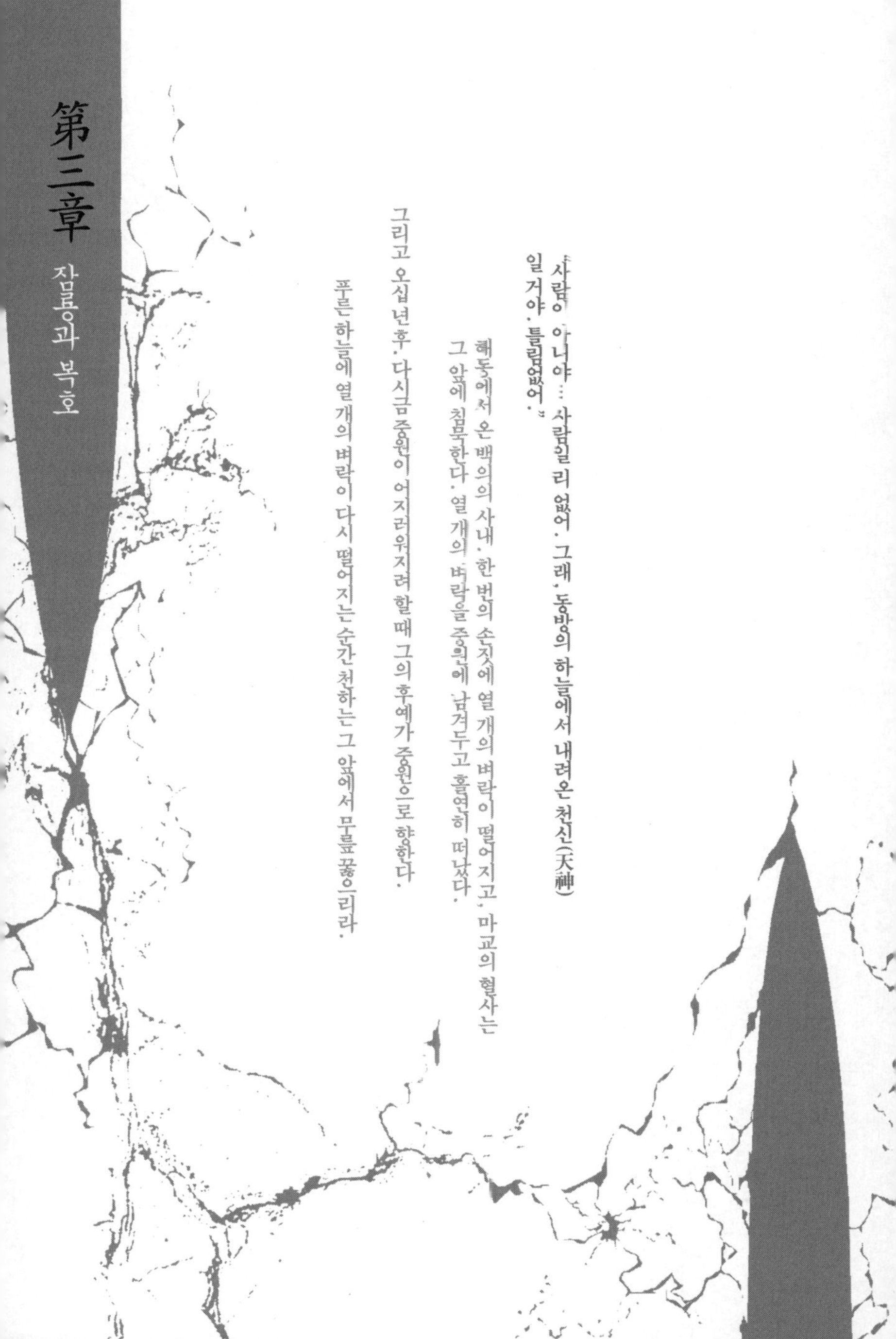

"사람, 아니야… 사람일 리 없어. 그래, 동방의 하늘에서 내려온 천신(天神)일 거야. 틀림없어."

해동에서 온 백의의 사내. 한 번의 손짓에 열 개의 벼락이 떨어지고, 마고의 혈사는 그 앞에 침묵한다. 열 개의 벼락을 중의에 남겨두고 홀연히 떠났다.

그리고 오십 년 후. 다시금 중원이 어지러워지려 할 때 그의 후예가 중원으로 향한다.

푸른 하늘에 열 개의 벼락이 다시 떨어지는 순간 천하는 그 앞에서 무릎 꿇으리라.

어두운 밤하늘을 만월이 밝히고 있다. 기제 이틀 후면 마교를 막기 위해 청해성으로 출진할 것이다.

이협수는 천의맹 안의 작은 연못 앞에서 밤하늘을 올려다보고 있었다.

천의맹에서의 대우는 무척이나 만족스러웠다. 아주 오래 전 아직은 어리다고 해야 할 시절, 한 번 만난 무영개로 인해 자신의 명성은 이미 무림을 떨치고 있었다.

무림에서 명성이 가지는 힘의 위력을 천의맹에 있는 동안 충분히 느꼈다.

자기가 좋아 퍼뜨린 소문이라 하더라고 새삼 무영개가 고마웠다.

검병을 쥔 이협수의 손에 힘이 들어갔다.

이제 이틀 남았다. 마교는 이협수에게 있어서 가문의 원수나 다름없었다.

마교의 침공에 멸망한 천검이가.

이번에 자신이 마교를 무찌름으로써 세상에 천검이가가 부활했음을 알릴 것이다.

명리에는 초탈했다 생각했다. 그래서 융중산에 홀로 숨어 오로지 실력을 쌓았다. 하지만 막상 천검이가의 이름을 어깨에 짊어지게 되니 어떻게든 가문의 이름을 천하에 떨치고 싶었다.

그래서 서문황의 요청을 그 자리에서 수락한 것이다.

"훗. 나도 결국은 평범한 사람이야."

이협수가 시선을 내려 연못에 비친 보름달을 보며 중얼거렸다.

"허허. 자네가 보통 사람이면 다른 이들은 모두 보통 이하의 사람이란 뜻인가? 그들이 들으면 무어라 할까?"

그때 등뒤에서 들려오는 목소리에 이협수가 몸을 돌렸다. 목소리의 주인공이 근처에 이르렀을 때야 그 낌새를 느낄 수 있었다.

그의 이목을 이 정도로 속일 수 있는 이는 몇 없었다.

지금 인자한 웃음을 지으며 서 있는 무영개가 그중 한 사람이다. 그리고 곁에 있는 복호비창 임소민도 충분히 그만한 능력을 지니고 있었다.

"오랜만에 뵙습니다, 어르신. 진즉 인사를 드렸어야 했는데 그간 무척이나 바쁘신 것 같아 예를 다하지 못했습니다."

이협수가 포권을 취하며 말했다. 환우와 함께 천의맹에 들어온 무영개를 보고는 인사를 하려 했으나 그는 무척이나 바빴다. 그래서 여태껏 제대로 인사조차 못하고 있었던 것이다.

"허허. 내가 바빴던 것이니 괘념치 마라. 군사가 이 늙은이를 이렇게 부려먹으니 어쩔 수 없지."

무영개. 그는 타고난 역마살로 인해 중원은 물론이고 새외까지 다녀보지 않은 곳이 없다 할 정도로 많은 곳을 여행한 인물이다.

때문에 서문황이 전략을 세우면서 그에게 많은 조언을 구한 것이다.

지도만으로는 주변의 지형지물을 자세히 알 수 없다. 그저 막연한 추측만이 가능할 뿐이다. 청해에서 멀리 떨어진 이곳에서는 그래서는 정확한 전략을 세울 수 없었다.

물론 청해성이 근거지인 곤륜파의 도움을 많이 받았지만 그것만으로는 부족했다.

그래서 무영개의 힘을 빌린 것이다. 그는 자신이 지나쳐 간 곳들은 기막히게 기억하고 있었다. 그 덕에 서문황은 상당히 정교한 전략을 수립할 수 있었다. 덕분에 바빠진 것은 무영개지만 말이다.

"이곳에 오셨다는 것은 이제 대강의 준비가 끝났다는 뜻입니까?"

지금까지 계속 서문황에게 잡혀 있던 무영개다. 그가 이렇게 자유로이 움직인다는 것은 대강의 준비가 끝났다는 뜻일 것이다.

"뭐, 내 도움이 필요한 일은 이제 모두 끝난 셈이지. 그래도 군사는 여전히 바쁘게 움직이고 있어. 아직 모든 것이 끝난 것이 아니니 남은 이틀 안에 모든 준비를 마치려면 눈코 뜰 새 없이 바쁠 것이야."

무영개의 말에 이협수가 고개를 끄덕였다. 엄청난 인원이 움직이는 일이다. 관(官)에 미리 이러한 사실을 알리고 양해를 구하는 것부터, 해야 할 일이 한둘이 아닐 것이리라.

"저 같은 무부야 그저 칼 쓸 일만 기다리고 있는데 그 준비를 위해 고생하시는 분들이 많으신 듯하군요."

"허, 모두 중원의 평화를 위해서인 것을."

"그런데 어쩐 일로 이 야심한 시각에 저를 찾으셨습니까?"

시간은 어느덧 자정을 지나 있었다. 단순히 인사를 위해서라면 굳이 이 시간에 이곳까지 자신을 찾을 이유가 없었다.

"허허. 내 늙으니 용건도 깜빡깜빡 하는구만. 여기 이 소저께서 자네를 만나고 싶다 하시기에 내 소개해 주려고 모셔 왔지."

이협수의 눈이 소민에게로 향했다.

자신과 함께 쌍은으로 불리는 복호비창 임소민.

자신과 그녀와의 공통점이라면 무영개 덕에 천하의 고수로 이름을 올릴 수 있었다는 점이리라.

"그러고 보니 천의맹의 일 때문에 제대로 인사도 나누지 못했군요. 이협수라 합니다."

"임소민이에요."

이협수에게 마주 포권을 하는 임소민의 두 눈이 빛났다. 이제야 이렇게 조용히 대면할 수 있게 된 것이다.

"어쩐 일로 본인을 찾으셨습니까?"

"명성이 자자한 이 대협을 이렇게 뵈어 참으로 기쁩니다. 서로의 의지와는 상관없이 쌍은이란 명호로 묶여 불리는 이 대협을 꼭 뵙고 싶었습니다."

"단지 그뿐입니까?"

이협수도 이미 소민의 눈빛에서 그녀가 무엇을 원하는지 알 수 있었다. 그것은 그도 원하는 바였다.

쌍은. 잠룡은검과 복호비창.

두 사람이 만났다.

그냥 지나칠 리 없었다.

"이미 이 대협께서도 알고 계시는군요."

"제가 먼저 청할 일이지요."

이협수와 소민의 입에 동시에 미소가 걸렸다.

찰캉.

맑은 소리와 함께 소민의 삼절창이 하나로 몸을 합쳤다.

스르웅.

청명한 소리를 내며 이협수의 검이 뽑혔다.

"제가 아는 동생이 그러더군요. 이전에는 몰랐으나 지금은 복호가 잠룡에 비해 못하다고요. 그래서 전 그 말을 꼭 한번 확인하고 싶었답니다."

"그 동생 분이 무엇을 잘못 안 모양이군요. 어찌 그리 단언할 수 있단 말입니까?"

"직접 겨뤄봤기에 알 수 있다 하더군요."

"네?"

"동방뇌룡, 그 아이가 그러더군요."

"허. 환우가……."

그리고 두 사람의 대화는 끝났다.

대신 온몸에서 일어나는 어마어마한 기세가 투기로 변하여 서로 얽혀들었다.

"흠… 좋은 구경이야."

어느새 근처 적당한 곳에 자리를 잡고 앉은 무영개가 눈을 빛내며 중얼거렸다. 무려 쌍은이 서로 부딪친다.

이런 좋은 구경을 혼자 하다니.

"그러게요. 이런 구경거리 있으면 미리 말씀해 주지 그러셨어요?"

갑자기 들려온 목소리에 무영개가 고개를 돌렸다. 그곳에는 환우가 능글맞은 웃음을 지으며 서 있었다.

"허어. 어찌 알고 왔나?"

"알고 온 건 아니고요. 저도 한적한 곳을 찾다가."

환우의 눈짓에 무영개의 시선이 돌아갔다. 그곳에는 다른 한 사람이 흥미로운 눈을 하고 이협수와 임소민을 지켜보고 있었다.

"커허. 남궁 대협께서 이곳에는 어쩐 일로……?"

절대검존 남궁명. 그가 환우의 뒤에 서 있었다.

무영개의 시선에 남궁명이 그저 웃음을 지었다.

"이 젊은 친구하고 묘하게 마음이 맞아서 말이야. 한바탕 시원하게 놀아볼까 하고 마땅한 곳을 찾던 중이었네."

남궁명의 말에 무영개의 두 눈이 번쩍 빛났다. 이건 더 재미있는 구경거리가 기다리고 있었다.

쌍은의 대결 이후에는 검존과 동방뇌룡의 대결이라니 오늘 자신의 눈에 복이 터진 것 같았다.

소민과 이협수는 두 사람의 등장에도 아랑곳하지 않고 서로에게 집중했다. 서로가 서로를 노려보는 눈빛은 마치 당장이라도 잡아먹을 듯했다.

먼저 움직인 것은 소민이었다. 소민의 장창이 커다란 원을 그리며 주변을 쓸어갔다. 이협수가 재빨리 발을 움직이며 검을 휘둘러 갔다.

검과 창이 어지러이 어울리며 순식간에 몇 번을 부딪쳐다가 떨어졌다.

두 사람의 눈빛은 한 치의 흔들림도 없었다.

그저 서로를 바라볼 뿐.

"흐음, 대단하군. 저 나이에 저런 성취들이라니."

남궁명은 진정으로 두 사람의 실력에 감탄한 듯했다.

"과연 자네가 자네의 위에 저 둘을 올린 이유를 알겠어."

"대단한 젊은이들이지요. 저런 젊은이들이 앞으로의 무림을 이끌 겁니다."

무영개의 말에 남궁명이 고개를 끄덕였다.

'확실히 더 강해졌어.'

환우는 이협수의 움직임에서 헤어질 때보다 훨씬 더 강해진 것을 알 수 있었다. 그사이 발전이 있던 것은 자신만이 아니었다.

하지만 이제는 이협수를 완전히 꺾을 자신이 있었다.

그랬기에 지금 절대검존 남궁명과 함께 있는 것이다.

정파제일고수라는 이자를 꺾기 위해.

환우가 남궁명과 함께 이곳에 온 것은 실로 우연이었다.

환우는 이협수가 청해로 떠나는 대로 낙양에 있는 마교 총단을 찾을 작정이었다. 분명 그곳에 나머지 용아천뢰검이 있을 터다. 그곳에서 나머지를 모두 찾으면 자신은 할 일이 끝나는 것이다.

단지 이협수가 천의맹에 있기에 환우도 이곳에 머물러 있을 뿐이다.

그사이 이협수와는 몇 번 만나서 그간 쌓인 이야기들을 나누었다.

오늘도 얼마 전까지 이협수와 함께 있었던 참이다. 그와 헤어져 자신의 거처로 걸음을 옮길 때 남궁명이 자신을 맞았다.

"허허. 자네가 그 소문의 동방뇌룡인가?"

"탕아라고 하더군요."

한눈에 남궁명을 알아본 환우가 빙그레 웃음 지으며 대답했다.

왠지 다른 정파 사람들과는 다른 사람이다. 처음 회의실에서 보았을 때부터 알지 못할 호감을 느꼈다.

그랬기에 남궁명이 먼저 말을 걸었을 때도 호의적인 태도로 대답한 것이다.

"껄껄껄. 그거야 모든 것을 보지 못하는 편협한 자들의 눈으로 자네를 평가한 것이겠지. 내 눈에는 한 마리의 뇌룡으로 보이는군."

남궁명이 즐거이 웃으며 말했다.

"무슨 일로 저를 찾으셨는지요? 이 시간에 일부러 제 거처 근처에 계실 일이면 분명 제게 볼일이 있으실 텐데요."

"허허. 눈치가 빠르군 그래. 자네도 나가 이틀 후 사천맹으로 떠난다는 것은 알고 있겠지?"

물론 알고 있다. 그의 등장으로 인해 회의실을 떠나려던 환우가 회의를 모두 지켜보지 않았던가.

"물론입니다."

"한데 혼자서 그곳을 가기는 좀 심심해서 말일세. 함께 가지 않겠는가?"

환우는 두 눈을 동그랗게 떴다. 서로 일면식도 없는 처지에 동행을 부탁할 줄은 몰랐던 것이다. 그것도 남궁명씩이나 되는 고수가 자신에게 부탁할 줄은 생각지도 못한 것이다.

"죄송합니다만, 안 되겠습니다."

참으로 아쉬웠다. 남궁명과 같은 인물이라면 한 번쯤 함께 움직이는 것도 재미있을 것 같았다. 하지만 현재 환우에게는 할 일이 있었다. 그것도 현재는 목표가 명확한 상태다.

"흐음. 재미있을 텐데."

남궁명이 백염이 가득한 턱을 매만지면서 말했다. 그의 말에 환우는 절로 미소를 그렸다.

달랐다.

이 사람은 분명 달랐다.

보통의 정파인이라면 자신의 거절에 분명 갖은 대의명분을 내세워 자신을 설득하려 했을 것이다.

그런데 남궁명이 한 말은 고작 '재미있을 텐데' 다. 어찌 보면 마교와의 싸움에 있어 정파의 명운이 걸린 것일지도 모를 일을 단지 재미로만 말하다니.

보통의 정파인이라면 절대 할 수 없는 말이다.

"저도 그럴 거라 생각합니다. 하지만 저에게는 해야 할 일이 있습니다. 시간만 충분하다면 제 일을 끝내고 동행을 할 수도 있겠습니다만 서로 시간이 촉박한 일이라서요. 유감입니다."

환우의 대답에 남궁명이 고개를 끄덕였다.

"그렇긴 하지."

남궁명도 환우가 해야 할 일이 무엇인지는 잘 알고 있었다. 이미 환우에 대한 이야기를 듣고 왔으니 당연한 일이다.

"그래도 아쉽구만."

남궁명이 환우에게 미련을 버리지 못했다.

"왜 저와 함께하고 싶으신 겁니까?"

"재미있을 것 같거든."

참으로 간단한 대답이다. 그리고 진실된 대답이다.

"단지 재미입니까?"

환우가 웃으며 물었다.

"그것이면 충분하지 무얼 더 바라는가? 내 나이쯤 되면 재미있는 일을 겪기가 쉽지 않거든."

"과연 그렇군요."

환우가 대답했다.

무척이나 마음에 드는 대답이다. 진정으로 함께 가고 싶다는 마음이 생겼다. 하지만 그럴 수 없는 현실이 안타까울 뿐이다.

"영 안 되는 모양이군. 이거 섭섭하군."

환우의 표정에서 그가 함께하지 않을 것이라는 걸 짐작한 남궁명이 안타까운 얼굴로 중얼거렸다.

"뭐, 그것은 저도 아쉽습니다만 재미있을 만한 일이 그것만 있는 것은 아니지요."

환우가 두 눈을 빛내며 말했다.

"호오~ 그런가?"

환우의 두 눈을 남궁명이 똑바로 바라보았다.

'과연 듣던 대로군. 요즘 젊은이 같지 않아.'

남궁명은 환우의 두 눈이 말하는 바를 알 수 있었다.

설마 자신에게 정면으로 저런 눈빛을 보내는 젊은이가 있을 것이라고는 상상도 못했다.

그 눈빛이 뜻하는 바는 명백했다.

남궁명 자신도 젊은 시절 무수한 고수들을 만나면 저런 눈을 하지 않았던가.

"허허. 그러니까 한판 붙어보자 이건가? 그게 과연 재미가 있을까?"

정파제일고수답지 않은 직설적인 말투다. 환우는 빙그레 웃으며 고개를 끄덕였다.

"물론입니다. 아주 처절한 재미를 느끼게 해드리지요."

어쩐지 묘한 대답이다.

"처절한 재미? 어찌하면 재미가 처절해지는가?"

"직접 느껴보시지요."

환우가 자신에 찬 웃음을 지으며 말했다.

"좋네. 어디 한번 겪어보기로 할까?"

"그럼 조용한 곳으로 가시지요."

그렇게 두 사람은 적당한 장소를 찾아 움직였다.

그리고 딱 명당으로 보이는 자리에서 벌써 소민과 이협수가 판을 벌인 것이다.

두 사람의 대결은 점점 치열한 양상을 띠고 있었다. 처음의 탐색 단계를 넘어서 검영과 창영이 어지러이 공간을 지배했다.

"자네는 누가 이길 것 같나?"

남궁명이 환우에게 물었다.

"보면 뻔히 아는 것을 뭘 묻습니까?"

"그래도 알고 싶구만."

"알면서 묻지 마세요."

환우의 대답에 남궁명은 머쓱한 표정을 지었다. 박빙의 대결을 펼치고 있는 이 모습만 보고 누가 우세한지 판단하는 것은 굉장히 어려운 일이다. 보통 사람의 눈으로는 도무지 우열을 가릴 수 없는 모습이다.

그런데 환우는 아주 쉽게 누가 우세한지 알아본 모양이다. 결코 자신에 비해 크게 뒤떨어지지 않는 수준이라는 것을 남궁명은 인정할 수밖에 없었다.

"남궁 대협, 누가 우세한지 알 수 있으십니까?"

무영개가 조심스레 물었다. 자신은 아무리 보아도 알 수가 없었다. 물론 천의맹으로 오는 마차에서 환우가 하는 말을 듣기는 했지만 쉬이 믿을 수 없었기에 남궁명에게 물은 것이다.

"물론이네. 두 사람에게는 큰 차이가 있어. 그 차이가 우열을 갈랐어."

"그게 무엇인지요?"

무영개가 두 눈을 빛내며 물었다.

"경험의 차이지요."

대답은 환우의 입에서 나왔다.

"경험의 차이?"

"네. 실전 경험의 차이요."

"어차피 두 사람 모두 산속에서 홀로 수련을 했네. 경험의 차이라면 크지 않을 것이라 보네만. 게다가 소민은 기련산에 있는 동안 공동파의 고수들과도 비무를 벌였었다고 하더군. 자네가 경험 운운하니 굉장히 기분이 상해서는 나에게 말했었네. 그중에는 공동의 장문인도 있었어."

무영개의 말에 환우가 고개를 저었다.

"경험도 경험 나름이지요. 스스로를 발전시키려면 자신보다 뛰어난 사람과 부딪쳐야 합니다. 자신보다 못한 사람과의 비무는 발전에 큰 도움이 되지 않아요. 하다못해 비슷한 사람과의 비무는 스스로를 돌아볼 수 있게 만들지요."

"그 말은 기련산에서의 비무가 소민에게 전혀 도움이 되지 않았다 말인가?"

"수준 차이가 너무 나니까요. 오히려 공동파의 장문인께 도움이 되었으면 되었겠지요."

"그러면 협수는?"

"비슷한 실력의 인물과 죽자 사자 비무를 했었지요. 아주 치열하게요."

환우가 밤하늘을 올려다보면서 대답했다. 융중에서 이협수와 함께 보낸 시간들. 환우에게 있어서는 아주 소중한 추억 중 하나였다.

"누구와?"

당금 무림에 이협수와 비슷한 실력을 지닌 이를 찾기는 힘들었다. 오성 중의 일인인 자신조차 이협수를 감당할 수 없지 않은가.

"저요."

환우가 간결하게 대답했다.

하지만 그 대답에 무영개는 '과연!' 이라는 표정으로 고개를 끄덕였다.

이협수와 비무를 벌이며 수련을 하였기에 환우는 마차에서 그리 단언을 했던 것이다.

과연 두 사람의 의견대로 비무의 양상은 점점 이협수에게 유리하게 진행되고 있었다.

조금씩 조금씩 소민이 밀리기 시작하는 것 같더니 어느새 완벽한 수세에 몰려 있었다. 하지만 공세를 취하는 이협수 역시 방심하지 않고 전력을 다했다. 잠깐의 틈만 주더라도 수세에 몰리는 것은 자신이라는 것을 아는 듯한 얼굴이다.

"쳇!"

소민은 창강이 찬연히 빛나는 창을 크게 휘둘러 이협수와의 거리를 벌였다.

"헉헉헉. 대단하시군요."

소민이 숨을 몰아쉬며 말했다. 그녀의 얼굴은 땀으로 흠뻑 젖어 있었다.

"제가 드릴 말씀입니다. 헉헉."

이협수 역시 땀으로 목욕한 듯 흠뻑 젖어 있었다.

"어디 이것까지 막아보시지요."

소민이 풍기는 기세에서 이협수는 그녀가 최강의 절초를 펼치려 한다는 것을 직감할 수 있었다.

"기꺼이."

이협수 역시 자신의 기세를 최고조로 끌어올렸다.

"천룡무상후(天龍無常吼)와 월영천강진천하(月影天罡震天下)인가?"

환우가 담담히 중얼거렸다.

환우는 이협수의 천룡무상후를 직접 대적한 경험이 있었

다. 그리고 임소민의 월영천강진천하는 직접 보지는 못했지만 그 기세를 느낀 적은 있었다.

단순히 초식의 위력만 놓고 본다면 우열을 가리기 힘든 절초다.

하지만 누구의 손에 펼쳐지느냐에 따라 위력은 달라지는 법이다.

거대한 백룡과 새하얀 달빛이 부딪쳤다.

콰콰콰쾅!

거대한 폭음이 울렸다.

천의맹의 한가운데에서 갑자기 폭음이라니.

곳곳에서 무사들이 달려왔다.

하지만 곧 무영개를 보고는 그 자리에서 멈췄다. 무영개가 재빨리 주변을 돌며 무사들을 수습해 돌려보냈다.

그사이 두 사람을 감싸고 자욱히 피어올랐던 먼지가 가라앉았다.

승패는 결정이 났다.

창대에 몸을 기대고 겨우 버티고 서 있는 소민의 패배였다. 이협수 역시 온전치는 않은 듯 얼굴이 새하얗게 질려 있었다. 기혈이 역류한 것이다.

"쯧쯧. 두 사람 다 대책없기는. 내일모레면 마교랑 싸울 사람들이 여기서 죽자 사자 부딪치면 어쩌자는 거예요? 이래서 이틀 안에 회복하겠어요?"

환우는 두 사람이 적지 않은 내상을 입었음을 알아보았다.

"훗. 그래도 어쩔 수 없지 않느냐?"

환우의 말에 이협수가 씁쓸히 웃으며 말했다.

"너 때문이잖아!"

패배했다는 충격 때문인가. 임소민이 신경질적으로 말했다.

"쳇. 왜 나한테 짜증이람."

환우가 고개를 돌리며 중얼거렸다.

"허허. 되었네. 오랜만에 보는 훌륭한 비무였어."

그때 남궁명이 끼어들면서 주변을 정리했다.

가만히 놔두었다가는 또 다른 싸움이 벌어질 것 같았기 때문이다.

"검존 어른을 뵙습니다."

"절대검존을 뵙습니다."

소민과 협수. 두 사람이 재빨리 예를 취했다.

"허허. 되었어. 뭐 그리 어렵게 생각하나. 사해가 동도이거늘. 자네들이나 나나 강호의 한낱 무부인데 말이야."

그러면서 남궁명이 품에서 작은 목곽을 꺼내 열었다. 그 속에 잘 싸여 있는 단환 두 개를 꺼내 두 사람에게 건넸다.

"이것은?"

"어르신?"

갑작스러운 남궁명의 행동에 두 사람은 얼떨떨한 얼굴로 그를 바라보았다.

"허허. 젊은 시절 작은 인연으로 얻은 단환이야. 두 사람
같은 무림의 동량에게는 부족한 면이 없지 않지만 내상이 작
지 않아 보이니 일단 그것이라도 사용하게."

남궁명의 말대로 두 사람은 적지 않은 내상을 입었다. 특히
소민의 내상은 심각했다.

둘 모두 뒤를 생각지 않고 전력으로 부딪친 결과였다.

젊은 혈기가 그렇게 전력을 다해 비무하게 만들었으리라.

남궁명의 호의에 두 사람은 감격에 겨운 얼굴을 했다.

"그런 눈으로 보지 말고 어서 내상을 다스려. 내상은 빨리
다스려야 하는 법이야."

남궁명의 말에 두 사람은 지체없이 단환을 입 안에 넣고 곧
가부좌를 틀고 운공요상에 들어갔다.

단환은 입 안에 들어가자 액체로 녹아 독구멍을 넘어갔다.
단전 깊숙한 곳에서부터 청량한 기운이 피어오르는 것이 보
통 단환이 아닌 듯했다.

그러나 두 사람은 어떠한 말도 할 수 없었다. 이미 운공에
들었기 때문이다.

"허어. 이건 분명 소환단일 텐데……."

무영개는 두 사람에게서 흘러나오는 단환의 향에 놀랍다
는 얼굴로 중얼거렸다.

소림 소환단.

절세의 기보라는 대환단만은 못하지만 절세의 단환이라

할 수 있는 것이 소환단이다. 장로 이상의 인물들만 만일을 대비해 하나씩 상비하고 다닌다 들었다.

남궁명이 그것을 두 알이나 가지고 있었다는 것도 놀랍거니와 그것을 아낌없이 소민과 협수에게 사용하는 것에 더욱 놀랐다.

"이틀 후 마교의 악도들을 상대하러 나갈 무림의 기둥들이야. 이 정도가 아까울 리 없지. 아니, 오히려 부족해."

무영개를 보며 남궁명이 말했다.

그의 모습에 환우가 고개를 끄덕였다.

과연 그릇이 달랐다.

저런 사람이기에 정파제일인일 수 있는 것이리라.

"자, 그럼 이제 우리 볼일을 볼까?"

"그러지요. 그런데 이곳도 그다지 조용할 것 같지는 않군요."

환우의 말에 남궁명이 고개를 끄덕였다. 조금 전에도 수많은 무사들이 달려와 무영개가 수습하지 않았던가.

"그러면 다른 곳을 찾도록 하지. 자네에겐 이 두 사람 좀 부탁하겠네."

그 말을 끝으로 남궁명이 몸을 훌쩍 날렸다. 환우가 그 뒤를 따랐다.

"저, 저……."

무영개는 그 모습을 멍하니 바라보았다.

일생일대의 구경거리가 눈앞에서 사라졌다.

두 사람을 따라가고 싶었지만 그러면 운공요상 중인 두 사람은 누가 보살핀단 말인가.

지금 두 사람은 외부에서 오는 자그마한 충격에도 큰 충격을 받을 수 있는 상태다. 반드시 지켜줘야 할 호법이 있어야 했다.

"에잉. 녀석들, 적당히 좀 할 것이지."

두 사람 때문에 환우와 남궁명의 대결을 보지 못한다는 생각 때문일까. 무영개는 소민과 협수를 향해 아쉬운 듯 중얼거렸다.

*   *   *

네모반듯한 반상 위에 백과 흑이 어지러이 얽혀 있다. 조금의 틈이라도 보이면 어떻게든 상대의 진영으로 비집고 들어가겠다는 듯 호시탐탐 상대를 노리고 있는 흑과 백의 돌.

두 노인이 각기 한 손에 돌을 들고 반상을 지그시 내려다보고 있다.

"허허. 이번에도 승부가 나지 않을 것 같군요."

"글쎄요. 아마도 그럴 것 같군요."

두 노인은 이미 앞으로의 수를 모두 읽고 집 계산까지 끝낸 듯했다.

벌써 몇 번째인지 모른다. 바둑이 이렇게 무승부로 끝나는 것이 말이다.

"중원에서는 그 아이에게 놓으라 말하고 왔는데 제 자신이 놓지를 못하니 부끄럽습니다그려. 고작 검은 돌과 흰 돌이 노니는 이 승부에 이리도 집착하니까요."

"바둑마저 놓아버리면 무슨 재미로 살겠습니까? 속세를 등진 저도 이 바둑만은 등지지를 못 하겠습니다."

"그렇지요?"

"그렇구말구요. 허허허."

무승부로 결정이 난 바둑판을 정리하는 두 노인의 얼굴에는 기분 좋은 웃음이 어려 있었다. 돌의 정리가 모두 끝난 후 두 사람은 흑과 백의 돌을 바꾸었다.

탁.

그리고 곧바로 시작하는 또 한 번의 대국.

주변은 조용해졌다.

탁. 탁.

오직 반상에 돌을 올려놓는 소리만이 울렸다. 그렇게 얼마나 시간이 흘렀을까? 또다시 흑과 백이 서로의 진영을 공고히 하며 반상 위에서 어지러이 얽혀들었다.

"그 아이는 지금 무얼 하고 있을까요?"

"죽어라 찾고 있겠지요. 다 부질없는 것임을 모르는 게죠. 아직 젊으니까요. 저 또한 그랬고요."

"헐헐. 그것은 우리 아이들도 마찬가지입니다. 사제가 그렇게 죽었을 때 모두 그만 두었어야 하는 것을. 어디에 있든 그게 무슨 상관이라고 그리도 원통해하는지. 다 부질없는 것임을 그 아이들이야말로 모르지요."

두 사람의 얼굴에는 씁쓸한 미소가 감돌았다.

그들은 아는 것을 그들의 후인은 모르고 있는 것이 안타까운 것이다.

"한데 그 아이를 왜 중원으로 보낸 것입니까?"

"그 아이는 애초에 불가와는 인연이 없는 아이입니다. 저와의 인연으로 거두었을 뿐이지요. 직접 가서 겪고 부질없음을 깨닫기를 바라는 마음에서 보낸 것이지요."

"그렇군요. 용아천뢰검이니 뇌룡아니 결국은 하나인 것을요. 그리고 그것은 그것으로 존재할 뿐인데 수호신물이니 호교무공이니 멋대로 사람들이 정했을 뿐이지요."

두 사람의 대화가 깊어질수록 돌을 놓는 손이 느려졌다.

"감사합니다. 그 미욱한 아이에게 잠시라도 올바른 길을 보여주셨으니."

"허허. 그저 호기심에 그런 것입니다. 그런 공치사를 원한 것이 아니에요."

두 사람의 얼굴에 다시 한 번 미소가 감돌았다.

"자, 그럼 계속해서 대국을 진행하지요. 아이들의 일은 아이들이 알아서 할 것입니다."

스님의 말에 노인이 미소를 지으며 힘차게 반상에 돌을 올려놓았다.

그렇게 대국이 계속 진행되려 할 때 두 사람의 눈에 동시에 이채가 떠올랐다.

"허허. 멀리서 사람이 찾아온 모양입니다."

"그렇군요. 여전히 부질없는 것에 매달리는 사람들이라니. 쯧쯧."

노인의 말에 스님이 손에서 돌을 놓았다.

"헉헉헉. 사숙, 좀 천천히 가요."

"시간없다, 이놈아. 너도 소식을 듣지 않았더냐? 놈들이 움직이기 시작했단 말이다. 한시라도 빨리 그분을 모시고 가야 해."

범어사로 오르는 산길을 달리며 청풍개가 다급한 목소리로 말했다. 구지개를 길잡이로 왔기에 육로로만 와서 그런지 청풍개는 여전히 힘이 넘쳤다. 과연 정파무림에서 가장 빠른 경공을 가졌다 할 만했다.

구지개가 따라오지 못하자 청풍개는 홀로 달렸다. 이미 한 번 와본 적이 있는 곳이니 거칠 것이 없었다.

"아미타불. 어서 오십시오. 먼 길에 고생 많으셨습니다."

범어사의 산문에 도착했을 때 이미 한 스님이 나와 그를 기다리고 있었다.

낯익은 스님이다. 일전에 왔을 때 자신을 안내해 주었던 그 스님이다. 법명이 분명 망화였으리라.

"망화 스님이시군요. 오랜만에 뵙습니다."

청풍개의 인사에 망화 스님이 은은한 미소를 지었다.

"그렇군요. 그 녀석을 데려가신 후 처음이시니 참으로 오
랜만에 오셨습니다. 큰 스님을 뵈러 오셨지요?"

청풍개가 고개를 끄덕이며 대답했다.

"네. 긴급한 일이 있어 결례를 무릅쓰고 이곳까지 급히 달
려왔습니다."

"큰 스님께서 기다리고 계십니다. 가시지요."

망화 스님의 안내로 청풍개는 범어사 경내로 들어섰다. 마
음이 급했으나 안내해 주는 망화 스님의 걸음에 보조를 맞추
어야 했기에 속이 새까맣게 타 들어갔다. 다시 이곳에서 중원
까지 가는 시간에 비하면 이것은 그야말로 찰나에 불과할진
데도 그 시간조차 아까웠다.

얼마나 속이 타 들어가면 그는 망아 대사가 자신이 온 사실
을 어찌 알게 되었는가에 대한 놀람도 느끼지 못하고 있었다.

망화 스님은 그런 청풍개의 속을 아는지 모르는지 느긋이
걸음을 옮겼다. 그렇게 얼마나 갔을까?

예전에 와보았던 작은 암자에 당도할 수 있었다.

"큰 스님, 손님을 모시고 왔습니다."

"안으로 모시거라."

암자 안에서 들려온 대답에 망화 스님이 한 곁으로 물러

났다.

청풍개는 신발을 벗고 암자 안으로 들어섰다.

암자 안에는 망아 스님과 처음 보는 노인이 마주 보고 앉아 있었다. 두 사람의 사이에는 바둑판이 놓여 있었다.

"오랜만에 뵙습니다, 망아 대사님. 제가 두 분의 시간을 방해한 것은 아닌지 모르겠습니다."

"허허. 먼 곳에서 손님이 오셨는데 이런 여흥거리가 문제겠습니까? 편히 앉으시지요."

청풍개는 이미 준비되어 있는 방석에 편한 자세로 앉았다.

"어쩐 일로 다시 오셨습니까? 그 아이가 많이 부족합니까?"

"아닙니다. 그럴 리가요. 충분히 훌륭합니다. 하지만 생각했던 것보다 일이 급박하게 돌아가기에 제가 다시 온 것입니다. 대사님을 청하기 위해서요. 여기."

거기까지 말한 청풍개는 품에서 서찰을 꺼내 망아 대사에게 건넸다. 불요 대사가 그에게 보내는 서찰이다.

망아 대사는 서찰을 찬찬히 읽었다. 모두 읽은 후 다시 처음처럼 곱게 접어 한쪽에 놓았다.

"어찌 된 일인지 잘 알겠습니다. 하지만 제가 가야 할 일은 아니로군요."

"네?"

망아 대사의 대답에 청풍개는 깜짝 놀랐다. 당연히 함께 나서줄 것이라 생각하고 이곳까지 죽을힘을 다해 달려왔는데 나서지 않겠다니. 그에게는 청천벽력이나 다름없었다.

"그게 무슨 말씀이십니까?"

"오십여 년 전에는 제가 젊었습니다. 젊은 혈기에 나섰습니다만 제가 나서서는 안 되는 일이었습니다. 그것은 이번도 마찬가지입니다. 중원이란 땅은 수많은 사람이 얽혀 관계를 만들어 살아가는 땅입니다. 제가 그곳에 끼어들어 다른 흐름을 만들 수는 없지요. 그것은 오십여 년 전의 그것으로 충분합니다."

"하지만 대사님께서는 이미 신 동자를 보내지 않으셨습니까?"

"오십여 년 전 남겨놓은 저의 실수를 회수하기 위해서입니다."

"그 말씀은?"

"열 자루의 용아천뢰검이지요. 그것이 잘못된 인연을 중원 땅에 만들었으니 그 인연을 걷어야지요. 그래서 환우, 그 아이를 보낸 겁니다."

"그 말씀은 마교의 발호와는 아무 상관이 없다는 말씀이십니까?"

"그렇습니다. 저는 오십여 년 전 분명 그것으로 끝이 아닐 것이라 말씀을 드렸습니다. 그럼에도 그저 유유히 세월을 보낸 것은 그대들이지요. 그 세월에 대한 책임은 그대들이 져야 하는 것입니다. 다시 한 번 제가 인연을 끌 수는 없는 일이지요."

"어찌 그러십니까?"

망아 대사의 말에 청풍개는 허탈한 얼굴로 말했다. 하지만 망아 대사는 여전히 인자한 미소를 짓고 있을 뿐이다.

"오십여 년 전 그날. 그자는 너무도 편안하게 숨을 거두었습니다. 저에 의해 목표가 좌절되는 사람의 모습이 아니었어요. 마치 성불하는 듯한 모습이었지요. 깨달음을 얻었을 리는 만무한 상황이니 다른 무언가가 있었겠지요. 저는 그래서 분명 그대들에게 그런 말과 용아천뢰검을 남긴 것입니다. 아직 끝이 아니라는 의미로요. 제가 해줄 수 있는 것은 거기까지였습니다. 그리고 이제 그 인연을 정리할 때가 되었기에 환우를 보냈을 뿐. 그게 전부입니다."

망아 대사가 청풍개에게 말을 마쳤다.

청풍개의 눈동자가 풀려 있었다. 자신은 이런 이야기를 듣기 위해 중원 땅에서 이 먼 해동까지 온 것이 아니다. 자신은 반드시 다시 한 번 동방신협을 중원으로 모시고 가야 했다.

하지만 이제 그 일은 이룰 수 없는 일이 되어버렸다.

"중원까지는 먼 길입니다. 오늘 하루 쉬었다가 가십시오."

명백한 축객령이 떨어졌다.

"알겠습니다. 그럼 이만 일어나겠습니다."

청풍개는 힘없이 일어나 터덜터덜 걸음을 옮겨 선방을 나섰다. 마침 그때 구지개가 암자를 향해 올라오고 있었다.

"어찌 되었습니까?"

청풍개의 모습에 구지개가 재빠르게 달려왔다.

"이만 돌아가자."

청풍개가 힘없이 고개를 저으며 말했다.

"그런……."

청풍개의 행동이 무엇을 의미하는지 알고 있었기에 구지개는 믿을 수 없다는 눈을 했다.

"그런이고 뭐고 어서 가자. 점점 상황이 급박하게 돌아갈 테니 우리라도 손을 보태야 하지 않겠느냐.'

그 말을 끝으로 청풍개는 범어사의 산문을 향해 걸음을 옮겼다. 하루 쉬어가라 했지만 그 시간도 아까웠다.

천의맹의 군사인 서문황은 분명 동방신협이 온다는 가정하에 모든 작전을 세웠을 것이다. 그렇다면 한시라도 빨리 가서 이 소식을 전해야 한다. 그래야 작전을 바꿀 여유가 있을 것이다. 하루씩이나 허비할 시간은 없었다.

금정산을 나서자 청풍개의 걸음이 점점 빨라졌다.

감히 말을 걸 분위기가 아니었기에 구지개는 묵묵히 그 뒤를 따랐다.

"냉정하시군요."

청풍개가 나간 후 노인이 입을 열었다.

"그래야지요. 제가 저지른 과오에 대한 일이니 어쩔 수 없지요."

“과오라니요. 그때는 끼어드는 것이 맞았습니다. 스님께서 나서지 않으셨다면 제가 나섰을지도 모르는 일입니다.”

“그래요. 그렇게 두었어야지요. 젊은 혈기에 그리 흘러야 할 물길을 제가 다른 곳으로 돌려 버렸지요. 그래서 바로잡으려 하는 것입니다.”

망아 스님이 씁쓸한 미소를 지었다.

“그런데 그 녀석이 그리 편안하게 갔다구요?”

“네.”

“처음 알게 되는 사실이군요. 제 사제는 절대 그리 갈 사람이 아닌데요. 어릴 때부터 의뭉스럽고 계략을 짜기를 좋아하는 녀석이었지요. 그렇다면 그때의 그 중원 정벌과 자신의 죽음까지도 계략에 넣었을지도 모르겠습니다. 그러니 그리 갔지, 절대로 편히 세상을 뜰 녀석이 아닙니다.”

사제라 했다.

그랬다. 노인은 융중산에서 환우를 만난 후 곧바로 해동으로 온 마교의 태상호법이었다.

마선(魔仙).

노인은 언젠가부터 스스로를 그렇게 칭했다.

어느 순간부터 이름도 잊었다. 그저 스스로를 마선이라 했을 뿐이다.

태상호법 마선. 그가 해동으로 와 오십여 년 전 마교의 야망을 좌절시켰던 동방신협 망아 대사와 함께 있었다.

"그때 제가 그 녀석을 막으러 가던 길이었습니다. 그리고 하늘에서 떨어지는 열 줄기의 벼락을 보았지요. 그 모습에 넋을 잃어 그 녀석이 어찌 갔는지 미처 살피지를 못했었지요. 알았더라면 그 아이들을 다독이고 있었을 것을……."

"허허. 아닙니다. 모든 것이 흘러갈 길이 있는 법이지요. 순리대로 흘러갈 것입니다."

마선의 말에 망아 대사가 웃으며 말했다.

"그렇습니다만. 이번에도 제가 잘못 생각한 것은 아닌지 모르겠습니다."

마선이 탈마의 경지에 든 것은 오십여 년 전의 그때다. 그때 탈마의 경지에 들면서 깨달음을 얻었기에 막으려 했으나 한 발 늦어 사제의 죽음을 지켜봐야만 했다.

하지만 그것마저 사제의 꿍꿍이속에 있을 줄은 몰랐다.

그것을 지나쳐 또 다른 혈겁이 일어나게 방치했다는 사실이 못내 가슴을 아리게 만들었다.

"아이들의 일은 아이들이 알아서 할 것입니다. 그리 어두운 얼굴을 하지 마시고 곡차라도 한잔하시지요."

망아 대사의 말에 마선의 얼굴이 환하게 변했다.

"곡차요? 좋습니다."

어느새 마선의 얼굴에 웃음이 어린다.

그 모습에 미소를 지은 망아 대사는 선방의 어느 곳에서 작은 단지와 사발 두 개를 꺼냈다. 단지의 봉인을 뜯는 순간 감미로운 주향이 선방을 감쌌다.

두 사람의 사발에는 어느새 노란빛의 술이 가득 찼다.

"제가 등선하지 못하는 것이 바로 바둑과 이 곡차 때문이지요. 허허."

마선이 웃으며 말했다.

"그렇군요. 이 곡차는 제가 오십여 년 전 해동으로 돌아와서 담근 것입니다. 이제 세 단지 정도 남아 있는데 이것이 그중 하나지요."

"허어. 이 귀한 것을!"

"아무래도 중원으로 가봐야 할 것 같습니다."

"역시 그렇지요?"

그럴 것이라 짐작한 듯이 마선이 말했다.

"네. 끼어들지는 않더라도 지켜보기는 해야 할 것 같습니다."

"저도 이제 슬슬 돌아갈 때가 되지 않았나 싶었습니다."

"잘되었습니다. 먼 길이 적적하기는 않겠군요."

"허허허. 그러게 말입니다."

두 사람은 그렇게 주거니 받거니 하면서 그날을 보냈다.

第四章

절대거문존

"사람이 아니야… 사람일 리 없어. 그래, 동방의 하늘에서 내려온 천신(天神)일 거야. 틀림없어."

해동에서 온 백의의 사내. 한 번의 손짓에 열 개의 벼락이 떨어지고, 마교의 혈사는 그 앞에 침묵한다. 열 개의 벼락을 중원에 남겨두고 홀연히 떠났다.

그리고 오십년후. 다시금 중원이 어지러워지려 할때 그의 후예가 중원으로 향한다.

푸른 하늘에 열 개의 벼락이 다시 떨어지는 순간 천하는 그 앞에서 무릎 꿇으리라.

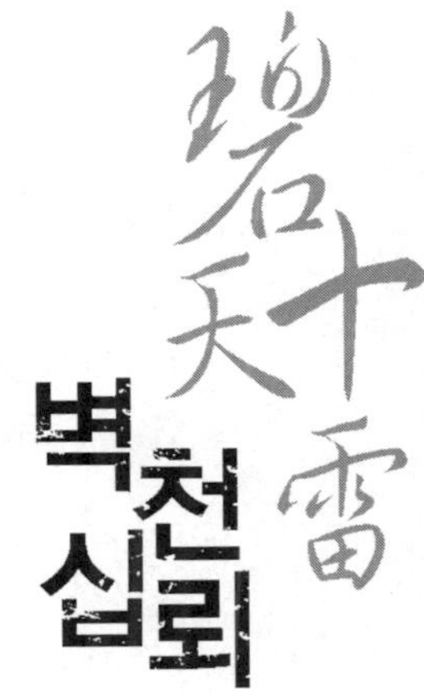

남궁명은 빠른 속도로 경공을 펼쳤다. 환우 역시 경공을 펼쳐 그 뒤를 따랐다. 주변의 경물이 순식간에 뒤로 지나갔다.

그렇게 얼마를 달렸을까?

낙양을 벗어나서 한적한 장소에 도달할 수 있었다.

"이쯤이 좋아 보이지?"

"그렇군요. 조용하고 주변에 아무도 없는 것이 딱 좋군요."

"그럼 어디 시작해 볼까?"

스르릉.

맑은 소리가 울렸다.

검을 뽑아 든 남궁명의 두 눈이 깊게 가라앉았다. 지금까지 보여준 일견 장난스러운 눈빛은 씻은 듯 사라졌다.

환우도 긴장한 얼굴로 남궁명과 마주섰다.

두 사람 사이의 거리는 오 장 정도다.

환우의 손이 품에 들어갔다 나왔다.

모두 다섯 자루의 용아천뢰검이 들려 있었다.

이협수가 전해준 다섯 번째 용아천뢰검의 이름은 포뢰였다. 울기를 좋아한다는 구룡자 중 둘째다.

오른손에 들린 세 자루, 왼손에 두 자루를 든 채 환우는 남궁명을 바라보았다.

"흐음. 그것이 자네가 중원을 떠돌게 만든 그 용아천뢰검이란 말이지? 과연 명검이로군."

남궁명은 환우의 손에 들린 용아천뢰검을 유심히 살폈다.

"글쎄요."

환우가 싱긋 웃으며 양손을 들어 올렸다.

"그럼 어디 한번 볼까?"

남궁명이 기수식을 취하면서 환우를 노려보았다. 남궁명의 검극이 환우의 미간을 가리키고 있었다.

제왕검형(帝王劍形).

남궁명에게 절대검존이라는 칭호를 준 남궁세가의 가전검법이다.

지금 남궁명은 제왕검형의 기수식을 취하며 환우와 대치

하고 있었다.

환우도 두 손을 가볍게 놓았다.

그러자 다섯 자루의 검이 오른쪽 어깨에서 왼쪽 어깨 위로 둘러싸듯 둥둥 떠올랐다.

남궁명의 눈에 이채가 어렸다가 빠르게 사라졌다. 이미 환우가 사용하는 이기어검술에 대한 소문은 귀가 따갑게 들었기 때문이다.

'저것이 이기어검술이 아니란 말이지?'

어떻게 보아도 이기어검술이건만 환우 스스로가 그것을 부인했다고 했다. 과연 어떤 수법인지 동방신협의 무공은 참으로 신비로웠다.

먼저 움직인 것은 남궁명이다. 남궁명의 검이 천천히 그러나 빛살같이 환우를 쓸어왔다. 그와 동시에 세 자루의 용아천뢰검이 날아갔다.

챙채챙.

검과 검이 부딪쳤다.

자신의 검이 용아천뢰검에 막혔으나 남궁명은 아랑곳 않고 계속해서 초식을 펼쳤다. 환우가 막았으되 남궁명의 검의 흐름에는 막힘이 없는 듯하였다.

빠르게 보법을 밟으며 움직이는 남궁명의 모습은 그야말로 유유히 흘러가는 강과도 같았다.

환우의 손짓에 따라 다섯 자루의 용아천뢰검이 어지러이

움직였다.

다섯 자루를 사용하는 것은 처음이다.

다섯 자루의 움직임을 제어하려면 그만큼 많은 의지력이 소모될 텐데도 환우의 얼굴은 변함이 없었다.

한 자루의 용아천뢰검을 얻을 때마다 환우의 실력도 그만큼 증가해 왔다. 처음에는 한 자루 다루는 것도 어려웠으나 이제는 다섯 자루도 자유자재로 다루고 있었다.

물론 활용편에서 익힌 사용공의 덕도 있었지만 근본적으로 환우의 의지력이 그만큼 거대해졌기에 가능한 일이다.

게다가 포뢰가 가세하자 검의 움직임이 달라졌다.

아니, 움직임은 다섯 자루가 되어 변화가 더욱 복잡해진 정도이다. 근본적인 변화는 소리에 있었다.

다섯 자루의 용아천뢰검이 공기를 가르며 나는 소리가 달라져 있었다. 은은히 공기를 떨게 만드는 울림.

벽천뇌검공이 펼쳐질 때의 뇌성과는 다른 소리다.

으르릉.

공중을 날아다니는 용아천뢰검.

용아천뢰검이 날면서 만들어내는 울림이 은근히 남궁명의 정신을 어지럽게 만들었다.

'이게 용음(龍音)이라는 것인가?

울기를 좋아한다는 포뢰가 더해짐으로 다섯 자루의 용아천뢰검이 울기 시작했다.

‘듣던 것과는 많이 다르군.’

달랐다.

자신이 주변 사람들에게 들어서 알고 있는 환우와 달랐다.

즐겨 사용한다는 목단검은 보이지 않았다. 용아천뢰검을 많이 모은 만큼 사용할 필요가 없다는 것일까?

남궁명은 환우가 도귀를 상대하면서 벽조목검을 모두 소멸시킨 것을 알지 못했다.

남궁명의 검이 점점 더 어지럽게 움직이기 시작했다. 그에 따라, 환우의 의지에 따라 움직이는 용아천뢰검도 점점 바빠졌다.

“허허. 과연. 도귀를 쓰러뜨릴 만한 실력이로군.”

아직 전력을 다하는 것은 아니었지만 환우 역시 별 무리 없이 자신의 공격을 막아내고 있었다.

쾅.

힘껏 휘두른 검과 애자가 부딪쳤다.

그리고 두 사람은 훌쩍 거리를 두고 물러섰다.

“과연 자네 말대로 재미있어.”

남궁명이 싱긋 웃으며 말했다.

“저 역시 기대대로라 만족스럽습니다.”

“기대대로라고?”

“네. 현재 천의맹에서 제 전력을 시험할 수 있는 유일한 인물이 검존 어른이라 생각했지요.”

"허. 자신의 모든 실력을 시험할 상대? 그렇다면 자네는 자네의 실력을 모른단 말인가?"

"그렇지요. 도귀를 쓰러뜨린 후 저는 또 한 꺼풀을 벗었으니까요."

환우가 두 눈을 빛내며 말했다.

남궁명은 어이가 없었다. 아니, 천하에 누가 있어 감히 자신을 실력 시험용으로 사용할 생각을 한단 말인가. 참으로 당돌한 녀석이다.

하지만 그만큼 마음에 들었다.

"허허허. 그러면 지금 너는 자신이 도귀보다 훨씬 강하다고 말하는 것이냐?"

"그렇지요."

환우가 자신 가득한 미소를 지은 채 말했다.

"그럼 어디 그 실력을 견식해 볼까?"

남궁명이 풍기는 기운이 달라졌다.

지금부터가 진정한 제왕검형인 것이다.

제왕검형은 단 일 초식으로 이루어진 검법이다. 일초이되 일초가 아닌 검법. 그것만으로도 감히 정파제일인을 만들어 낸 검법이다.

환우가 침을 꿀꺽 삼켰다.

달라진 기도가 자신을 압박하고 있었다.

이 기도만으로 보아도 남궁명은 도귀보다 최소한 한 수 정도 위였다.

"어디 이 일검을 막아보거라."

그 말과 동시에 남궁명의 기세가 더욱 증폭되었다.

순식간에 거인으로 변해 버린 남궁명. 하지만 환우도 지지 않았다. 환우의 기세 역시 무럭무럭 피어올라 남궁명에 대항했다.

다섯 자루의 용아천뢰검이 은은히 빛나기 시작했다.

처음이다.

다섯 자루의 용아천뢰검을 사용해서 벽천뇌검공을 사용하는 것은 처음이다. 과연 그 위력이 어떠할지는 자신도 몰랐다.

남궁명의 검이 천천히 움직이기 시작했다. 느릿느릿 움직이는 검. 하지만 그 검에 담긴 거력은 땅을 울리게 만들었다.

땅을 울리고 하늘을 흔들며 움직이는 검. 그것이 바로 제왕검형인 것이다.

제왕검형의 움직임은 간결했다.

아니, 그 현묘한 변화를 극성으로 익힌 남궁명이 펼치기에 간결해 보이는 것이다.

간결해 보이는 움직임에는 무수한 변화가 녹아들어 있었다.

하늘과 땅을 흔들며 움직임 검은 천천히 세로 베기로 환우를 쓸어왔다.

“오뢰진천!”

그와 동시에 용아천뢰검이 떨린다.

그리고 푸른 벼락으로 화해서 검을 향해 날아간다.

다섯 줄기의 벼락과 한 자루의 검.

막대한 잠력을 지닌 둘이 부딪친다.

콰콰콰콰쾅!

부딪치자마자 엄청난 폭발이 일어났다.

힘과 힘이 부딪친 여파가 사방을 쓸고 지나갔다.

환우는 자신의 의지력을 사방으로 내뿜어 스스로의 몸을 지켰다. 이런 폭발에 휘말리면 적지 않은 부상을 입을 것이 뻔했다.

“크윽.”

폭발의 여파가 사라지고 두 사람의 상황이 드러났다.

아무 일 없었다는 듯 서 있는 환우와 검에 의지해 겨우 서 있는 남궁명.

결과는 명료했다.

환우의 압도적인 승리다.

얼굴이 새하얗게 질린 채 입가에 흐르는 한 줄기 선혈은 남궁명이 내상을 입었음을 알려주었다.

“어서 추스르시지요.”

드러난 결과에 스스로 놀란 환우가 말했다.

환우의 말에 고개를 끄덕인 남궁명은 품에서 목곽을 꺼내 소환단을 입 안에 넣었다.

이제 목곽은 완전히 비었다.

소환단을 삼킨 남궁명은 곧 가부좌를 틀고 앉아 운공요상에 들어갔다.

환우는 그 곁에 서서 가만히 생각에 잠겼다.

설마 자신이 이렇게까지 강해졌을 줄은 몰랐다.

사실 남궁명의 기세에 상당히 긴장했었다. 자신을 그렇게 고생시킨 도귀 손철야를 뛰어넘는 기세가 그렇게 만들었다. 그랬기에 전력을 다해 기세를 피워 올리고 용아천뢰검을 떨쳤다.

그 결과가 이것이다.

자신은 너무나 멀쩡하고 남궁명은 상당한 내상을 입었다.

예전의 자신이라면 상상도 할 수 없을 일이다.

전력을 다해 다섯 자루의 용아천뢰검으로 벽천뇌검공을 펼쳤다면 분명 탈진해서 쓰러져야 정상이다. 과거에는 분명 그랬다. 한 줌의 의지력도 남지 않았기 때문이다.

하지만 이번에는 아니었다.

오뢰진천을 펼치고도 의지력이 남아 폭발로부터 자신의 몸을 지키기까지 했다.

그리고 여전히 온몸에 힘이 충만했다.

과연 지금의 자신이 자신이 맞는지 의아했다.

절대검존 남궁명을 압도하는 실력이라니 믿기지가 않았다.

자신도 자신이 이렇게 강해지리라고는 상상도 못했던 탓이다.

얼마나 시간이 흘렀을까?

동녘 하늘이 조금씩 밝아오기 시작했다.

그때 남궁명이 두 눈을 뜨고 몸을 일으켰다.

"자네, 괴물이군."

남궁명이 질렸다는 듯 말했다. 자신을 그렇게 몰아세우고도 저리도 멀쩡한 모습이라니 그 말이 나올 수밖에 없었다.

"저도 놀랐습니다."

환우가 진정으로 말하자 남궁명은 고개를 끄덕였다. 처음에는 당돌하고 광오하다 생각했다. 하지만 만약 환우의 그 일격을 받은 이가 자신이 아니었다면 생명을 잃었으리라. 그 정도 엄청난 공격이었다.

"정녕 해동은 괴물의 땅인가? 오십여 년 전의 동방신협도 그렇고 자네도 그렇고 말이야. 그 나이에 믿기지 않은 성취야. 아무도 믿지 않을 거야."

"저도 믿기지 않습니다."

환우가 작은 소리로 대답했다.

아직도 몸 안에 오뢰진천을 펼쳤을 때의 느낌이 여운으로 남아 있었다. 그보다 더한 것도 할 수 있을 것 같았다.

스스로가 이렇게 강해졌다는 것이 믿기지 않았다.

"앞으로 낙양으로 갈 것이냐?"

“네. 가야지요. 가서 나머지를 찾아야지요.”

“그렇군. 어쩌면 내가 굳이 사천명으로 갈 필요가 없을지도 모르겠어.”

남궁명이 쓴웃음을 지으며 말했다.

이런 괴물이 낙양 마교 총단으로 가는데 과연 그곳이 무사할까 싶었다.

그곳에 모인 무사들의 수가 엄청나다 하지만 환우가 굳이 그들을 모두 상대할 이유는 없었다.

환우의 목적은 용아천뢰검의 회수이고 그것을 위해 능히 마교 교주만을 찾을 실력을 가지고 있었다.

그 싸움에서 마교 수뇌부가 사라진다면 또다시 오십여 년 전과 같은 결과가 나타날지도 몰랐다.

남궁명은 환우의 실력을 본 후 과연 자신의 결정이 옳은 것인가 생각했다.

“옳을 것입니다. 이번의 마교는 오십여 년 전과는 다를 것입니다.”

남궁명의 마음을 읽은 듯 환우가 말했다.

“그런가? 허허. 한데 내 실력은 어땠는가?”

“도귀보다 한 수 정도 위입니다.”

환우가 망설이지 않고 대답했다.

“그 정도란 말이지? 알겠어.”

약간은 실망한 듯한 모습이다.

정파제일인이라는 절대검존 남궁명. 그는 확실히 욕심이 많은 사람이다.

"한데 내상은 어떠십니까? 이틀 후의 여정에는 무리가 없으십니까?"

"허허. 자네가 입혀놓고는 걱정하긴가? 문제없어. 이틀 후에 당장 사천맹으로 들어가는 것도 아니고 또 소환단을 우습게보지마. 대환단에 비해 소환단이라는 것이지, 그것만으로도 절세의 영약이라 할 수 있으니."

환우는 남궁명의 말에 미소를 지으며 고개를 끄덕였다.

이틀 후 아침이 밝았다.

이협수와 임소민 사이의 일은 은연중 소문이 돌았으나 환우와 남궁명의 일은 누구도 몰랐다. 무영개가 함구했기에 누구도 알 수가 없었다. 입이 근질거렸으나 직접 보지 못했기에 말하지 않은 것이다.

자신은 직접 본 사실을 말할 뿐이다.

그것이 무영개의 철칙이다.

천단의 단주는 이협수가, 인단의 단주는 임소민이 맡았다. 갑작스러운 인사에 불만이 있을 수도 있었지만 그 둘이 천하 십대고수 중의 쌍은임에야 누구도 불만을 표하지 못했다.

간단한 출정식을 마치고 이협수와 임소민은 무인들을 이끌고 천의맹을 떠났다. 이미 관부와의 협의가 끝난 상태라 무

수한 무사들이 움직임에도 특별히 제지가 있거나 그러지 않
았다.

"갔군."

"그렇군요."

그들이 떠나는 모습을 남궁명과 환우가 가만히 지켜보았
다.

"그러면 나도 슬슬 가볼까?"

"괜찮으시겠습니까?"

곁에 있던 서문황이 걱정스런 음성으로 물었다.

사천맹까지 가까운 거리는 아니다. 게다가 사천맹은 정파
에는 적대적인 세력. 결코 안전하다 할 수 없는 여정이다.

그 길을 남궁명은 홀로 가겠다고 했다.

오직 서문황만이 그의 결정을 만류할 뿐 다른 이들은 하고
싶은 대로 하라는 기색이었다. 남궁명은 그럴 줄 알았다는 듯
별다른 동요를 보이지 않았다.

"괜찮다니까."

"하지만 남궁 어르신, 쉬운 길이 아닙니다."

"알아. 알기에 혼자 가겠다는 거야."

서문황의 얼굴에 이채가 서렸다

"쉽지 않은 길이지. 그런 만큼 진심으로 사천맹의 도움이
필요하다는 마음으로 가야 해. 한데 단지 내가 간다는 이유만
으로 가기 싫은 길을 억지로 간다면 오히려 일에 방해가 될

뿐이야."

맞는 말이다. 오히려 그 일이 마음에 안 든다고 방해할지도 모른다. 그러고도 남을 인간들이 천의맹에는 수두룩했다.

그것이 정파의 자존심이라는 것이다.

그 자존심이 있기에 마교라는 적에게 뭉쳐 대항할 수 있는 것이다.

정파의 자존심이 정파를 뭉치게 만들었지만 오히려 사파와 손을 잡는 것을 막고 있으니 참으로 난감한 상황이라 할 수 있었다.

"그렇군요."

서문황은 안타까운 얼굴로 고개를 끄덕였다. 남궁명이 그런 결정을 내릴 수밖에 없는 상황이 안타깝고도 안타까웠다.

"뭐, 혼자 가면 심심할 것 같아서 이 녀석 좀 꼬셔보려 했는데 딴 일이 있다니 어쩔 수 없지."

남궁명의 시선이 잠시 환우에게 머물렀다. 환우의 일이란 것이 무엇인지는 서문황도 잘 알고 있었다.

어쩔 수 없는 일이다.

"자, 그럼 저 아이들도 모두 떠났고 나도 이만 가야지."

마치 옆 동네 있는 친우를 만나러 가듯 그렇게 휘적휘적 걸음을 옮겼다.

사천맹의 총단이 있는 곳은 안휘성 합비. 멀지 않은 곳이지만 그렇다고 가까운 곳도 아니다.

그렇게 남궁명은 천의맹을 떠났다.

갈 사람이 모두 가고 서문황과 환우만이 남았다.

"자네도 이제 가려는가?"

"가야지요. 모두 찾아야 하니까요. 그곳에 있는 것은 확실합니까?"

환우가 서문황을 보며 물었다.

서문황이 고개를 끄덕였다. 천의맹이 정보를 얻을 수 있는 방법이 개방만 있는 것이 아니다. 비공식적인 경로로 또 다른 첩보대가 존재했다.

천의맹이 급박하게 결성되었는지라 맹 자체의 세력으로는 불가능한 일이다.

그것은 서문세가의 힘이다.

오직 서문세가의 가주인 서문황만이 사용할 수 있는 힘. 그것을 천의맹의 정보에 활용하고 있는 것이다.

"내 알아본 바에 의하면 현재 용아천뢰검은 마교의 소교주가 모두 가지고 있다고 하더군. 마교에서는 뇌룡아라 불리는 수호신물이라 하네. 소교주는 그것을 이용한 호교무공인 천마뇌룡후라는 것을 수련 중이라는 정보도 들어와 있어. 그리고 소교주 위청운은 지금 낙양 총단에 있네."

놀라운 정보다. 지금까지 그 누구도 알아내지 못한 것을 서문황은 알고 있었다. 그가 이런 정보를 가지고 있다는 사실은 누구도 알지 못했다. 오직 맹주인 불요 대사만이 알뿐이다.

극비 정보일수록 아는 사람이 적어야 가치가 있는 법이다.

서문황이 짠 전략에는 이런 정보들이 모두 녹아들어 가 있었다.

"정보 감사합니다. 그러면 제 일을 정리하러 가보겠습니다."

환우가 길을 떠났다.

이번에는 홀로 떠났다.

단목휘경도 천의맹에 남겨두었고, 치호 역시 개방으로 보냈다. 둘 모두 완강히 거부했지만 환우가 뿜어낸 무서운 기세에 잠잠해졌다.

하지만 그때 그들이 보인 그 불만 어린 표정이란……. 그것을 떠올리자 환우의 입가에 절로 미소가 떠올랐다.

데리고 가고 싶었다.

그렇지만 그럴 수 없었다.

지금까지 가던 길과는 다르다. 마교의 총단에 직접 들어가는 길에 그 둘을 데리고 갈 수 없다. 위험했다. 지켜줄 자신이 없었다.

태양빛을 받으며 무창의 관도를 홀로 걸어가는 환우의 등이 무척이나 커 보였다.

'부디 성공하길 빌겠네. 그대가 마교의 중원 총단을 흔들어줘야만 해.'

서문황은 환우의 뒷모습을 보면서 결연한 눈을 빛냈다. 처음에는 환우를 움직여 청해성의 마교를 막을 생각을 했었다. 그래서 환우가 낙양 총단으로 용아천뢰검을 찾으러 가는 것을 막으려 했었다.

하지만 남궁명의 등장으로 생각을 바꿨다.

일단 낙양의 중원 총단도 흔들어놓을 필요가 있었다. 과연 환우 일인으로는 그것이 불가능했다. 그래서 처음에는 반대했던 것이다.

하지만 남궁명의 말에 환우가 낙양으로 가게 놓아두었다.

"저 녀석 믿어도 될 것이야."

남궁명의 그 한마디가 서문황의 전략을 바꾸게 만든 것이다.

두두두두두.

요란한 말발굽 소리가 울린다.

대체 어디서 저 많은 수의 말을 구한 것일까? 그런 의문은 불필요한 것이다.

단지 자신들을 향해 돌진해 오는 적들의 저 어마어마한 기세가 두려울 뿐이다.

말발굽에 자욱하게 피어오른 먼지. 그것을 보는 동택의 얼굴은 하얗게 질렸다.

일전 검마가 찾아왔을 때 무사히 넘어갔다고 생각했다. 그런데 설마 이렇게 마교의 전투 부대가 직접 쳐들어올 줄이야.

'청해성으로 넘어왔을 텐데 어찌 우리부터일까?

동택은 청해성의 패자인 곤륜파를 건너뛰고 바로 감숙으로 들어온 마교가 원망스러웠다.

현재 공동파에 있는 전력으로는 절대 저들을 막을 수가 없었다.

"어떻게 하지요?"

"어떻게 하기는. 결사항전이다."

식은땀을 흘리며 대답하는 동택의 목소리에는 어느새 결연한 의지가 담겨 있었다. 이렇게 된 것, 명문정파의 제자답게 마교도들을 최대한 막아야 했다.

"알겠습니다."

제자들의 얼굴에 두려움이 떠올랐다. 하지만 누구도 등을 돌리고 도망치려 하지 않았다.

이것이 명문정파의 제자인 것이다.

그날.

공동파는 사라졌다.

*　　　*　　　*

"공동을 지웠습니다."

귀연수의 말에 위청운은 미소를 지었다.

"그러면 앞으로의 진로는?"

"두 가지가 있습니다. 후방을 정리하고 천천히 들어가는 것과 곧바로 중심으로 들어가는 것이지요."

"천의맹 놈들의 대응은?"

"일단 삼단 중 천단과 인단이 청해성 쪽으로 출발했다고 합니다."

귀연수의 대답에 위청운이 고개를 끄덕였다.

"그렇다면 어찌할 것인가?"

"첫 계획대로 할 것입니다."

"곧장 중앙으로 치고 들어간단 말인가?"

"네."

"그러는 이유는?"

"시간을 둘 이유가 없습니다. 우리의 전력이 우위에 있을 때 대책을 세울 시간을 주지 말고 쓸어버려야 합니다."

귀연수의 말에 위청운은 만족스러운 미소를 지었다.

"좋아. 그리고 놈은?"

"천의맹을 떠나 이곳으로 오고 있다 합니다."

"훗. 부나방 같은 녀석. 이곳이 어디라고."

위청운의 미소가 섬뜩하게 빛난다.

"어찌하기로 했나?"

"도귀 어른을 쓰러뜨린 놈입니다. 허술하게 상대할 수 없어 육대호법께 부탁드렸습니다.”

“여섯 모두?”

“도귀 어른과 혈사자 어른은 제외하고 다른 네 분이 나가시기로 하였습니다.”

귀연수의 대답에 위청운은 고개를 끄덕였다.

“그들 모두를 쓰러뜨릴 수는 없겠지?”

“당연합니다.”

“그 외 다른 일은 없는가?”

“검존이 사천맹으로 향했다 합니다.”

귀연수의 대답에 위청운의 표정이 변했다.

“검존이 사천맹으로?”

“네.”

위청운이 턱을 괴고 생각에 잠겼다.

“이해할 수 없군. 정파에서 사파에 손을 내밀 줄이야.”

“저로서도 의외입니다. 더군다나 그렇게 나선 사람이 정파 제일인이라는 검존입니다. 설마 정파의 자존심에 먼저 사파에 손을 내밀 줄은 몰랐습니다.”

“먼저 천의맹을 정리하고 사천맹을 치는 것이 본 계획이었지?”

“네. 요즘 사천맹의 움직임이 심상치 않았습니다만 우리에게 큰 위협이 될 만한 사항이 없어서 일단 천의맹을 정리하기로 했습니다. 그런데 그곳에 검존이 간다니. 앞으로 어떻게 될지…….”

“만약 사천맹이 검존이 내민 손을 잡는다면?”

“계획을 수정해야 하겠지요. 검존이 사천맹과 손을 잡는데 성공한다면 그들은 곧장 낙양으로 치고 올라올 것입니다. 일단 청해성의 전투 부대를 막기 위해 천의맹의 천단과 지단이 떠났으니까요.”

위청운의 얼굴에 불쾌한 표정이 떠올랐다.

“난감하군. 설마 정파에서 스스로의 자존심을 접을 줄이야.”

“검존이기에 가능한 일인지도 모릅니다. 전체의 대국을 볼 수 있는 여유를 지닌 이가 그이니까요.”

“정파의 자존심을 뛰어넘어서?”

“네. 그는 정파제일인이니까요.”

귀연수의 대답에 위청운은 수긍한다는 듯 고개를 끄덕였다.

“골치 아프군.”

*　　　*　　　*

서문황의 얼굴이 어둡게 변했다.

그들이 떠난 지 이제 나흘이다. 그런데 벌써 공동이 무너졌다. 이 소식을 차마 공동의 장문인인 편수일에게 전할 수가 없었다.

"귀연수, 지금까지의 마교와 다른 마교가 모두 네놈 덕이겠지. 참으로 빠르게 움직이는구나."

서문황이 씁쓸하게 중얼거렸다.

자신의 모든 지략을 짜내어 막으려 하였으나 마교는 항상 한발 빠르게 움직였다. 물리적으로 막을 수 없는 속도를 보이고 있는 것이다.

서문황은 관자놀이는 문지르며 의자에 몸을 묻었다. 피곤했다.

*　　　*　　　*

"검존이 이곳으로 오고 있다고?"

"네."

"무슨 일일 것 같은가?"

사천맹주 마도 천정호의 물음에 사천맹의 군사 사뇌(邪腦) 우상민은 미소를 지었다.

"손을 빌리러 오는 것이겠지요."

"그렇지?"

"네."

천정호의 얼굴에 미소가 떠올랐다.

"후후. 급하긴 급했군. 우리에게 손을 빌리러 오다니."

"지금까지의 마교와는 다릅니다."

우상민이 딱딱한 얼굴로 대답했다.

"그렇지. 빨라도 너무 빨라. 게다가 치밀혀. 압도적인 힘으로 밀어붙이기만 하던 오십여 년 전과는 너무 달라."

천정호 역시 딱딱한 얼굴로 말했다.

"손을 잡아야 합니다."

우상민이 말했다.

천정호 역시 동감이라는 얼굴로 말했다.

"그래야지. 천의맹이 무너지면 다음은 우리니까. 마교의 움직임이 관찰되었을 때부터 준비를 하기는 했지만 한계가 있었어. 정파 놈들 덕에 힘이 많이 약해진 상태라……."

"그렇지요. 동방신협, 그자 덕에 정파의 힘이 무척이나 강해졌지요."

"훗. 그런데도 지금 그런 꼴이라니."

"모두 그 정파의 자존심 때문입니다."

"명분에 살고 명분에 죽는 놈들이지. 그러면서 뒤로는 자신들의 이익만을 챙기고. 그러니 힘을 가졌으되 힘을 쓸 줄을 모르는 것이야."

천정호의 얼굴에 비웃음이 어렸다.

"그것이 정파의 강점이자 한계이지요."

"어쨌든 검존 덕에 잘됐어. 우리도 아쉬웠던 차였으니까. 우리가 먼저 손을 내밀면 무시당할 것이 뻔했지. 그런데 정파에서 먼저 손을 내민 셈이니.”

“그렇습니다. 단지 손을 잡을 때 최대한 우리의 실리를 챙겨야 합니다. 어쨌든 천의맹은 우리와 손을 잡더라도 우리에게 적대적일 테니까요.”

“당연한 말이야. 그것이 우리와 멍청한 정파놈들과의 가장 큰 차이니까 말이지. 검존은 언제쯤 도착할 것 같은가?”

“무창에서 이곳 합비까지 가깝지는 않지만 멀지도 않습니다. 나름대로 서둘러서 오고 있는 모양이니 근 시일 내에 도착할 것입니다. 게다가 공동파가 쓰러졌다는 소식이 그에게도 들어갔을 터이니 더욱 서두르겠지요.”

우상민의 대답에 천정호의 입가에 미소가 맺혔다.

“좋아. 대우에 소홀함이 없도록.”

“당연한 일입니다.”

*　　　*　　　*

수많은 무인이 말을 타고 서둘러 달리고 있었다. 얼마 전 들어온 소식이 그들을 한시도 쉬지 못하게 만들었다. 구파일방 중 한 곳인 공동파가 마교의 손에 무너졌다.

점창에 이어 두 번째다.

벌써 두 곳이나 마교의 손에 지워진 것이다. 더 이상 이런 상황을 방치할 수는 없다. 최대한 빨리 달려 그들을 막아야 했다.

"누나, 너무 한 거 아니야?"

급박하게 말을 모는 가운데 임충이 소민의 곁에 붙어 말을 걸었다.

"뭐가?"

"어떻게 이십 년 가까이 나를 속여?"

"뭘?"

"월영천강창. 그 창법을 익혔다는 것을 말이야."

"일인비전이니까. 억울하면 네가 나보다 먼저 태어났어야지."

소민이 짤막한 대꾸에 임충은 더 이상 그에 대한 이야기를 하지 못했다. 그것이 사실이었으니까. 태어나는 순서는 인간의 의지로 어쩔 수 없는 것이다. 그것이야말로 하늘의 뜻, 천의(天意)인 것이다.

하늘은 월영천강창의 주인으로 소민을 선택한 것이다.

"그렇게 말하면 모자란 이 동생은 할 말이 없습니다요. 칫."

"짜식, 투정은."

바쁘게 말을 모는 가운데 소민은 동생의 그런 행동에 슬며시 웃음을 지었다.

어렸을 때부터 항상 귀여운 녀석이다. 다른 사람들이 무어라 할지라도 임충은 자신에게는 영원히 귀여운 동생인 것이다.

“그나저나 놀랐어. 내 누나가 그 복호비창이라니 말이야. 확실히 호랑이같이 드센 성격이기는 하지. 암.”

임충의 말에 소민의 눈이 쭉 찢어졌다.

“너!”

소민의 입에서 날카로운 음성이 터져 나오자 임충은 더욱 빨리 말을 몰았다. 다른 사람에게는 모르지만 자신의 누이는 자신에게만은 정말로 호랑이 같은 사람이었다.

이협수는 그들의 그런 모습을 부러운 듯 바라보았다.

“못난 모습을 보였군요.”

소민은 그런 이협수의 시선을 느낀 듯 부끄러운 얼굴로 말했다. 하지만 이협수는 웃으며 고개를 저었다.

“아닙니다. 참으로 보기 좋은 모습입니다. 가문에서 홀로 남은 저로서는 참으로 부럽군요.”

그의 웃음에 걸린 한 조각 쓸쓸함을 소민은 느낄 수 있었다. 그랬기에 입을 닫고 말을 모는데 집중했다.

전력을 다해 달려가면서 이런 대화를 나눌 수 있다는 것 자체가 그들이 그만한 고수라는 반증이었다.

“앞으로 얼마나 가야 하지요?”

“이제 곧 의성입니다. 앞으로 좀 더 가야 호북을 빠져나갈 수 있을 것입니다.”

이협수의 물음에 서문청이 답했다. 서문청은 서문황의 아들로서 천단의 참모로 이번 원정대에 참여했다. 인단의 참모는 서문청의 쌍둥이 동생인 서문백이었다.

"서둘러야 합니다. 그래야만 마교를 막을 수 있어요. 더 이상의 희생이 있어서는 안 될 것입니다."

이협수의 표정이 결연해졌다.

그렇게 그들은 서둘러 달렸다. 그렇게 하루가 지나고 이틀이 흘렀다.

관도를 따라 의성을 지난 그들은 양번에 도달했다. 계속해서 박차를 가할 때 커다란 관도 한가운데 서 있는 노인의 모습이 선두에 선 이협수의 눈에 띄었다. 노인은 그들을 피할 생각이 전혀 없는 듯 길 한가운데를 막고 있었다.

멈춰야 했다.

비록 노인 한 명이지만 정파의 협사들로 그를 죽게 할 수는 없었다. 그를 무시하고 지나간다면 그는 분명 말발굽 아래에 처참하게 죽을 것이다.

"정지!"

이협수와 동시에 임소민도 일단 멈췄다.

일사불란하게 멈췄다.

이협수와 임소민이 천천히 말을 몰아 길을 막은 노인을 향해 다가갔다.

"오랜만이군요."

이협수가 다가가자 노인은 미소를 지으며 그에게 인사했다.

“아!”

이협수는 노인을 알아보았다.

융중산 제갈초려를 지키고 있는 노인이다. 환우의 소개로 자신도 한 번 만난 적이 있었다.

제갈초려를 지키는 제갈량의 후손 제갈우.

그가 지금 자신의 길을 막고 있었다.

“제갈 어르신이로군요. 참으로 오랜만에 뵙습니다.”

이협수가 길을 막은 노인을 아는 듯하자 소민은 입을 닫고 가만히 지켜보았다.

“네. 지금 이 대협께서는 마교의 악도들을 막으러 가시는 것이겠지요?”

“그렇습니다.”

이협수가 대답했다.

“어디로 가시는 길입니까?”

“감숙의 공동파를 무너뜨렸다 했습니다. 다음은 사천을 칠 터이니 일단 사천성으로 갈 계획입니다. 맹을 출발할 때 서문 군사께서도 그리 명하셨지요.”

이협수의 대답에 제갈우가 빙그레 웃으며 고개를 저었다.

“아닙니다. 그리하시면 크게 후회하실 것입니다. 서문 군사께서 수를 잘못 읽으신 듯하군요.”

“그게 무슨 말씀입니까?”

제갈우와 이협수의 대화가 이어지자 어느새 다가온 서문

청이 인정할 수 없다는 듯 큰 소리로 외쳤다. 현재 단주인 이협수와 대화 중에 끼어드는 것은 크나큰 결례이지만 아버지를 모욕하는 말에 참을 수 없었던 것이다.

"아, 현재 제가 맡고 있는 단의 참모인 서문청 소협입니다. 서문 군사님의 자제 분이시지요."

제갈우의 시선이 서문청을 향하자 이협수가 그에 대한 소개를 했다. 그가 갑자기 끼어든 결례에 대한 변명이라면 변명과도 같은 소개다.

"그러시군요. 과연 호부 밑에 견자 없다는 말이 딱 맞는 영웅이십니다."

제갈우는 서문청을 보고 감탄했다는 듯 고개를 끄덕이며 말했다. 하지만 그런 칭찬에 서문청은 일체의 변화도 보이지 않았다. 이미 상대에게 분노한 터이기에 그런 낯간지러운 말은 오히려 그의 분노를 부채질할 뿐이다.

"맞는 말씀입니다."

이협수가 웃으며 제갈우의 말을 받았다.

"지금의 마교는 예전의 마교와는 분명 다릅니다. 그 움직임이 치밀해졌으며 또한 신속해졌습니다. 압도적인 힘으로 느긋하게 움직이던 오십여 년 전과는 다릅니다."

제갈우가 지혜로운 눈을 빛내며 천천히 말했다.

"그러면 어르신의 고견은 무엇입니까?"

이협수는 제갈우를 알고 있었다. 잘 알고 있는 것은 아니지만 환우에게 들은 것이 있었다. 그가 가진 한없는 지혜를 잠시 엿보기로 결심한 것이다.

"지금 곧 섬서성의 화산파로 가십시오. 그들의 다음 목표는 섬서성일 것입니다."

"무엇이라고요?"

언제 다가온 것일까? 천단의 부단주 자리를 맡은 화산신부 장용걸이 나섰다.

자파가 마교의 다음 목표라는데 가만히 있을 수가 없었던 것이다.

"아, 화산신부 장용걸 소협이십니다."

이협수는 다시 한 번 갑자기 끼어든 불청객의 소개를 했다.

"아, 명성이 자자한 장 소협이시군요. 이 늙은이는 제갈우라는 보잘것없는 사람입니다."

"제갈무후의 후손으로 현재 융중산의 제갈초려를 지키고 계시지요."

이협수가 덧붙여 설명했다.

그 말에 제갈우를 보는 사람들의 시선이 변했다. 그럴 수밖에 없었다. 제갈이라는 성씨. 결코 가벼운 성씨가 아니다.

후한 시대부터 면면히 이어져 내려온 중원 최고의 지략가. 바로 제갈가인 것이다.

비록 현재는 쇠퇴해 그 자리를 서문가에 넘겨주었다고는 하나 사람들의 마음속에는 이미 하나의 전설과 같이 자리한 가문이다.

그 가문의 후손이라니 당연히 예사 사람이 아닐 것이라는 생각이 사람들의 머리를 지배했다.

그제야 서문청이 제갈우를 향한 노골적인 적개심을 거두었다. 제갈무후의 직계손이라면 자신의 아버지의 전략에 대해 평을 할 자격이 있다는 판단에서다.

"지금의 마교는 빠르고 영리합니다. 그들은 중원의 안과 밖에서 동시에 중원을 흔들고 있으며 빨리 중원을 장악하려 합니다. 그렇다면 최대한 빨리 중원의 한가운데로 진출하는 것이 최고의 방법이지요. 사천성 같은 곳에서 꾸물거리지 않을 것입니다."

제갈우의 말에 사천성에 본파가 있는 인물들은 가슴을 쓸어내렸다. 일단 당장의 참화를 면하게 되었다는 데서 오는 안도의 한숨이다.

천단과 인단의 인물들은 어느새 관도에 멈춘 채 관도의 중앙에 서 있는 제갈우의 말에 귀를 기울이고 있었다.

현재 제갈우가 관도를 지배하는 형국이었다.

"빠른 속도로 중앙으로 진출하려면 섬서를 지나쳐야 합니다. 그렇다면 섬서에 있는 대문파를 그냥 지나칠 수 없지요. 경로 밖의 문파라면 모르되 경로 위의 문파라면 뒤통수를 맞을 염려가 있으니까요."

"그것은 사천의 당가나 아미, 청성이 할 수 있는 일이기도

하지 않습니까?"

이협수의 말에 제갈우는 고개를 저었다.

"속도가 미치지 못합니다. 미리 알고 출발했으면 모르되 마교가 섬서로 길을 잡았다는 사실을 알고 난 뒤 깨달으면 현재 마교의 기동력으로 보아 절대 따라 잡을 수 없습니다."

제갈우의 설명에 이협수는 고개를 끄덕였다.

"하지만 섬서의 길목에 있는 문파는 다르지요. 그들을 정리하지 않고 움직인다면 분명 뒤통수를 맞을 위험이 됩니다."

참으로 일목요연한 설명이다.

사람들은 지금 제갈우의 설명에 빠져들고 있었다. 그의 말대로 마치 반드시 마교가 그리 움직일 것만 같았다.

"현재 마교는 감숙성에서 섬서성의 경계로 움직이고 있습니다. 지금 그들의 움직임으로 보아 가까운 곳에 있는 문파는 종남파입니다. 그곳을 먼저 치겠지요. 안타깝게도 그곳으로 가기에는 시간이 모자랍니다."

"그럼 다음 목표가 종남임을 아는데도 종남을 버려야 한다는 말씀이십니까?"

"소식을 전하여 종남이 피해를 최소화하게 하는 수밖에 없습니다. 그렇지 않으면 오히려 화산까지 위태롭게 될 것입니다."

제갈우의 말에 종남 출신의 무사들의 얼굴이 어둡게 변했다. 그런 그들의 어깨를 공동의 무인들이 감싸안았다.

"꼭 그렇게 해야 합니까?"

"이렇게 할 경우 두 가지 이득을 얻을 수 있습니다."

"무엇입니까?"

"일단 종남이 미리 몸을 피함으로써 전력을 온존할 수 있습니다."

"그리고요?"

"마교가 종남을 들르고 오는 시간만큼 여러분들이 화산에 빨리 도착하여 미리 준비를 하고 기다릴 수 있다는 것입니다. 빠른 기동력으로 강행군으로 달려온 상대를 충분한 휴식을 취한 후 상대하는 것만한 이득은 없지요."

하나같이 옳은 말이다.

이협수는 고개를 끄덕이고는 결정을 내렸다.

"만약 그들이 사천성으로 들어간다면 어찌 되는 것입니까?"

당가 출신의 무인이 조심스레 물음을 던졌다.

제갈우의 말대로 모든 것이 이르어진다면 더없이 좋겠지만 만의 하나라는 가능성을 무시할 수는 없었다.

"그럴 일은 절대로 없습니다만… 만의 하나, 천만의 하나라도 그런 일이 일어난다면 사천성을 잃겠지만 대신 마교의 이번 침공도 실패로 돌아갈 것입니다."

제갈우가 확신에 찬 어조로 말했다.

"그것은 또 어찌하여 그런 것이죠?"

소민이 물었다.

"사천맹이 움직일 것이기 때문입니다."

"사천맹이요?"

제갈우의 대답에 이협수를 비롯한 몇몇 인물은 깜짝 놀랐다. 절대검존 남궁명이 사천맹을 움직이기 위해 합비로 간 것은 아는 사람만 아는 일급기밀에 해당한다. 그리고 사천맹이 움직일지 말지에 대해서는 아직 결정난 것이 없다. 그런데 융중에 웅크리고 있던 제갈우가 그리 단언을 했으니 어찌 놀라지 않겠는가.

"그렇습니다. 현재 마교의 전술은 빠른 속도로 중원의 안과 밖을 흔들어야 합니다. 천의맹을 넘어서는 전력이 있기에 가능한 전술이지요. 과거의 마교는 그런 전력으로 한곳만을 우직하게 밀고 들어왔기에 실패했지만, 이번에는 그 전력을 효과적으로 둘로 나누어 참으로 절묘하게 안팎을 흔들고 있습니다. 이 전술에서 가장 중요한 것은 빠른 속도지요."

서문청과 서문백이 집중하여 제갈우의 설명을 들었다.

"그 속도를 잃으면 둘로 나누어진 만큼 오히려 각개격파를 당할 위험도 있습니다. 게다가 중원에 있는 힘은 천의맹만이 아닙니다. 그간 정파의 힘에 억눌려 있었다고 하나 분명 사천맹도 하나의 거대한 힘입니다. 마교가 사천에 머무른다면 사천맹이 끼어들 여지를 주게 되는 것이지요. 그러면 중앙부터 당하게 될 것입니다."

"어떻게 사천맹이 이번 대전에 끼어들 것이라 단언하시는지요?"

서문청이 물었다.

서문황은 마교의 침공이 시작된 이후 집에서 늘 입버릇처럼 사천맹을 개입시켜야 한다고 말해 왔다. 그들의 힘을 빌리지 않으면 승리하기 어려울 것이라 그렇게 말했었다. 서문청은 늘 그 말을 들었다. 그리고 아버지가 그리 말씀하는 연유를 이해하고 있었다.

자신의 아버지는 사천맹을 개입시키기 위해 고심하고 있는데 어찌 제갈우라는 저 노인은 그들이 개입할 것이라 확신하고 있는 것일까? 궁금했다.

"서문 군사님 정도 되시는 분이라면 분명 사천맹을 개입시키려 하실 것입니다. 단지 천의맹에 모인 정파의 자존심 때문에 그 일이 쉽지 않을 뿐이지요."

제갈우는 이곳에서 천의맹의 내부 사정까지 훤히 꿰뚫어 보고 있었다. 참으로 하늘에 닿을 만한 혜안이다.

"하지만 때가 되면 사천맹이 스스로 움직일 수도 있습니다. 그것이 바로 마교가 사천성으로 들어갈 때이지요. 그들이 사천성으로 들어가 중앙으로 진출하는 때가 늦어진다면 사천맹에 여유가 생깁니다. 그러면 사천맹이 개입할 여지가 생기게 되는 것이지요. 사파의 인물들이 최고로 생각하는 가치는 자신의 이익입니다. 정파의 명예와는 또 다른 가치이지요. 천하가 태평할 때는 명예가 훌륭한 가치일지 모르나 지금과 같이 혼란에 빠져들 때는 생존에 있어 이익이라는 가치가 더 빛을 발하는 법입니다. 사파는 이익에 의해서 움직이는 집단. 분명 살아남기 위해 움직일 것입니다. 천의맹이 무너지면 다음은 자신이라는 것을 잘 알고 있을 테니까요. 사천맹주는 무척이나 똑똑한 사람입니다."

제갈우의 설명에 서문 형제는 고개를 끄덕였다. 수긍할 수밖에 없는 설명이다.

"그러면 어르신의 말씀대로 그들이 화산으로 오게 된다면 어찌해야 합니까?"

"막아야지요. 최대한 화산에서 그들의 발을 묶은 후 사천맹을 움직여야지요."

"결국은 사천맹이라는 말씀이시군요."

"그렇습니다. 이번 대전에서 열쇠를 쥔 것은 사천맹입니다."

"마교도 그것을 모르지는 않을 텐데요?"

"물론 그들은 사파의 습성을 알고 있지요. 그리고 정파의 습성 또한 알고 있습니다. '천의맹이 절대 먼저 사천맹에 도움을 청하지 않을 것이다'. 그들은 그렇게 판단하고 있을 겁니다."

"그럼 그들의 예상을 뛰어넘고 움직인다면요?"

"현재 드러난 전력 상으로는 천의맹이 유리해지는 것이지요."

그 말에 이협수를 위시해 남궁명의 움직임을 알고 있는 이들의 얼굴이 밝아졌다.

승산이 있다는 소리이니 어찌 밝아지지 않을 수 있겠는가.

동시에 막중한 책임감이 어깨를 짓눌렀다.

남궁명이 사천맹을 움직일 때까지 자신들이 어떻게든 마교의 발을 화산에 묶어놓아야 했다.

"훌륭하신 고견에 감사드립니다."

이협수가 말에서 내려 허리를 숙이고 인사를 했다.

"허허. 그저 민초들이 평안히 살 수 있는 그런 때를 원하기에 짧은 소견이나마 말씀드린 것입니다."

"아니오. 그런 혜안에 찬 말씀을 짧은 소견이라 하시다니요. 제가 어른께 어려운 청이 있습니다."

서문청이 말에서 내려 허리를 숙이며 말했다.

"무엇인가요?"

"제갈 어르신 덕에 저는 오늘 저의 배움이 얼마나 얕은지 깨달을 수 있었습니다. 저는 도무지 지금 맡은 막중한 임무에 어울리는 그릇이 아닙니다. 부디 어르신께 저희에게 밝은 길을 보여주시기를 청하는 바입니다."

서문청이 포권을 취하며 허리를 숙이고 정중히 말했다. 그의 말에 이협수 역시 허리를 숙였다.

"저도 부탁드립니다."

"저도 부탁드려요."

소민도 가세했다.

제갈우가 난처한 표정을 지었다.

"그저 저의 의견을 말씀드린 쓸모없는 늙은이일 뿐입니다만……."

"절대 그렇지 않습니다. 부디 어리석은 저희에게 밝은 길을 보여주십시오. 중원의 명운이 걸린 일입니다."

"부탁드립니다."

어느새 천단과 인단의 모든 인물이 말에서 내려 허리를 숙이고 있었다. 그들의 우렁찬 목소리가 땅을 흔들었다.

"후우. 알겠습니다. 그렇다면 미력하나마 저의 힘을 보태도록 하겠습니다."

깊은 한숨과 함께 제갈우의 입에서 허락의 말이 떨어졌다.

"감사합니다. 참으로 감사합니다."

재빨리 말을 준비해 제갈우가 올라탔다. 제갈우가 이협수와 소민의 사이에서 움직이며 모든 작전을 지휘하기로 하고 천단과 인단의 참모인 서문 형제는 이 길로 천의맹으로 돌아가기로 했다. 이곳에서 있었던 일을 맹의 군사인 서문황에게 전해야 했기 때문이다.

그렇게 그들은 화산을 향해 빠른 속도로 달렸다.

第五章 팔문미로혈우진

"사람이 아니야… 사람일 리 없어. 그래, 동방의 하늘에서 내려온 천신(天神)일 거야. 틀림없어.."

혀동예서 온 백의의 사내. 한 번의 손짓에 열 개의 벼락이 떨어지고, 마교의 혈사는

그 앞에 침묵한다. 열 개의 벼락을 중원에 남겨두고 홀연히 떠났다.

그리고 오십 년 후. 다시금 중원이 어지러워지려 할 때 그의 후예가 중원으로 향한다.

푸른 하늘에 열 개의 벼락이 다시 떨어지는 순간 천하는 그 앞에서 무릎 꿇으리라.

“그놈이 오고 있다지?”

분노에 가득한 음성이다.

“그렇다고 하더군.”

역시나 분노에 찬 음성.

“그래서 우리 둘을 두고 모두 나갔다 하더군.”

“크음.”

두 사람이 풍기는 분노가 공간을 지배했다. 건드리면 당장
에 폭발할 것만 같은 긴장감.

도귀 손철야와 혈사자 구양천이 뿜어내는 분노 가득한 살
기가 공간을 완벽하게 지배했다.

“허. 설마 그 한 번의 실수로 나를 이곳에 두다니. 뿌드득.”

손철야가 이를 갈았다.

“흥. 그딴 애송이 놈.”

구양천 역시 분노의 기세를 피워 올렸다.

“네놈은 원정에 손상을 당해 예전 같지 않지만 나는 그렇지 않아.”

손철야가 자신과 비교하지 말라는 듯 입을 열었다.

“뭐라?”

가뜩이나 민감한 분노를 건드리자 구양천이 당장이라도 달려들 기세로 말했다.

손철야가 그런 구양천의 기세에 찔끔했다. 맞붙어 싸운다면 지금의 구양천은 손철야의 상대가 아니다. 하지만 오랜 친우를 상대로 그것도 약해진 틈을 타 싸우고 싶지 않았다.

“미안하다. 내가 지나쳤어.”

손철야는 순순히 사과했다.

아무래도 자신이 너무 날카로워진 것 같았다. 이게 모두 그 녀석 때문이다.

“이런이런, 당장이라도 죽을 것만 같은 분위기로군요.”

그때 그 두 사람이 있는 곳으로 귀연수가 찾아왔다. 처음 육대호법을 대할 때와는 전혀 다른 여유로운 모습이다.

“무슨 일인가, 군사?”

“두 분께서 나서주셔야 할 일이 있습니다.”

언짢아 보이는 손철야의 말에도 귀연수는 시종일관 여유로웠다.

"웅? 애송이 하나 처리 못하는 퇴물 취급 받는 우리에게 무슨 일?"

구양천 역시 가시 돋친 말을 내뱉었다.

"오해가 있으시군요. 저는 육대호법 여섯 분 모두에게 청했습니다. 하지만 검마 어른께서 두 분을 남겨두신 것이지요."

그 말은 분명한 사실이다.

검마 백리장호가 두 사람에게 남으라 했기에 이렇게 꼼짝없이 남아 있는 것이다.

백리장호가 아닌 다른 사람이 그랬다면 그들이 순순히 들을 리가 없었다. 설사 그것이 소교주라 할지라도 말이다.

"흥! 그래서 어쩌란 말이냐?"

"지금 중원의 움직임이 심상치 않습니다. 마교의 진정한 대의에 비한다면 그깟 애송이가 큰일은 아니지요."

일단은 두 사람을 달래야 할 필요가 있다는 생각에 귀연수는 천천히 입을 열었다.

"흥. 그깟 애송이한테도 무너진 우리 들으라 하는 소리인가?"

심사가 꼬여도 단단히 꼬인 손철야와 구양천이었다.

"지금 다른 일이 더 시급합니다. 대문에 소교주께서 저를 이곳으로 보내셨지요. 참으로 중요한 일이라 할 수 있습니다."

"그게 무엇이지?"

"검존이 사천맹으로 떠났습니다."

"응?"

"뭐라?"

귀연수의 말은 확실히 효과가 있었다. 단번에 두 사람이 눈을 빛낸 것이다.

"아무래도 정파 놈들이 이번에는 자존심을 굽히기로 한 모양입니다. 먼저 사천맹을 찾다니요."

"그게 큰일인가?"

"그렇지요. 일단 사천맹이 움직이면 우리의 계획에 큰 차질이 생깁니다. 안과 밖을 동시에 흔들 생각이었는데 안에서 사천맹이 움직이고 천의맹의 밖에 집중하면 각개격파당하는 꼴이 될 테니까요."

"사천맹이 그리 쉽게 움직일까?"

"움직이고 말고요. 그렇지 않으면 자신들도 무너질 것을 알고 있을 겁니다. 천정호는 그만큼 똑똑한 사람이지요. 그렇지 않다면 자신의 이익을 최우선으로 삼는 사파의 무리들을 하나로 모아 사천맹의 이름 아래에 두지 못했을 것입니다."

귀연수의 설명에 두 사람은 고개를 끄덕였다.

"그래서 우리에게 바라는 것이 무엇인가?"

"검존이 사천맹에 들지 못하게 해야지요. 그리고 우리가 한발 먼저 움직여야 합니다."

"그게 무슨 뜻이지?"

손철야에 이어 구양천이 물었다.

"한 분께서는 검존을 막으시고 다른 한 분은 낙양 총단의 아이들을 이끌고 소림을 쳐주시면 되십니다."

"검존을!"

"소림사!"

손철야와 구양천은 동시에 놀라서 외쳤다.

귀연수가 말한대로 이것은 참으로 큰일이었다.

정파에서 멋대로 정한 순위라 하더라도 어쨌든 절대검존 남궁명은 천하십대고수의 수좌에 있는 인물이다.

그런 그를 막아야 한다.

그리고 소림은 어떤가.

천년의 소림은 명실공히 무림의 태산북두가 아니던가.

"다행히 이곳 낙양에서 사천맹이 있는 합비까지의 거리나 무창에서 합비까지의 거리나 비슷합니다. 물론 무창에서 수로를 이용한다면 더 빨리 갈 수도 있으나 빠르게 달리면 따라잡지 못할 거리는 아니지요."

맞는 말이다.

남궁명이 빠른 속도로 합비를 향해 간다고 하더라도 설마 마교에서 그를 막으로 갈 것이라 예상하지 못했을 것이다.

아니, 그들은 지금 낙양 총단의 시선이 모두 환우에게 쏠려 있을 것이라 생각하고 있을 터다.

'후후. 서문황, 내 그대의 속셈을 모르는 것이 아니라네.'

귀연수가 미소를 지었다.

"좋아. 나서지."

구양천이 호기롭게 외쳤다.

가뜩이나 심사가 꼬인 마당에 이런 일을 마다할 이유가 없었다.

"그렇다면 어찌하시겠습니까?"

누가 검존을 맡고 누가 소림사를 맡을지에 대한 물음이다.

"내가 합비로 가지."

손철야가 말했다.

"그럼 내가 소림을 맡아야겠군."

구양천은 순순히 검존을 손철야에게 양보했다. 솔직히 지금 자신의 상태로는 검존을 상대할 수 없다는 사실을 알고 있었기에 가능한 일이다.

"그러면 두 분께 부탁드리겠습니다."

그 말을 남기고 귀연수는 몸을 돌려 나갔다. 귀연수가 사라진 후 두 사람은 몸을 일으켰다.

이제는 그들도 움직여야 할 때다.

*   *   *

"빨리도 오는군요."

"급한 모양이지."

사도명의 말에 백리장호가 별것 아니라는 듯이 대답했다.

지금 환우는 어느새 낙양의 지척인 숭산에 도달해 있었다.

천의맹을 떠난 이들 중 가장 빠른 움직임이다. 그만큼 용아천뢰검을 찾는 것에 몸이 달았다는 반증이다.

"그러면 어찌하지요?"

"낙양에 들어올 때까지 기다린다."

천옥심의 물음에 백리장호가 맡했다.

"놈을 상대하는 것은 처음의 계획대로다."

이어진 백리장호의 말. 그 말에 세 사람이 불만 가득한 표정을 지었다.

그것은 천옥심과 사도명, 그리고 갈문호의 자존심에 커다란 상처를 주었기 때문이다.

"대형, 아무리 그래도 어찌 우리 셋이 그 애송이 하나를 동시에 상대합니까?"

가장 불만이 큰 인물은 갈문호였다.

"철야가 당했다. 너는 철야를 이길 자신이 있느냐?"

백리장호의 말에 갈문호는 입을 닫을 수밖에 없었다. 분명 자신은 손철야를 이길 수 없었으니.

"확실한 것이 좋은 것이야. 놈을 확실히 꺾어야지."

백리장호의 말에 세 사람은 말없이 고개를 끄덕였다.

'그리고 우리도 당해내지 못한다면 대형께서 나서시겠군요.'

사도명이 조용히 생각했다.

과연 대형의 실력은 어디까지일까? 참으로 궁금했다.

그때 환우는 숭산 아래의 등봉현을 지나고 있었다. 오랜만에 다시 찾은 등봉현은 변함없는 모습이었다.

환우는 빠른 걸음으로 등봉현을 가로지르려 했다. 하지만 그런 환우의 발을 붙잡는 인물이 있었다.

예전 처음 이곳을 찾았을 때 인연을 맺고 깊은 존경을 가지게 된 인물. 그가 환우 앞에 나타난 것이다.

"아미타불. 신 공자, 오랜만입니다."

합장을 하며 허리를 숙이는 승려. 그는 숭산 준극봉 무명사의 주지인 만해 스님이었다.

"만해 스님 아니십니까? 오랜만에 뵙습니다."

우연한 만남이었으나 환우는 무척이나 반가워하면서 인사를 건넸다.

이곳 중원에 들어와 처음으로 존경심이라는 것을 가진 인물이 바로 만해 스님 아니던가.

다시 숭산을 찾았을 때 이렇게 만나게 되니 기쁘기 그지없었다.

"요즘 신 공자의 명성이 이곳 등봉현을 들었다 놓았습니
다."

도귀와 환우와의 결투. 그것에 대한 소문이 중원 전역으로
퍼지고 있는 중이었다.

"부끄럽습니다."

환우가 머쓱하게 웃으며 말했다.

"오늘도 탁발을 나오신 것입니까?"

환우가 처음 만해 스님을 만났던 것도 환우가 있던 주루로
만해 스님이 탁발을 왔기 때문이다.

만해 스님이 웃으며 고개를 저었다.

"오늘은 신 공자를 기다리고 있었습니다."

"네?"

자신을 기다리고 있었다는 말에 환우가 놀라서 되물었다.

"신 공자가 아마도 이곳을 지나 낙양을 갈 거라며 한 번 만
나보고 싶다는 분이 계십니다."

만해 스님이 웃으며 말하자 환우가 고개를 갸웃거렸다. 이
곳에 그렇게 자신을 만나려 할 사람이 있을까? 불요 대사가
천의맹 총단인 무창에 있는 지금, 등봉현에서 자신을 찾을 사
람은 없었다.

"바쁘신 길임은 압니다만 그래도 잠시 시간을 내어 저와
함께 가셨다가 가시지요."

만해 스님의 말에 환우가 고개를 끄덕였다. 다른 사람도 아

닌 만해 스님의 부탁인데 거절할 수야 없었다.

"알겠습니다."

그렇게 두 사람은 준극봉의 무명사로 향했다.

무영사의 산문을 지나 안으로 들자 환우는 웬지 모를 익숙한 기운을 느낄 수 있었다.

무척이나 익숙한 기운. 그러나 기분 좋지는 않은 기운. 분명 이런 기운이 있었다. 하지만 갑자기 다시 만난 기운이라 잘 생각이 나지 않았다.

환우라면 절대 그럴 리 없을 텐데 이상하게도 이번에는 그랬다.

쉬익.

그때 날카로운 바람 소리와 함께 무언가가 환우를 향해 날아왔다. 환우는 재빠르게 뇌운보의 방위를 밟아 그 무엇을 피하려 했다.

퍽.

그러나 그런 움직임에도 불구하고 환우는 복부에서 둔중한 충격을 느꼈다.

참으로 오랜만에 느끼는 충격이다.

이 충격이 환우의 기억을 일깨웠다. 예전에 느꼈던 적이 있었던 충격이요, 기운이다.

"크윽. 바보같이… 이걸 잊다니."

"클클클. 그 대가는 큰 법이란다."

재미있다는 들려오는 목소리에 환우가 고개를 들렸다.

"놈, 사백을 오랜만에 만나는데 그 불만 어린 시선은 무엇이냐?"

장난스러운 얼굴을 한 노승의 주먹이 환우의 머리를 두드렸다.

"젠장. 보자마자 주먹질이에요?"

"허어. 녀석이, 그래도."

다시 한 번 환우의 머리를 두드리는 주먹. 그제야 환우는 조용해졌다. 이 사람에게는 이런 식으로 반항해 봐야 아무 소용이 없다는 것을 자신이 누구보다 잘 알고 있지 않은가. 치호를 다루는 법도 결국은 이 사람에게 당하면서 배운 것이다.

망오 대사.

범어사의 주지인 망아 대사의 사형인 사람으로 선무도의 고수다.

환우에게 선무도를 가르친다고 무자비한 폭력을 행사한 사람이기도 하다.

"녀석, 조금 전의 걸음을 보니 뇌운토를 익힌 듯하더구나. 그래 망아가 활용편까지 전해주더냐."

"네. 중원에 온 후에 돌쇠를 시켜서 보냈더라고요."

"허어. 생각보다 좀 빨랐구나."

"빠르긴 뭐가 빨라요. 그런 게 있으면 진작 가르쳐 줬어야죠."

"그것도 네놈이 능력이 되어야 가르치지. 에잉. 네 녀석은
어찌 발전이라는 것이 없느냐?"

망오 대사가 고개를 흔들며 말했다.

"그나저나 여긴 어쩐 일이세요?"

"어쩐 일은? 중원을 두루두루 여행하다가 만해가 생각이
나 한번 만나보려 들렀더니 여기저기서 네 이야기가 들리더
구나. 동방탕아라니, 참으로 너다운 별호로고."

"이씨! 동방뇌룡이에요!"

퍽.

망오 대사의 주먹이 다시 한 번 환우의 머리에 부딪쳤다.

"으윽."

아파도 보통 아픈 것이 아니다.

"녀석, 그 말버릇은 아직도 고치지 못했느냐? 저런 싸가지
하고는. 망아는 너무 물러."

망오 대사가 고개를 흔들며 말했다.

"아무튼 만해에게 네놈 이야기를 했더니 이곳에 들렀었다
하더구나. 해서 네가 나머지 다섯 자루를 찾으러 가는 길에
이 근처를 지날 것 같아서 기다리고 있었으니라."

"왜요?"

환우가 불만 어린 목소리로 물었다. 만나고 싶지 않은 인물
이 자신을 기다려 만났으니 심사가 좋을 리 없었다. 자신을
기다리는 인물이 망오 대사라는 것을 알았다면 절대로 무명

사로 오지 않았을 것이다.

"네놈, 천뢰무위공은 제법 성취를 보인 것 같다만 선무도
는 어떠냐?"

망오 대사의 물음에 환우는 찔끔했다.

기실 거의 신경을 쓰지 않았기 때문이다. 자신은 벼락을 던
지고 싶은 것이지 흐느적거리는 춤을 추고 싶은 것이 아니다.

망오 대사에게 두드려 맞아가면서 배운 선무도가 실전에
서 많은 도움이 되기는 했지만 맞지 않기 위해 배운 것일 뿐
그 이상도 이하도 아니었다.

"끌끌. 그럴 줄 알았다. 해서 네놈을 좀 더 단련시키려고
기다리고 있었으니라."

"바, 바빠요!"

환우가 질겁해서 외쳤다. 하지만 이런 것이 통할 사람이 아
니다. 눈앞의 사람은 망오 대사인 것이다.

"그럼 시작하자."

그러고는 냅따 달려들어 환우를 두들겨 패기 시작했다. 환
우는 온몸을 움직이며 반항했지만 착실히 두드려 맞고 있을
뿐이다.

망오 대사의 움직임은 놀라웠다.

도귀를 무너뜨리고 검존을 무릎 꿇린 환우가 어느 것 하나
제대로 피하는 것이 없었다.

"쯧쯧쯧. 벼락, 벼락만 하지말고 선무도로 심신을 단련하

는 것도 중요하다고 그렇게 말했건만 역시 내 말은 한 귀로 듣고 한 귀로 흘렸구나. 그러면 흘리지 못하게 한쪽 귀를 막아야지.”

퍽!

망오 대사의 주먹이 환우의 왼쪽 관자놀이를 가격했다.

“윽!”

머리를 관통해 찌르르한 고통이 온몸으로 퍼졌다. 환우가 비틀거렸다.

그 틈을 놓칠 망오 대사가 아니다. 다시 날아드는 발길질.

확실히 환우가 하는 것에 비할 바가 아니었다.

“갈 길이 바쁘다고 하였느냐? 그렇다면 어디 내 손에서 일각을 버텨보거라. 물론 선무도만 사용해서. 기회는 하루에 한 번이다. 도망가면 죽는다.”

그 말을 끝으로 망오 대사가 주먹질을 멈추고 몸을 돌렸다. 형편없이 맞은 환우는 바닥에 널브러져 있었다. 손가락 하나 움직일 기운도 없었다.

“젠장. 지금까지 나한테 맞은 놈들도 전부 이런 기분이었나? 몰라도 되는 것을 알아버렸네.”

환우의 투덜거림만 공허하게 울렸다.

*　　　*　　　*

빠른 강행군 덕이었을까. 천단과 인단은 종남이 무너졌다는 소식이 들려올 때쯤 화산에 도착할 수 있었다. 모든 것이 제갈우의 예측대로 흘러가고 있었다.

"어르신의 혜안이 참으로 놀랍습니다."

이협수의 말에 제갈우가 고개를 저었다.

"작은 재주일 뿐입니다."

"앞으로 마교를 어찌 막아야 할까요?"

이협수가 심각한 표정으로 물었다.

현재 전력은 천단과 인단이 마교의 전력의 팔 할 정도였다.

"화산을 이용해서 지켜야지요. 본디 빼앗는 것보다 지키는 것이 쉬운 법입니다."

"성을 공략하는 싸움이라면 그렇다고 들었습니다. 하지만 이것은 군부의 싸움이 아니지 않습니까?"

그랬다.

지금 그들은 모두 화산파에 들어와 있는 상태다.

화산파가 크다 하나 강호의 문파일 뿐이다. 어디에도 성벽과 같은 것은 없었다.

"그렇다면 성벽을 만들어야지요. 사람으로 이루어진 성벽을요."

"사람으로 이루어진 성벽이요?"

소민의 물음에 제갈우가 고개를 끄덕였다.

"지금까지 마교의 속도로 보아 우리에게는 고작 사흘 정도의 시간이 있을 뿐입니다. 펼칠 준비를 하는데 하루의 시간이 걸린다 가정하면 결국 여유는 이틀입니다.”

“무엇을 준비하시려는 것입니까?”

제갈우의 설명에 이협수가 물었다.

“진법입니다.”

“진법이요?”

“진법!”

제갈우의 말에 모두들 격한 반응을 보였다.

진법에는 크게 두 가지 종류가 있었다. 자연의 지형지물을 이용해 펼치는 진법과 사람들의 움직임으로 만드는 진법이다.

전자의 대표적인 예가 제갈공명의 팔진도라면 후자의 대표적인 예는 소림의 백팔나한진과 같은 것이다.

“어떤 것을 사용하실 예정입니까?”

“주변의 지형지물을 이용한 사람들의 움직임으로 이루어진 진법입니다.”

이협수의 물음에 제갈우가 답했다. 그의 대답대로라면 두 가지 방법을 혼합한 진법인 것이다.

“시간이 충분할까요?”

“두 분께서 제가 진법을 펼치는 것을 도와주셔야겠습니다. 그리고 나머지 분들은 진법을 연습해 주십시오. 이틀만에 능숙히 펼칠 수는 없지만 어떻게든 상대를 막을 수는 있을 것입니다.”

제갈우는 이협수와 임소민을 보고 말한 후 본격적으로 진법에 대한 설명을 시작했다.

제갈우가 펼치려는 것은 제갈공명의 팔진도를 응용한 것으로 팔진도보다는 단순한 진법이다.

현묘함과 변화가 떨어지는 대신 살상력은 더욱 높았다. 순전히 자연의 힘만으로 조화를 부리는 진법이 아니라 그 속에서 인간이 직접 검을 휘두른다. 피냄새가 진한 진법이다.

그 때문일까?

진법을 설명하는 내내 제갈우의 표정은 어두웠다.

“간단하지만 무척이나 현묘한 진법이로군요.”

“그렇습니다. 저는 두 분과 함게 진법이 펼쳐질 요소요소를 정비하겠습니다. 나머지 분들은 이틀 동안 열심히 연습해 주십시오.”

“알겠습니다.”

장용걸이 대답했다.

이틀은 하나의 진법을 익히기에는 무척이나 짧은 시간이다. 완전히 불가능했다.

하지만 제갈우가 알려준 진법은 그것이 가능했다.

팔문미로혈우진.

이름부터 섬뜩한 진법이다.

“그럼 지금부터 시작할까요?”

제갈우가 몸을 일으키자 이협수와 임소민도 따라 일으켰다. 그리고 각자 맡은 바를 다하기 위해 흩어졌다.

"일단 가장 높은 곳으로 가시지요."

화산의 전체적인 지형부터 살피기 위해 제갈우는 가장 높은 봉우리로 향하자 하였다. 체력이 약한 그를 이협수가 업고 소민과 함께 경공을 펼쳐 가장 높은 봉우리로 올랐다.

한참을 내려다보던 제갈우가 고개를 끄덕였다.

"아슬아슬할 듯합니다. 두 분의 역할이 참으로 큽니다."

제갈우의 말에 이협수와 소민이 비장한 얼굴로 고개를 끄덕였다.

"알겠습니다."

"최선을 다하겠습니다."

"그럼 우선 저곳으로 가시지요."

이협수가 제갈우를 업고 그가 가리킨 곳으로 경공을 펼쳤다. 소민이 그 뒤를 따랐다.

"달리시면서 들으십시오. 앞서 제가 설명해 드린 대로 팔문미로혈우진은 팔괘를 응용한 진법입니다. 그에 따라 여덟 곳의 문이 존재하게 되는데 그 팔문이 진을 유지하는데 가장 중요한 핵심이 되는 곳입니다. 팔문 중 여섯 곳이 사문이고 두 곳이 생문입니다. 생문이 없는 진은 그 살기가 너무 강해 진을 펼치는 사람에게 오히려 위험할 수 있기에 생문을 두 곳 둔 것입니다. 두 개의 생문에는 변화가 없습니다. 그래서 가장 강한 사람이 지켜야 하지요."

이협수와 임소민은 제갈우의 설명에 두 개의 생문을 자신들이 지켜야 한다는 것을 깨달았다. 변화가 없는 곳을 지켜야 하기에 자신들은 진법의 연습에서 빠져 진을 구축하는 일을 거들게 된 것이리라.

"두 곳의 생문은 바로 건문(乾門)과 곤문(坤門)입니다. 다른 여섯 곳은 화산신부 장용걸 소협을 위시해 실력이 있는 여섯 분께서 맡게끔 조정했습니다. 하지만 두 분께서 지키실 건문과 곤문은 그만큼 위험한 곳이기에 제가 직접 말씀드리는 것입니다."

"그럼 제가 건문입니까?"

이협수가 물었다.

"네. 이 대협이 건문을, 임 여협이 곤문을 맡아주시면 됩니다. 혹시라도 마교에 진법에 능한 자가 있으면 그 두 곳으로 몰려들 수 있습니다. 각별히 주의하셔야 할 것입니다."

제갈우의 염려 어린 말에 소민과 이협수의 두 눈이 빛났다.

사흘이라는 시간은 빨랐다.

어느새 마교의 전투 부대가 화산 아래에 모여 진을 치고 있었다.

"곧 올라오겠군요."

이협수의 말에 제갈우가 고개를 끄덕였다.

"그러면 부탁드리겠습니다. 다른 곳은 두 명이 교대로 지킬 수 있습니다만… 두 분의 위치는 그것이 안 됩니다. 두 분만 한 실력을 가진 분이 없기 때문입니다. 부디 무사하시길.”

제갈우의 걱정을 뒤로하고 이협수와 소민은 각자 자신이 맡은 곳으로 몸을 날렸다.

천단과 인단이 화산에 진법을 펼치고 모든 준비를 마친 순간, 마치 기다렸다는 듯 마교의 전투 부대가 화산을 오르기 시작했다. 화산의 험준한 산세 덕에 말은 산 아래에 두고 달려 올라왔다.

바야흐로 마교과 천의맹의 첫 전투가 벌어지려 하고 있었다.

*　　　*　　　*

관도를 달리는 걸음이 바빴다.

한시라도 빨리 가야 했다. 어느새 종남도 무너졌다는 소식이 들려왔다. 이제 합비가 지척이니 조금이라도 서둘러야 했다.

그래서 지쳐 버린 말을 풀어주고는 경공을 펼쳐 달리고 있는 것이다.

절대검존 남궁명은 관도에 한 줄기 바람을 일으키면서 경공을 펼쳐 전력으로 달렸다.

하지만 이내 속도를 줄여야 했다.

관도의 한가운데를 막고 서 있는 인물. 그 인물에게서 뻗어 나오는 기세가 심상치 않았다.

분명 자신 못지않은 고수다.

당금 무림에서 자신 못지않은 고수는 무척이나 드물었다. 정파나 사파에는 있을 수 없었다. 오직 환우를 제외한다면 말이다.

그렇다면 뻔했다.

마교에서 온 것이리라.

그것도 저 정도 기세라면 육대호법 중 일인일 것이 분명했다.

"도귀인가?"

허리에 매달려 있는 도를 확인한 남궁명이 중얼거렸다.

"크크. 그렇다. 내가 바로 도귀이니라."

남궁명의 중얼거림을 들은 손철야가 음산하게 웃으며 말했다.

"설마 나를 막으러 올 줄은 몰랐군."

남궁명이 의외라는 듯 말했다.

마교에서 어떻게든 방해를 할 것이라 예상을 아주 안 한 것은 아니다. 하지만 그 가능성을 낮게 보았다.

밖에서 치고 들어오는 전투 부대와 곧 안에서 발호할 전투 부대 등으로 정신이 없을 것이라는 판단에서다. 하지만 마교의 군사는 치밀했다.

"나도 너를 막아야 하는 이유를 모르겠어. 하지만 막아달 더군. 그딴 떨거지 같은 사천맹이 무슨 위협이 된다는지 말이 야."

손철야가 음산하게 웃으며 도를 뽑았다.

남궁명은 딱딱한 얼굴로 천천히 검을 뽑았다.

더 이상 말이 필요없는 상황이다.

한 사람은 가려하고 한 사람은 막으려 한다. 결국은 검과 도로 승부를 가려야 할 것이다.

남궁명의 표정이 차분히 가라앉았다.

환우가 해준 한마디 때문이다.

'분명 내가 한 수 위라고 했었다.'

두 사람 모두와 싸워본 환우의 말이라면 맞을 것이다. 게다 가 그 정도의 고수가 상대의 실력을 잘못 파악할 리 없었다.

게다가 남궁명에게는 기연도 있었다.

그는 이곳까지 그냥 아무 생각 없이 무작정 달려온 것이 아 니다. 소환단으로 다스린 내상을 완벽하게 치유하면서 환우 와의 비무를 끊임없이 되뇌었다.

자신보다 강한 자와 겨뤄 패한 것이 얼마만인지 모를 일이 다. 마지막으로 그랬던 것은 기억할 수도 없을 정도로 까마득 한 옛일이다.

덕분에 많은 것을 알 수 있었다.

자신도 몰랐던 자신의 한계. 그리고 그 한계를 깨는 방법.

그렇게 관도를 달리는 동안 남궁명은 하나의 벽을 넘었다.

벽을 넘기 전에 한 수 위라 하였으니 지금은 충분히 승산이 있을 것이다.

"제법이구나. 호랑이가 없는 산에서 최고의 위치에 오른 여우답다."

정파인들이 멋대로 정한 고수의 순위를 비웃으며 손철야가 말했다.

하지만 남궁명은 아무런 동요가 없었다. 점점 더 차분하게 마음이 가라앉았다.

그럴수록 남궁명은 거대해졌다.

손철야는 두 눈으로 점점 거대해지는 남궁명을 똑똑히 볼 수 있었다.

'과연 정파제일인이라는 것인가.'

손철야는 남궁명을 절대 허투루 상대할 수 없다는 것을 깨닫고 도를 꽉 움켜쥐었다.

손철야를 향해 검을 겨눈 남궁명은 눈을 반쯤 감았다.

반개한 그의 눈은 손철야를 보고 있되 보고 있지 않았다. 그의 시선이 머무르는 것은 손철야 너머에 있는 벽이었다. 얼마 전 환우와의 겨룸 덕에 넘을 수 있었던 벽. 그것이 손철야의 몸 위에 투영되어 나타났다.

손철야는 스산한 기운을 애써 무시했다.

설마 자신이 기세 싸움에서 밀릴 것이라고는 생각할 수 없었기 때문이다.

남궁명이 한 발 앞으로 내디뎠다.

"이익!"

손철야 역시 질 수 없다는 듯 한 발 마주 내디뎠다. 본능은 뒤로 물러나라 하고 있었으나 손철야는 본능을 거부했다. 이런 겨룸에서 물러섬이란 곧 패배였다.

손철야는 알 수 있었다.

단 일 격의 싸움.

일 초로 모든 것이 결정지어질 승부라는 것을 말이다.

손철야는 자신이 펼칠 수 있는 최강의 초식을 준비했다.

귀왕천혈도법의 최후 최강의 초식.

귀왕현신참.

손철야는 그것을 준비했다. 손철야의 도에 붉은 강기가 넘실거리면서 일어났다.

그와 동시에 남궁명의 검이 부드럽게 움직이기 시작했다. 손철야와 달리 강기도 검기도 없었다. 그저 검 그 자체가 움직였다.

그럼에도 막대한 거력이 움직였다.

손철야는 감히 경시할 수 없었다.

"귀왕현신참!"

초식을 먼저 펼친 것은 손철야다. 붉은 핏빛 강기가 남궁명을 덮쳤다. 그는 여전히 반개한 눈으로 천천히 검을 움직였다.

“제왕검형.”

나직한 중얼거림.

현재 남궁명의 상대는 손철야가 아니었다. 제왕검형 스스로가 만들어낸 남궁명의 벽. 이곳으로 오면서 명상 속에 깨뜨린 벽. 그것을 지금 그는 검으로 직접 깨뜨리려 하고 있었다.

한 자루 청강장검이 붉은 핏빛 강기에 부딪쳐 갔다.

두 사람의 검과 도가 격돌하는 순간.

서걱.

어쩌면 너무나도 허탈한 소리가 울렸다.

그리고 양단되는 손철야의 도. 믿을 수 없는 눈을 한 손철야의 얼굴.

천천히 손철야의 목에 붉은 혈선이 그려졌다.

남궁명은 그 모습을 끝까지 보지 않고 걸음을 옮겼다. 그의 검은 어느새 검집에 들어가 있었다.

“이것이 새로운 제왕검형. 그 녀석에게 고맙다고 해야 하나? 이 나이에 또 한 번의 발전이라니.”

쿠웅.

남궁명의 중얼거림 속에 이미 생명을 다한 손철야의 몸이 쓰러졌다.

마교 육대호법 중 일인.

도귀 손철야.

그는 이렇게 그의 긴 생을 다했다.

남궁명은 다시 경공을 펼쳤다. 조금이라도 빨리 움직여야 했다. 자신의 진로를 막으려 한 것만이 전부는 아닐 것이다.

분명 다른 움직임이 있을 것이다.

그전에 사천맹을 움직여야 했다.

第六章
움직이는 사천맹

'사람이 아니야… 사람일 리 없어. 그래, 동방의 하늘에서 내려온 천신(天神)일 거야. 틀림없어.'

해동에서 온 백의의 사내. 한 번의 손짓에 열 개의 벼락이 떨어지고, 마교의 혈사는 그 앞에 쳐뭇한다. 열 개의 벼락을 중원에 남겨두고 홀연히 떠났다.

그리고 오십 년 후. 다시금 중원이 어지러워지려 할때 그의 후예가 중원으로 향한다.

푸른 하늘에 열 개의 벼락이 다시 떨어지는 순간 천하는 그 앞에서 무릎 꿇으리라.

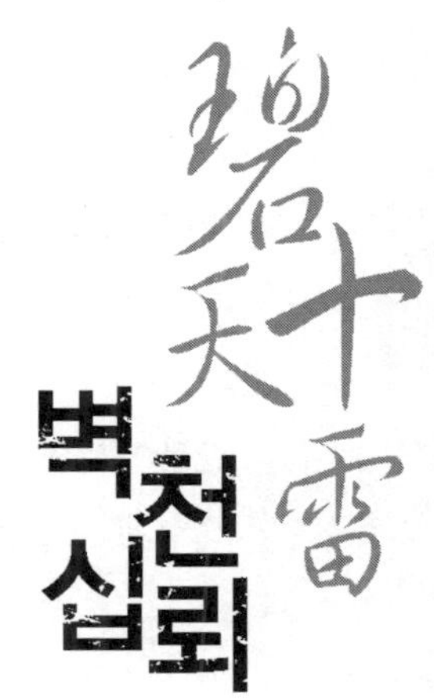

마교라는 두 글자가 선명한 현판.

현판 아래의 거대한 문이 처음으로 활짝 열렸다. 거대한 문 위에 마교라는 현판이 걸린 이후 줄곧 닫혀 있던 문.

그 문이 처음 열리고 그곳에서는 마기를 풀풀 풍기는 마교의 전투 부대가 나타났다. 엄청난 수의 무인들.

그동안 비밀리에 낙양 총단으로 들어온 마교의 무인들이다.

그들의 선두에는 혈사자 구양천이 있었다.

"모두 출발! 목표는 소림이다!"

구양천의 우렁찬 명령에 그들은 잘 정돈된 군대와 같이 오와 열을 맞춰 빠른 속도로 말을 몰았다.

수많은 사람들이 그 모습을 보았고 얼마 동안 넋이 나가 있었다.

관부에서도 어떻게 손을 쓸 방법이 없었다.

그렇게 수많은 마교의 무인들이 낙양을 일시에 빠져나갔다.

이 소식은 빠르게 퍼져 나갔다.

물론 천의맹의 서문황도 그 소식을 들었다.

"허어. 벌써 안에서 치고 나온단 말인가?"

서문황이 걱정스러운 얼굴로 말했다.

"너무 빠릅니다, 아버지."

천단에서 돌아온 서문청이 말했다.

"확실히 마교의 책사가 뛰어난 것 같습니다. 분명 검존께서 사천맹으로 움직인다는 소식에 움직인 것일 겁니다."

서문백이 심각한 얼굴로 말했다.

그 말에 서문황이 고개를 끄덕였다.

"분명 그럴 것이다. 사천맹이 움직이기 전에 먼저 선수를 친 것이지. 이렇게 된 것 천단과 인단이 최대한 화산에서 버텨주어야 할 것인데……."

"제갈 노사가 있는 한 어떻게든 버틸 것입니다."

어느새 서문청과 사문백은 제갈우를 노사라 부르고 있었다. 제갈우와의 짧은 만남은 두 사람에게 그에 대한 깊은 존경심을 만들어주었다.

"그래야지. 반드시 그래야 해."

서문황이 비장한 말투로 중얼거렸다.

"한데 이것이 전부일까요?"

"아니겠지."

서문청의 물음에 서문황이 답했다.

"미리 선수를 칠 정도라면 분명 검존 어른을 막기 위해 무슨 수를 썼을 것이다."

뒤이어진 서문황의 말에 서문청과 서문백의 동감의 뜻을 표했다.

"하지만 그분은 검존이시다. 얕은 수가 통하지 않는 분이야. 절대검존이란 별호는 아무나 가질 수 있는 것이 아니다."

서문황의 말에는 남궁명에 대한 절대적인 믿음이 담겨 있었다.

남궁명은 서문황의 믿음에 흘륭히 부응하여 도귀 손철야를 쓰러뜨리고 당당히 사천맹에 입성했다.

"절대검존을 뵙습니다. 저는 사천맹의 군사를 맡고 있는 우상민이라 합니다. 오신다는 소식에 기다리고 있었습니다."

우상민은 사천맹의 정문으로 남궁명을 맞이하러 나왔다. 이곳으로 오는 길에 도귀를 쓰러뜨렸다는 소식에 계획과 달리 직접 맞이한 것이다.

역시 절대검존이었다.

육대호법 중에서도 실력이 상위에 속한다는 도귀를 쓰러뜨리다니 그의 명성은 허언이 아니었던 것이다.

"환대에 감사하오. 본인이 무엇 때문에 귀맹을 찾았는지는 짐작하시겠지요?"

"물론입니다. 맹주께서 기다리고 계십니다. 저를 따라오시지요."

남궁명도 사천맹도 급했다.

그랬기에 대화는 일사천리로 진행되었다.

사천맹은 남궁명이 모르는 정보를 하나 더 가지고 있었다. 그랬기에 몸이 더욱 달아 있는 것이다.

낙양 총단에서 숭산을 향해 나간 전투 부대.

마교가 이제 본격적으로 중원을 안과 밖에서 흔들기 시작했다.

"허허허. 천하에 그 이름이 쟁쟁한 절대검존을 직접 뵙게 될 줄은 몰랐습니다. 기다리고 있었습니다. 본인이 마도 천정호입니다."

"천하에 이름 높은 사천맹주를 본인이 직접 대면하게 될 줄은 저 또한 몰랐습니다. 남궁명입니다."

두 사람은 간단한 인사를 나눈 후 마주 보고 앉았다.

"기다리고 있었소이다."

천정호이 미소를 지으며 말했다.

"그러실 것이라 생각했습니다."

"오랜 시간이었습니다. 정파에서 검존과 같은 이가 나오기를 기다리고 있었습니다. 우리도 마교를 막고 싶었으나 과연 정파에서 그것을 두고 볼까 그것이 걱정이었소. 자칫 마교에 어부지리를 안겨줄 수도 있으니 말이오."

"하잘 것 없는 명예에 집착하는 이들이 어리석은 탓이지요."

남궁명이 고개를 저으며 말했다.

"기실 우리는 최대한 우리에게 우리하게 협상을 진행한 후 한 손 거들 생각이었소이다."

천정호의 말에 남궁명은 그를 바라보았다. 이 말을 했다는 것은 그러지 않겠다는 의미다.

"무슨 뜻인지……."

"검존이 도귀를 쓰러뜨리고 이곳으로 오는 동안 상황이 변했소이다."

그 말에 남궁명의 안색이 어두워졌다.

도귀를 자신에게 보내는 것만으로 끝은 아닐 것이라 짐작은 했었지만 상황이 변할 정도라니. 좋은 상황은 아닐 것이다.

"마교의 낙양 총단에 웅크리고 있던 것들이 모습을 드러냈고."

"뭐요?"

그 말에 남궁명은 큰 소리를 내고 말았다.

분명히 상황이 나쁜 쪽으로 흘러가고 있었다.

“어디로 간 것이오?”

남궁명이 다급히 물었다.

정말로 중원이 혼란의 혼란 속으로 빠져드는 상황이다.

“숭산이오. 소림이 목표이겠지요. 그럴 수밖에 없는 것이 같은 하남성에 소림이 자리하고 있으니 일단 그곳을 정리해야 천의맹과 본격적으로 싸울 수 있으니 말이오.”

천정호의 말에 남궁명이 고개를 끄덕였다.

“분명 그렇지요.”

“어쨌든 현재 상황이 더 이상 우리의 실리나 따지면서 시간을 끌 수 없다는 것이오. 우리 사천맹은 지금부터 적극적으로 천의맹을 도와 마교의 악도들을 처단할 것이오.”

천정호의 말에 남궁명의 얼굴이 밝아졌다.

“고맙소.”

두 사람은 손을 굳게 맞잡았다.

정파와 사파의 두 거인이 그렇게 손을 잡은 무림의 역사에 길이 남을 순간이다.

“어쩌면 이것은 우리에게 유리한 상황일 수 있습니다.”

지금까지 가만히 지켜보던 우상민이 입을 열었다.

“소림은 무림의 태산북두라 불리는 곳입니다. 아무리 주전력이 천의맹으로 빠져나갔다 하나 그리 쉽게 쓰러뜨릴 수 있는 곳이 아닙니다.”

그 말에 남궁명과 천정호 두 사람은 고개를 끄덕였다.

“마교가 소림을 공략하는 동안 낙양은 텅 비어 있을 것입니다.”

“빈집을 털자는 소리군.”

천정호의 말에 우상민이 고개를 저었다.

“그랬으면 좋겠습니다만… 불가능한 일입니다. 이곳 합비에서 낙양으로 가는 길목에 숭산이 위치해 있지요. 분명 소림을 공략하던 마교의 무리가 길을 막을 것입니다.”

“그러면 소림이 그 뒤를 치면 되지 않스?”

남궁명의 물음에 우상민이 다시 한 번 고개를 저었다.

“소림에는 그런 여력이 없습니다.”

“그렇다면 대체 무엇이 기회라는 말인가?”

천정호의 물음에 우상민이 싱긋 웃으겨 입을 열었다.

“바로 천의맹의 지단(地團)이지요.”

우상민의 말에 남궁명의 얼굴이 살짝 떨렸다. 설마 사천맹에서 지단의 힘을 파악하고 있을 줄은 몰랐던 것이다.

“마교를 막기 위해 삼단 중 천단과 인단이 떠났습니다만 사실 삼단 중 가장 강한 곳은 지단입니다. 지단은 각 대문파의 장로 급 고수들로 이루어진 곳. 구성원의 수는 적지만 고수가 아닌 사람이 없지요. 그래서 천단과 인단을 보낼 수 있었던 것이지요. 그곳에는 오성 중 검성인 무당의 무진 진인,

도성인 팽가의 진천일도 팽탁, 비성인 개방의 무영개, 권성인 언가의 벽력붕권 언종호는 물론, 그 경지가 오성을 넘었을지도 모른다는 화산신검 황규린도 있지요. 그런 고수들로 구성된 지단이 아직 천의맹에 남아 있습니다. 우리 사천맹이 소림을 공략하는 마교도들과 전투를 벌이는 동안 천의맹의 지단이 마교 총단을 빈집 털이 하는 것이지요."

우상민의 말에 천정호과 남궁명은 과연이라는 얼굴로 고개를 끄덕였다.

완벽하게 적과 나를 파악하고 있어야 세울 수 있는 전술이다.

과연 사뇌라는 별호를 가질 자격이 있는 인물이다.

"하지만 이 책략에는 한 가지 선결 조건이 있습니다."

"천단과 인단이군."

천정호이 말했다.

"그렇습니다. 화산에서 밖의 마교를 막고 있는 천단과 인단이 지단이 빈집을 털 동안 버텨줘야 한다는 것입니다. 그렇지 않을 경우 반대로 천의맹이 빈집을 털릴 수 있습니다."

"결국은 시간 싸움이라는 것이군요."

남궁명의 말에 우상민이 고개를 끄덕였다.

"그렇습니다. 기동력의 승부이지요."

세 사람의 얼굴에 비장한 기운이 어렸다.

　　　　　*　　　　　*　　　　　*

　"하하하. 과연 사천맹이구나. 그저 웅크리고 있었던 것만은 아니었어!"

　얼마만에 이렇게 호쾌하게 웃은 것일까?

　서문황은 사천맹에서 날아온 전서응이 가져온 소식에 모처럼 시원하게 웃을 수 있었다.

　참으로 절묘한 전략이었다.

　천단과 인단은 충분히 버틸 수 있을 것이다.

　제갈우가 팔문미로혈우진을 펼쳤다는 소식이 이미 들어와 있었다.

　그리고 진법은 훌륭히 제 역할을 다해 벌써 사흘째 마교의 발을 붙들고 있었다.

　이협수가 전해온 소식에 따르면 앞으로도 상당한 시일은 문제가 없을 것이라 하였다.

　"즉시 지단을 움직여야겠다. 사천맹과 움직이는 시점을 맞춰야 해."

　그래야 빈집을 털 수 있었다.

　다행히 지단은 고수들로 구성된 대신에 수가 적었다. 충분히 은밀한 이동을 할 수 있는 상황이다.

　서문황은 황급히 불요 대사를 찾아 현재의 모든 상황을 설명했다. 그리고 맹주의 제가를 얻어 지단의 지휘권을 받았다.

지단은 자신이 직접 움직여서 마교의 낙양 총단을 칠 것이
다.
사천맹에서도 맹주인 천정호과 군사인 우상민이 직접 움
직일 것이다.
이번의 일전에 정사무림의 사활이 걸렸다.

*　　　*　　　*

"무엇이라고? 도귀가 당해? 그게 말이 되는 소리인가?"
분노에 찬 위청운의 말에 귀연수는 아무런 말도 하지 못했
다. 도귀면 충분히 검존을 막을 수 있을 것이라 위청운도 생
각했고 귀연수 자신도 그리 생각했다.
하지만 결과는 반대다.
잠영대가 싸늘히 식은 도귀의 시신을 가지고 왔다.
어떻게 이런 일이 있을 수 있단 말인가.
"그렇다면 검존은 무사히 사천맹으로 들어간 것인가?"
"네. 사천맹에서 지금 출진 준비가 한창이라 합니다."
귀연수의 대답에 위청운이 이마를 짚었다.
"화산은?"
"여전히 막힌 채입니다."
"끄응."
위청운은 불만에 가득한 신음을 흘렸다.

“소림은?”

“천년소림의 명성은 허언이 아닙니다. 시일이 좀 걸릴 것 같습니다.”

위청운의 얼굴이 처참하게 일그러졌다.

무엇 하나 마음대로 풀리는 것이 없었다. 지금까지는 뇌룡아의 일만 제외하면 모든 것이 순조롭게 진행되어 왔다.

그런데 모든 일이 마무리 되려는 지금 일이 꼬여 버렸다. 지금까지의 순조로움이 거짓말 같았다.

“뿌드득! 이것이 중원의 저력이란 말이지.”

위청운의 분노에 귀연수는 말없이 고개를 숙이고 있었다.

“그놈은?”

“며칠 전부터 행방이 묘연합니다.”

“뭐라?”

“잠영대의 보고로는 숭산 준극봉의 므명사라는 절에 들어갔다 하는데 그 이후 나오지를 않고 있답니다.”

“그렇다면 지금까지 그곳에 머물러 있단 말인가?”

“아무래도 그런 것 같습니다.’

“뭐 하는 곳이기에?”

“별다를 것 없는 숭산에 위치한 수많은 절 중 하나입니다. 잠영대의 조사 결과입니다.”

골치가 아팠다.

무엇 하나 뜻대로 움직이는 것이 없으니.

“사부님께는 별다른 연락이 없는가?”

“네. 교주님으로부터는 아무런 연락이 없습니다.”

“후우. 대체 무슨 생각이신지…….”

알 수가 없었다. 자신에게 모든 것을 맡겨두고 모습을 보이지 않는 사부.

과연 마교의 교주는 무엇을 생각하고 있을까?

위청운 자신이 마지막으로 본 그날 이후 사부는 아무런 움직임이 없었다.

*　　　*　　　*

십수 일이 흘렀다.

“왜 안 올까?”

“모르겠습니다. 잠영대의 보고로는 어느 절에 머무는 중이라 합니다.”

“흐음.”

백리장호의 물음에 사도명이 대답했다.

올 거라 생각한 날부터 벌써 며칠이 흘렀다. 그런데 소식이 없었다. 숭산에서 이곳까지는 지척인데 어떻게 등봉현에 든 이후 움직임이 없단 말인가.

지루했다.

그렇게 환우를 기다리는 검마가 지루해하고 있을 무렵 환우 자신은 살기 가득한 주먹과 발을 전력을 다해 피하고 있었다.

'젠장. 절에서 수련한다고 익히는 선무도에 이 무시무시한 살기는 뭐란 말야.'

속으로 투덜거리면서도 환우는 열심히 움직였다.

이제 조금이다. 조금만 더 버티면 일각이다. 그러면 이곳에서 벗어날 수 있었다.

벌써 며칠인지 모른다.

하지만 확실히 망오 대사의 구타는 효과가 있었다. 환우의 움직임이 더욱 부드러워지고 현묘하게 변해 있었다.

환우 자신이 그 사실을 인지하지 못할 뿐이다.

똑똑또르르르.

맑은 목탁음이 울렸다.

그 순간 거짓말같이 망오 대사의 움직임이 멈췄다. 정확히 일각을 버틴 것이다. 일각이 되건 만해 스님이 목탁을 두드리기로 되어 있었다.

"클클. 녀석아, 확실히 나아졌구나. 역시 네 녀석은 맞으면서 배워야 한다."

"쳇. 그런 게 어디 있어요?"

"녀석, 선무도는 움직임 그 자체가 명상이나 다름없다. 가만히 앉아서 눈 감고 있는다고 익혀지는 무술이 아니란 말이다. 그저 꾸준히 움직이는 것, 그것이 곧 수련이다. 한데 네놈이 그것을 너무 게을리 하였으니 며칠 간이라도 속성으로 보충해 줘야 할 것 아니냐. 알았으면 그만 가보거라. 나도 갑자기 격하게 움직였더니 삭신이 쑤신다."

망오 대사가 어깨를 두드리며 말했다.

"쳇. 알았어요. 잘 지내요."

끝까지 버릇없는 말을 남기고 환우가 몸을 돌려 걸음을 옮겼다. 이곳에서 허비한 며칠이 그렇게 아까울 수가 없었다.

준극봉을 내려온 환우는 등봉현에서 하루 묵으면서 쉬었다.

다음날 날이 밝자마자 환우는 전력으로 뇌정비를 펼쳤다. 한시라도 빨리 용아천뢰검을 찾아야 했다.

*   *   *

검이 움직일 때 어김없이 허공에 붉은 피가 흩날렸다. 이협수의 검은 그렇게 또 한 명의 생명을 앗았다.

소민의 창이 정확히 상대의 심장을 꿰뚫었다. 얼굴에 붉은 선혈이 확 튀었다. 벌써 몇 명의 피를 뒤집어썼는지 모른다. 그녀의 의복은 완벽하게 붉게 변해 있었다. 이것이 모두 마교도들의 피였다.

벌써 며칠째인지 모른다.

화산은 마교도와 정파무림인들의 피로 붉게 물들고 있었다.

과연 제갈우의 팔문미로혈우진은 현묘하여 마교를 충분히 막아내고 있었다.

그리고 그 이름대로 화산에 피의 비를 뿌리고 있었다.

전투가 시작된 이래 제갈우는 가만히 눈을 감고 있었다. 자신의 머리에서 나온 진이 얼마나 많은 사람들의 피를 먹고 있는지 차마 지켜볼 수가 없기 때문이다.

"이곳이다! 이곳을 쳐라!"

마교의 조장 한 명이 한 곳을 가리키며 소리를 질렀다. 그의 명령에 그의 조원들이 곧 검을 곧추세우고 달려들었다.

서격.

하지만 검은 그들의 등뒤에서 날아들었다.

진의 변화에 속은 것이다.

"젠장! 뭐 이딴 사술이 있단 말이야!"

한 마교도는 결국 버티지 못하고 미쳤다. 그리고는 무자비하게 사방으로 검을 휘둘렀다.

"큭!"

그런 눈먼 검에 재수없게 베인 이가 있었다. 그것도 정확히 옆구리를. 그는 그렇게 눈을 감았다.

아비규환.

화산은 그야말로 지옥도가 펼쳐져 있었다.

이곳에서 전투가 벌어진 지 벌써 십수 일이 흘렀다. 그동안 계곡은 피로 물들어 붉게 변해 있었다.

이번의 마교 침공이 끝이 난다면 화산은 가장 치열했던 격전지로 무림사에 길이 남으리라.

화산은 그렇게 정파무림인들과 마교도의 피를 흠뻑 빨아들이고 있었다.

"네 이놈!"

진문을 지키고 있는 장용걸의 도끼가 두 명의 몸을 갈랐다. 그들의 몸에서 튀는 피에 흠뻑 젖은 채 장용걸은 몸을 움직였다. 그는 쉬지 않고 도끼를 휘둘렀다. 그의 도끼는 마교도들에게는 그야말로 공포 그 자체였다.

마교에게 있어 장용걸은 사신이었다.

'빌어먹을, 베어도 베어도 끝이 없구나.'

엄청난 수의 마교도가 몰려왔다.

진법의 변화에 기대어 우위를 유지하고 있지만 그것도 한계가 있었다.

시일이 흐를수록 마교도들이 진법에 적응을 해가고 그에 따라 피해가 줄어들고 있었다.

대신 천단과 인단의 피해가 커지고 있었다.

대체 얼마나 더 막아야 하는 것일까?

이 싸움이 끝나기는 하는 것일까?

그런 불안이 조금씩 싹트고 있었다.

"조금만 더! 더 밀어붙여라! 우리는 벌써 중턱까지 올라왔다! 곧 화산의 문을 넘을 수 있을 것이다."

밖에서 안으로 침공해 들어온 마교의 전투 부대 혈마대(血魔隊). 그 대주인 냉면염라 호불산이 목이 터져라 외쳤다.

그는 앞장 서 검을 휘두르며 길을 뚫었다.

'젠장. 진법이라니. 이런 준비를 하고 기다릴 줄은 몰랐다.'

지금까지의 쾌진격을 무색케 하는 화산의 방어에 그도 기가 질려 있었다.

설마 그 짧은 시간에 진법까지 준비해 막을 줄은 그도 예상치 못한 것이다. 아니, 총단에서도 상상도 못한 일일 것이다.

'역시 중원이다. 인물들이 많구나.'

이 진법을 고안한 인물에 새삼 존경심이 느껴졌다. 하지만 만약 대면하게 된다면 가장 먼저 죽이리라. 이 진법으로 인해 혈마대가 본 피해는 이루 말할 수 없었다.

천의맹의 천단과 인단, 마교의 혈마대.

이들의 전투는 점점 더 치열하게 전개되고 있었다.

*　　　　*　　　　*

사천맹의 문이 열렸다. 그리고 천정호을 선두로 무수한 무사들이 쏟아져 나왔다.

그렇게 사천맹이 마교와 천의맹의 싸움에 끼어들었다.

사천맹은 곧바로 숭산을 향해 진격해 나갔다.

그에 마교의 낙양 총단은 비상이 걸렸다.

귀연수의 예상을 뛰어넘은 빠른 움직임이다.

사천맹이 숭산을 지나치면 바로 낙양이다. 지금 낙양 총단은 텅 비어 있다시피 했다.

낙양 총단을 지키는 것은 소수의 무사와 육대호법 중의 네 명이 전부다.

그야말로 귀연수는 이번에 총력전을 펼친 것이다.

그것은 사천맹 역시 마찬가지다.

지금의 사천맹은 텅텅 비어 있었다. 물론 사천맹의 경우는 뒤통수를 맞을 일이 없기에 본거지를 비울 수 있었다.

귀연수가 전한 소식에 소림을 공략하던 구양천은 공격을 멈췄다.

무너질 듯 무너지지 않는 소림 덕에 상당히 약이 올라 있는 상황이지만 뒤통수를 막을 수는 없었다.

이미 쑥대밭이 되어버린 소림에 뒤통수를 맞을 염려는 없으니 구양천은 천마대를 돌렸다. 밑에서 치고 올라오는 사천맹을 막기 위해 천마대를 정리한 구양천은 즉각 사천맹을 향해 진격했다.

시시각각 전해오는 소식에 서문황은 머리를 재빨리 굴렸다. 이제 적절한 때만 기다리면 된다.

사천맹과 마교의 천마대가 부딪치는 순간 천의맹의 문을 열고 지단이 치고 올라갈 것이다.

화산의 천단과 인단은 지금 훌륭하게 마교의 혈마대를 막아내고 있었다.

"이제 곧 승부가 날 것이다."

서문황이 조용히 중얼거렸다.

"군사, 계십니까?"

그때 문 밖에서 불요 대사의 목소리가 들렸다.

"네, 맹주. 어서 들어오시지요.'

문을 열고 불요 대사가 서문황의 방으로 들어왔다.

"이번에 직접 지단을 이끌고 출정을 나간다고요?"

"네. 사천맹이 기꺼이 도와준 덕에 전세를 뒤집을 단초를 마련했습니다. 천단과 인단도 제갈우라는 기인의 도움으로 훌륭히 마교의 혈마대를 막아내고 있습니다. 사천맹이 천마대를 막아주는 동안 지단으로 낙양의 마교 총단을 칠 것입니다."

"훌륭한 계책입니다."

"아닙니다. 운이 좋았습니다. 때가 절묘하게 맞아떨어졌습니다."

불요 대사가 웃으며 고개를 끄덕였다.

"다행입니다. 청풍개 대협과 구지개 대협이 이 소식을 듣는다면 안심할 것입니다."

"아, 돌아왔다고 들었습니다만."

서문황은 급박하게 돌아가는 전장의 일 때문에 막 해동에서 돌아온 둘을 만나지 못했다. 대신 불요 대사가 직접 그들을 만난 터다.

"돌아왔지요. 별다른 성과가 없었습니다."

불요 대사의 말에 서문황이 고개를 끄덕였다.

"그럴 것이라 예상했습니다."

"호오. 그렇습니까?"

불요 대사가 의외라는 듯 말했다. 애초에 해동에 사람을 보내야 한다는 의견을 낸 것도 서문황 아니던가.

"만일 신 대협이 죽었다면 그분이 나섰을 것입니다만… 살아 있는 이상은 나서지 않을 것이라 생각했습니다. 그래도 혹시나 하는 가능성에 두 분을 해동으로 보낸 것이지요. 그때는 모든 가능성을 시험해야 했으니까요."

지난 한 달은 참으로 정신이 없었다. 얼마나 급박하게 상황이 흘러갔는지 십 년은 늙은 것 같았다.

이 모든 것이 마교의 빠른 움직임 때문이다.

덕분에 천의맹도 무척이나 빨리 움직여야 했다. 한 달이 안 되는 시간에 청풍개와 구지개가 해동에 다녀온 것만도 놀라운 사실이다.

중원의 위기는 이들을 더욱 강하게 만들어주었다.

"지단의 구성은 어찌 되었습니까?"

“모두 끝이 났습니다. 각파의 장문인들과 장로들을 주축으로 구성을 마쳤습니다.”

“전대 고수 분들은요?”

본래 육대호법을 상대하기 위해 몇몇 전대 고수가 천의맹에 와 있는 상황이다. 그중에는 무당의 청로 진인도 있었다.

“맹의 방어를 부탁드릴 생각입니다.”

환우 덕에 전대 고수들이 움직일 일이 사라진 때문이다.

육대호법은 환우를 상대하기 위해 낙양에 웅크리고 있었다. 그리고 도귀는 남궁명의 손에 쓰러졌고 혈사자는 천마대를 이끌고 있었다.

천마대의 혈사자는 사천맹에서 상대할 것이다.

“갑자기 일이 너무 순조롭게 풀리는군요.”

“그러게 말입니다.”

서문황은 작은 미소를 지으며 대답했다. 그 자신조차도 일이 이렇게 풀릴 것이라고는 생각지 못했다.

그간 얼마나 마음을 졸였던 것인가.

진인사대천명.

일은 사람이 꾸며도 그 성패는 하늘이 움직이는 것일까?

중반까지는 완벽한 마교의 우세였으나 이제 힘의 저울은 천의맹 쪽으로 기울어 있었다.

“군사.”

“네.”

"사천맹주가 직접 나섰다 들었습니다."

"그렇습니다."

"해서 저도 지단과 함께 직접 움직일까 합니다."

"그래 주시겠습니까?"

오히려 서문황이 먼저 부탁하고 싶었던 일이다. 하지만 맹주는 천의맹 총단에서 맹의 중심을 지켜야 했기에 말하지 않았을 뿐이다.

그런데 불요 대사가 먼저 나서주겠다니.

이로써 지단은 천하십대고수 중 오성이 모두 모인 막강한 집단으로 변모했다.

"출정은 언제로 잡고 있습니까?"

"곧입니다. 천마대가 사천맹과 부딪쳐 전력을 뺄 수 없을 때 그때 출발할 것입니다. 그러면 우리가 낙양에 도달할 때쯤이면 천마대와 사천맹의 싸움이 절정에 달해 도무지 우리 쪽으로는 시선을 돌리지 못할 것입니다."

"과연, 훌륭합니다. 그러면 현재 낙양은 텅 비어 있는 것입니까?"

"그렇다고 봐야지요. 육대호법 중 넷이 버티고 있습니다만."

"허어. 신 공자는 어찌 된 것일까요?"

"글쎄요. 도착해도 벌써 도착해 소식이 들려와야 할 터인데 아무런 소식이 없는 것이 이상하기는 합니다."

불요 대사의 물음에 서문황이 고개를 갸웃거리며 대답했다.

"하지만 이미 대세는 우리에게 기운 상태입니다. 신 대협이 없다 하더라도 충분히 승산이 있습니다. 아무리 육대호법이 강하다 한들 지단 전부를 상대할 수는 없을 것입니다."

서문황이 확신 어린 어조로 말했다. 그의 말에 불요 대사가 고개를 끄덕였다.

그리고 이틀 후.

사천맹과 천마대는 숭산 인근에서 충돌했고 그 소식이 전해지자마자 천의맹에서 백여 명의 사람이 은밀히 빠져나갔다.

*　　　*　　　*

구조고도 낙양.

드디어 환우가 이 도시에 발을 디뎠다.

망오 대사에게 발목이 잡히는 바람에 상당히 늦게 낙양에 들어설 수 있었다.

일단 낙양에 들어온 다음은 쉬웠다.

마교로 찾아가는 길은 누구나 알고 있었기에 별 어려움 없이 마교의 정문 앞에 설 수 있었다.

거대한 문과 그 위에 걸린 현판.

그것을 보는 환우의 입꼬리가 살짝 올라갔다.

"드디어 끝장을 보는군."

간단한 손짓에 문이 갈라져 쓰러졌다. 환우는 당당한 걸음으로 안으로 들어갔다.

"왔군."

가만히 앉아 있던 백리장호가 입을 열었다.

환우의 눈에 이채가 서렸다.

설마 안으로 들어서자마자 이들이 기다리고 있을 것이라고는 생각도 못했다.

육대호법 중 네 명이라니.

이 중 안면이 있는 사람은 소수마녀 천옥심 하나였지만 이들이 뿜어내는 기세로 이들이 바로 육대호법의 나머지임을 쉬이 알 수 있었다.

"일이 좀 있었지."

환우가 싱긋 웃으며 대답했다.

"뭐, 상관없어. 어쨌든 왔으니까."

무료하다는 듯 백리장호가 말했다. 환우는 그가 이들의 수뇌인 검마임을 직감했다.

"호호호. 오랜만이야. 그날의 치욕을 오늘 깨끗이 씻어주마."

천옥심이 한 발 앞으로 나서며 말했다. 그녀의 움직임에 갈문호와 사도명도 함께 움직였다.

갈문호의 얼굴에는 여전히 불만이 가득했다.

그들의 움직임에 환우의 눈에 이채가 서렸다.

"셋이 한꺼번에? 의외로군."

환우의 말에 갈문호의 얼굴에 어린 불만이 더욱 진해졌다.

이런 애송이를 상대로 합공이라니. 도무지 참을 수가 없었다.

"환요마 사도명일세."

"소수마녀 천옥심. 난 알고 있지? 호호."

천옥심의 웃음에 살기가 어렸다.

"귀령창 갈문호."

불만이 많은 갈문호는 짤막하게 말하고는 입을 닫았다.

"흐음……."

환우의 눈에 긴장이 감돌았다.

설마 셋이서 합공을 할 줄은 몰랐던 것이다. 자신이 강해졌다 하지만 과연 이 셋을 감당해 낼 수 있을까? 감당해야 했다.

고민하는 사이 세 사람은 품 자 형태로 환우를 둘러쌌다.

第七章

무너지기 시작하는 마고

'사람이 아니야… 사람일 리 없어. 그래, 동방의 하늘에서 내려온 천신(天神)일 거야. 틀림없어.'

해동에서 온 백의의 사내. 한 번의 손짓에 열 개의 벼락을 그 앞에 침묵한다. 열 개의 벼락을 중원에 남겨두고 홀연히 떠났다.

그리고 오십 년 후. 다시금 중원이 어지러워지려 할 때 그의 후예가 중원으로 향한다.

푸른 하늘에 열 개의 벼락이 다시 떨어지는 순간 천하는 그 앞에서 무릎 꿇으리라.

환우가 낙양으로 들어가기 삼 일 전의 일이다.

수많은 수의 사람들이 두 무리로 나누어져 서로 대치하고 있었다.

형형한 안광을 빛내는 무사들은 서로 상대편을 살기 어린 눈으로 쏘아본다.

숭산에서 좀 떨어진 이곳은 두 무리의 무사들이 뿜어내는 살기로 자욱하게 덮였다.

"흠. 어찌해야 할까?"

선두에 선 천정호는 고민 어린 눈으로 건너편의 천마대를 바라보았다.

“글쎄요. 이런 상황에서는 충돌밖에 없을 것 같군요.”

천정호의 곁에서 남궁명이 말했다.

천의맹과 사천맹의 동맹으로 남궁명은 일단 사천맹에 힘을 보태기로 했기에 천정호과 함께 움직이고 있었다.

남궁명의 말에 천정호의 시선이 우상민을 향했다.

“흐음. 일단 수는 비슷합니다. 무사들의 실력은 부딪쳐 봐야 알겠습니다만… 이곳에 모인 이들은 우리 사천맹의 최정예입니다. 결코 뒤떨어지지 않을 것입니다.”

우상민이 자신에 찬 어조로 말했다. 그 말에 천정호은 만족한 듯 고개를 끄덕였다.

“그렇지. 하지만 가능하면 피해를 줄이고 싶어.”

“그것은 당연한 일입니다. 그러기 위해서는 일단 적의 정확한 실력을 알아야 하지요.”

“일단 탐색해 보자는 말인가?”

“그렇습니다.”

천정호의 말에 우상민이 고개를 끄덕이며 대답했다.

“그러면 일단 가볍게 한번 붙어볼까?”

그렇게 중얼거린 천정호는 곧 진격 명령을 내렸고 그가 선두에서 달렸다.

그에 호응하듯 천마대의 무리들도 사천맹을 향해 돌격하기 시작했다.

“네놈이 천정호이렷다!”

무시무시한 권강이 날아왔다. 천정호의 도강이 권강과 부딪쳤다.

"큭! 무겁군!"

도가 찌르르 울렸다.

천정호은 자신에게 권강을 날린 인물을 바라보았다. 살기 어린 부리부리한 눈으로 자신을 노려보는 노인. 그 기세가 보통이 아니다.

"혈사자인가?"

"놈, 안목은 있구나."

천정호의 말에 구양천이 살기 어린 음성을 토했다.

"흐음, 혈사자란 말이지."

그때 남궁명이 천정호의 곁으로 다가왔다. 그의 검은 이미 피에 절어 있었다.

"네놈은?"

"절대검존."

구양천의 물음에 남궁명이 짧게 대답했다.

"네놈이!"

남궁명의 대답에 구양천은 분노에 찬 울부짖음을 토했다. 그는 이곳으로 오면서 남궁경의 손에 손철야가 명을 달리했다는 소식을 들은 것이다.

설마 그렇게 갈 줄은 몰랐던 친구다. 친구를 잃은 그의 분노는 어마어마했다.

"크윽. 네놈은 반드시 내가 갈기갈기 찢어주마."

"능력이 있다면 그렇게 해보시던가. 아무리 봐도 도귀보다 못한 듯한데."

구양천을 도발하기 위한 남궁명의 말이다. 하지만 그 말에 오히려 구양천의 두 눈이 싸늘하게 식었다.

"크크. 그렇지. 지금의 나는 분명 검존을 쓰러뜨릴 수 없지. 하지만 천마대는 사천맹을 쓰러뜨릴 수 있다. 기대해 보라고. 크하하하."

그 웃음을 끝으로 구양천은 천마대의 무리 속으로 사라졌다. 천정호이 뒤늦게 도강을 날렸지만 모두 구양천의 권강에 막힐 뿐이었다.

"허. 천하의 혈사자가?"

남궁명은 그 모습에 어이없다는 헛웃음을 흘렸다.

오십 년 전만 하더라도 도귀와 함께 가장 호전적이고 잔인했다는 혈사자 구양천이다.

일단 돌격하고 보는 성격을 가진 이가 바로 그다.

그런데 지금 그가 꽁무니를 빼고 있는 것이다. 상대의 실력을 인정하고 스스로의 모자람을 직시한 후 물러나고 있다.

알려진 바에 의하면 그는 그렇게 침착한 행동을 할 인물이 못된다.

하지만 그렇게 했다.

그 사실이 남궁명을 당황하게 한 것이다.

"도귀의 죽음 때문인 듯합니다."

어느새 곁으로 다가온 우상민이 말했다. 그의 곁에는 그를 지키기 위한 네 명의 무사가 주변을 유심히 살피고 있었다.

우상민의 무공은 그다지 강한 편이 아니다. 하지만 사천맹에서는 꼭 필요한 인재다. 이런 전장에서는 어디서 칼이 날아올지 모르는 것이기에 그를 지키기 위한 무사들이 항시 그 주변을 막고 있었다.

"도귀의 죽음?"

"네. 오히려 극한의 분노가 현실을 직시하게 만든 것이겠지요. 도귀가 당하지 못하고 죽었다. 그렇다면 혈사자 자신도 승산은 없다. 도귀의 복수를 하려면 미친 듯 달려들어서는 안 된다. 그런 판단을 내린 것이 아닌가 합니다."

"허허. 혈사자가 그리 변할 줄이야."

남궁명이 어이없다는 듯 말했다.

"아닙니다. 이것은 뜻밖의 소득입니다. 천마대를 이끄는 혈사자가 저리 변했다는 것을 알지 못했다면 계략을 짜더라도 상당한 차질이 있었을 것입니다.'

우상민이 미소를 지으며 말했다.

그의 미소를 본 천정호 역시 미소를 지으며 물었다.

"이제 되었는가?'

미소의 의미를 알기에 천정호이 물었다.

"네."

우상민의 대답에 그는 고개를 끄덕이며 손을 들었다.

"모두 퇴각한다!"

내공이 실린 그의 외침에 사천맹의 무사들은 일사불란하게 퇴각했다.

전열을 이루고 후방을 방비하며 차례차례 퇴각하는 모습에 천마대는 감히 그 뒤를 쫓지 못했다.

최후방을 지키는 두 무인이 마도 천정호과 절대검존 남궁명임에야 더 말할 것도 없었다.

그렇게 첫 회전은 끝이 났다.

"어땠는가?"

본 진영으로 돌아온 천정호이 막사에서 우상민에게 물었다. 오늘은 더 이상은 격돌은 없을 것이다.

"몇 가지 성과가 있었습니다."

우상민이 미소를 지으며 대답했다.

그의 말에 남궁명과 천정호 두 사람의 얼굴에 기대가 일었다. 이 꾀주머니가 대체 어떤 말을 해줄지가 궁금한 것이다.

"일단 천마대에는 참모가 없는 듯합니다. 이것은 아무리 봐도 명백한 실수입니다. 지금까지 마교의 움직임으로 보아 분명 마교에는 뛰어난 책사가 있습니다."

"귀연수라 하더군요."

남궁명의 말에 우상민과 천정호이 놀란 얼굴로 그를 보았다. 아직 사천맹에서 알아내지 못한 것을 그가 알고 있다는 사실에 놀란 것이다.

기실 이것은 남궁명이 천의맹을 떠날 때 서문황이 알려준 것이다.

"서문세가의 힘입니다."

남궁명의 이어진 말에 우상민은 고개를 끄덕였다.

극비 정보를 수집하는 서문세가의 정보력은 알 만한 사람은 다 아는 비밀 아닌 비밀이었다. 거기에 천의맹이 결성되면서 개방의 정보력까지 더해졌으니 천의맹의 군사인 서문황이 남들이 모르는 것을 알고 있는 것이 크게 신기한 일은 아니다.

"그 귀연수라는 책사가 무척이나 뛰어난 것은 사실입니다. 덕분에 중원은 정말 위기 일발의 상황까지 몰렸습니다. 지금까지 마교가 보여주던 것과는 전혀 다른 기동력에 손을 쓸 수 없을 지경까지 몰릴 뻔했으니까요."

우상민의 말에 천정호은 고개를 끄덕였다.

오죽했으면 사천맹에서 실리를 얻을 수 있는 여러 가지 협상 조건을 포기하고 바로 천의맹과 손을 잡았을까. 그것은 모두 시간이 없었기 때문이다.

협상의 줄다리기를 할 시간조차 주지 않고 마교가 밀고 내려왔다.

그것을 무시하고 계속해서 이익을 얻기 위해 시간을 허비할 정도로 천정호은 바보가 아니다. 진정한 이익이 무엇인지 알고 있었다.

그랬기에 사파를 하나로 모아 사천맹의 맹주가 될 수 있었던 것이다.

"하지만 그가 실수한 것이 있으니 전투 부대에 참모를 보내지 않았다는 것입니다. 그 이외에는 뛰어난 책사가 없었는지 아니면 그럴 필요가 없다고 느꼈는지 알 수는 없습니다만, 제 생각에는 후자 같습니다. 결국은 그도 마교의 인물이니까요. 전체의 전략을 잘 짜면 실제 전투에서는 마교의 힘이 압도적일 것이라 생각한 영향이 있겠지요."

우상민의 설명에 남궁명은 고개를 끄덕였다.

분명 마교의 무력은 강했다.

"솔직히 지금도 마찬가지입니다. 천마대의 무력이 우리보다 우위에 있습니다."

그 말에 천정호의 안색이 딱딱하게 굳었다. 자신이 심혈을 기울여 키운 세력이 마교보다 못하다 하니 마음이 편할 리 없었다.

"천마대가 우리보다 이 할 정도 전력이 우위에 있습니다."

"크흠."

"이 할의 전력 차가 작은 듯하지만 그렇지 않습니다. 정면으로 맞붙으면 이 할의 전력 차로 인해 그 피해는 점점 더 커지게 마련입니다. 같은 비율로 전력을 잃는 것이 아니란 말입니다. 전력이 부족한 만큼 더 피해를 입게 되고 그 피해로 인해 전력이 더 약해지고 그런 악순환이 반복되는 법이지요.”

우상민의 말에 남궁명의 안색이 어두워졌다. 결국 승산은 저쪽에 있다는 소리로 들렸기 때문이다.

천정호의 얼굴에는 변함없이 여유가 있었다. 오랜 세월 우상민과 함께해 왔기에 그에게 무슨 방법이 있다는 사실을 알 수 있기 때문이다. 그가 불편한 모습을 보인 것은 마교의 절반의 힘인 천마대에 자신의 사천맹이 미치지 못했다는 사실, 그 하나였다.

“물론 그것은 어디까지나 무식하게 정면으로 부딪쳤을 때의 이야기입니다. 바로 혈사자처럼요.”

우상민이 손가락을 흔들어 보이며 빙긋 웃었다.

“우리는 절대 그런 무식한 방법을 사용하지 않을 겁니다. 불리한 것을 뻔히 알고 왜 정면으로 부딪친단 말입니까? 귀연수의 실수는 바로 그것입니다. 전장에서 유연한 작전을 세우기 위한 참모를 보내지 않았다는 것. 그것이지요. 그가 있는 곳은 전장과 먼 거리에 있습니다. 시시각각 격렬하게 변하는 상황에 맞는 작전을 그가 세울 수는 없는 것이지요. 결국 참모가 없으면 천마대의 움직임을 단순해질 수밖에 없습니다.”

우상민의 설명에 남궁명은 고개를 끄덕였다.

천의맹의 군사인 서문황은 자신의 두 아들을 각각 천단과 인단의 참모로 보냈다. 그리고 전장에서의 작전에 대한 권한을 내려주었다.

자신이 그 모습을 보지 않았던가.

"마교가 이번에 실패하게 된다면 결국 그 원인은 머리의 차이입니다. 천의맹에 서문황이 사천맹에 저 우상민이 있었던 반면 마교에는 귀연수 혼자였다는 것이지요."

자신감이 가득한 우상민의 말에 천정호은 웃으며 고개를 끄덕였다.

"그래서 어떤 전략으로 저들을 상대할 것인가?"

천정호의 물음에 우상민이 설명을 이었다.

"일단은 검존께서 선봉에 서주십시오."

"내가요?"

"그렇습니다."

남궁명의 물음에 우상민이 고개를 끄덕이며 말했다.

"혈사자를 묶어놓기 위해서입니다. 혈사자 그는 검존께 두려움을 느끼고 있습니다. 도귀를 쓰러뜨린 것 때문이겠지요. 본디 그는 선두에 서 전장을 휘젓는 전형적인 돌격형의 인물입니다. 그런 인물이 적군에 있으면 아군의 사기를 상당히 꺾지요. 검존께서 선봉에 서심으로 그를 천마대의 중간에 묶어둘 수 있습니다."

우상민의 설명에 남궁명이 고개를 끄덕였다.

"저들은 정방형의 진형을 유지하고 있습니다. 우리는 쐐기형의 진형으로 그 진형을 깨부술 것입니다. 쐐기형의 진형의 최선두에 검존께서 서시게 되는 것입니다. 그렇게 되면 우리의 진형의 파괴력은 상상을 초월하게 될 것입니다."

"나는 어떻게 하는가?"

천정호이 물었다.

"맹주께서는 삼 할 정도의 인원을 데리고 후방에 대기하십
시오. 그리고 본대가 적의 진형을 절반쯤 찢었을 때 그 측면
을 파고드는 것입니다. 본디 정면에서의 공격에는 강해도 측
면이나 후방에서의 공격에는 약한 법입니다. 그 점을 노리는
것이지요."

"알겠네. 나 역시 쐐기형의 진형을 만들면 되는가?"

"그렇습니다. 우리 측에 일존 쌍마 중 두 사람이 있습니다.
이런 절대고수가 있으면 제대로 써먹어야지요."

우상민이 웃으며 말하자 천정호과 남궁명은 커다란 웃음
을 터뜨렸다.

"하하하하."

"껄껄껄. 맞는 말이야. 암, 있는 말은 제대로 써먹어야지.
묵혀두어 봤자 아무 소용 없어. 훌륭하네, 군사."

"그러면 결전은 내일입니다. 상대방에 어느 정도 실력이
있는 참모만 있었더라도 저리 허술하지는 않았을 것입니다."

"전체적인 힘은 막강하나 그 힘을 제대로 사용하지 못하는
셈이군."

"네. 무지막지한 내공은 있으나 정교한 초식이 없는 셈이
지요."

“호. 참으로 절묘한 비유로군요.”

우상민의 말에 남궁명이 감탄한 듯 말했다.

“이렇듯 뛰어난 군사가 사천맹에 있으니 마교를 물리친 후에도 사천맹의 세력이 날로 커질 것 같군요.”

남궁명의 말에 천정호은 싱긋 웃음을 지었다.

“그렇지요. 언제까지 우리 사파가 정파에 억눌릴 수는 없지요. 하하하.”

커다란 적을 맞아 지금은 동지로 있으나 그 적을 물리친 후에는 다시 적으로 돌아설 사람이 서로를 바라보며 웃음을 짓고 있었다.

이번 마교의 침공을 물리치면 정파의 힘이 상당히 줄어들 것은 기명의 사실이다.

구파일방 중 점창과 공동이 무너졌다.

게다가 화산 역시 현재 상당한 타격을 받은 상태다. 천단과 인단이 마교의 혈마대를 저지하며 전투를 벌이고 있는 곳은 화산. 결국 구파일방 중 세 곳이 커다란 타격을 받은 정파의 힘이 줄어들 수밖에 없는 셈이다.

그것은 사천맹에게는 기회.

마교를 물리친 후에도 중원은 여전히 혼란할 것이리라.

하루가 지났다.

아침해가 땅을 어루만질 때 사천맹의 진영은 분주하게 움직였다.

마교가 비록 강하다 하나 오늘의 일전에 모든 것을 끝내겠다는 각오가 전해져 왔다.

"어쩌면 오늘의 회전으로 승부가 결정날 수도 있습니다."

"그러면 너무 쉬운 거 아닌가?"

우상민의 말에 천정호이 물었다.

"그만큼 저쪽이 허술한 것이지요."

"후후. 우리가 너무 치밀한 것 같습니다만?"

남궁명이 웃으며 물었다. 그 물음에 우상민은 알 수 없는 미소를 짓는 것으로 대답을 대신했다.

"그만큼 오늘의 회전은 치열할 것입니다."

우상민의 말에 천정호과 남궁명은 고개를 끄덕였다.

"맡겨두게."

사천맹주 마도 천정호. 더없이 믿음직스러운 모습이다.

"그리고 치열한 전투가 예상되는 만큼 군사는 본진에서 기다리게. 그대 같은 인재를 저 치열한 곳으로 데리고 갈 수는 없으니."

"알겠습니다."

천정호의 말에 우상민이 고개를 끄덕이며 대답했다.

"그러면 출진!"

천정호의 외침과 함께 사천맹의 무인들이 움직였다.

쿵! 쿵! 쿵!

그들의 발소리가 요란히 울렸다.

천마대를 향해 전진하는 가운데 사천맹의 진형이 움직임을 보였다.

천정호이 은밀히 뒤로 빠지고 남궁명이 선두에 서게 되었다. 그리고 남궁명을 꼭지점으로 하는 쐐기의 형태로 무사들이 늘어섰다.

그렇게 진형이 완성되었다.

"돌격!"

남궁명이 검을 빼들고 내공이 실린 목소리로 외쳤다.

"우와와와와!"

"마교를 무찌르자!"

요란한 함성과 함께 먼지 구름이 자욱이 일어났다. 사천맹의 무사들은 절대검존의 뒤를 따라 전력으로 달렸다.

마교의 천마대도 사천맹을 맞아 진형을 이루고 돌격해 왔다. 진형은 전날과 같은 정방형이다.

"간닷!"

마교와 부딪치려는 찰나 남궁명의 검이 움직였다.

도귀의 목을 딴 제왕검형!

그것이 범위를 넓혀 천마대를 쓸었다.

남궁명의 앞이 뻥 뚫렸다.

쐐기의 꼭지점 역할을 톡톡히 해내는 검존이다.

그렇게 만들어진 공간으로 사천맹의 무사들이 몰려들었다. 남궁명은 여전히 진형의 선두에서 천마대를 베어 넘겼고 그 뒤로 사천맹의 무사들이 검을 휘두르며 쏟아져 들어왔다.
그렇게 사천맹의 쐐기는 천마대의 진형을 절반으로 가르고
있었다.

"이익. 틈을 허용하지 마라! 저놈들을 쳐죽여라!"

사천맹의 무사들을 향해 권을 휘두르며 구양천이 목이 터
져라 외쳤다.

하지만 이미 진형의 싸움에서 진 형국이다.

그가 목소리를 높여 독려한다고 해결될 문제는 아니다.

"쯧쯧. 이미 정방형의 진형은 그 의미를 잃었어. 이럴 때
재빨리 진형을 변화해 전열을 정비해야 하거늘."

본진에서 전투 상황을 지켜보는 우상민이 고개를 저으며
말했다.

의외로 싱겁게 끝이 날 것 같았다.

단 하루의 회전. 그것이면 충분할 것이라는 생각이 우상민
의 머리에 떠올랐다.

"크윽. 저놈을……."

혈사자는 거침없이 천마대를 베어 넘기는 남궁명을 노려
보며 살기를 토해냈다. 저놈이 문제였다. 선두에 서서 천마대
를 가르고 있었다. 그가 한 번 갈라낸 곳으로 사천맹의 무사
들이 기세를 타고 쏟아져 들어오니 속수무책이다. 분명 전력
이 앞섬에도 기세를 탄 사천맹의 무사들을 막아내지 못하고
있는 것이다.

“저놈을 세워야 해.”

정면에서 직접 싸울 생각은 없었다. 그저 천마대의 압도적인 힘으로 눌러서 없앨 생각이었다.

그런데 그 압도적인 천마대가 찢어지고 있다.

이제 방법이 없었다.

전황을 바꾸려면 저놈을 세워야 했다.

구양천은 자신을 막아서는 사천맹의 무사들을 피떡으로 만들면서 후방으로 이동했다. 천마대를 가르는 남궁명보다 빨리 후방으로 이동해 그가 오는 곳 한가운데에 섰다.

그가 자리를 잡자 천마대의 무사들이 좌우로 물러섰다.

저절로 갈라졌다.

그리고 구양천은 돌진해 오는 남궁명을 맞았다.

남궁명의 눈이 빛났다. 자신의 정면에 서 있는 구양천을 알아본 것이다.

하지만 돌격을 멈추지 않았다. 자신이 이곳에서 속도를 줄이면 전체적인 진형의 속도가 줄어든다. 그리고 결국은 멈추게 될 것이다. 그러면 오히려 양쪽으로 갈라진 천마대에 포위되는 형국으로 변한다.

우상민은 그 점을 몇 번이고 강조했다.

쐐기형의 진형은 강력한 돌격형 진형이라고. 돌격이라는 것은 속도를 잃으면 오히려 상대의 먹이가 될 뿐이라고. 그러니 어떤 일이 있어도 돌격을 멈춰서는 안 된다고 했다.

그의 당부를 떠올린 남궁명은 속도에 박차를 가했다.

빠르게 움직이는 그의 다리와는 달리 그의 검은 천천히 움직였다. 마음내키는 대로 검을 움직여 적들을 베어내는 것과는 확연히 달라진 모습이다.

“와라!”

양 주먹에 내공을 잔뜩 불어넣은 구양천이 외쳤다. 그의 두 주먹은 권강으로 빛나고 있었다.

“혈마붕천멸(血魔崩天滅)!”

구양천의 절기인 혈마파산권의 최후 최강의 초식이 그의 두 주먹에서 펼쳐졌다.

남궁명은 자신을 향해 쏟아져 내리는 거대한 권강의 공격에 동요하지 않았다. 오히려 돌격 속도를 더욱 올렸다. 그리고 검을 한 번 스윽 그었다.

그것으로 끝이다.

아무것도 없었다.

그 한 번의 칼질에 구양천의 권강은 씻은 듯 사라졌다. 그리고 구양천도 무릎을 꿇고 쓰러졌다.

“이, 이것이… 철야를… 크윽.”

그 마지막 말을 남기고 그는 사천맹 무사들의 발에 짓밟혔다. 돌격의 경로 한가운데 쓰러진 탓이다.

그렇게 육대호법 중 혈사자 구양천은 비참한 최후를 맞이했다.

남궁명의 바로 뒤에서 돌진하던 사천맹의 무사들은 존경 어린 시선으로 남궁명을 보았다.

무려 혈사자다.

그 혈사자를 단 한 번의 칼질로 베었다.

무사로서 어찌 존경심이 생기지 않겠는가. 정과 사를 떠난 강자를 향한 순수한 존경심이다.

과연 절대검존이다.

혈사자가 쓰러지자 천마대는 더욱 빠르게 흩어졌다.

"이때다! 돌격!"

후방에서 대기하던 천정호이 명령을 내렸다. 그리고 그는 천마대의 옆을 빠르게 내달렸다. 가운데서 파죽지세로 밀고 들어오는 남궁명 덕에 빠르게 내달리는 천정호을 가만히 지켜볼 수밖에 없었다.

그렇게 남궁명을 지나친 천정호은 즉각 진로를 틀었다. 곧바로 천마대의 옆구리를 부수고 들어갔다.

이제 회전은 끝난 것이나 다름없다.

검존을 막기에도 정신이 없던 천마대는 옆에서 난입한 마도(魔刀)로 인해 지리멸렬했다.

"후퇴! 후퇴하라!"

그때 누군가가 내공을 실어 외쳤다.

천마대의 부대주를 맡고 있던 흑수마 풍천의 외침이다. 그는 마교의 구장로 중 한 명으로 원래 천마대의 대주를 맡을

예정이었으나 혈사자가 대주가 되면서 부대주를 맡은 인물이
다.

그의 명령에 천마대는 후퇴를 시작했다.

그들의 후퇴에 일사불란함은 찾을 수 없었다. 이미 진형이
깨진 상태라 그저 빠른 속도로 후퇴하려 할 뿐이다.

남궁명과 천정호은 그런 그들의 후미를 쳤다.

막대한 피해를 입힐 수 있었다.

그만 돌아오라는 우상민의 신호가 없었다면 두 사람은 끝
까지 천마대를 쫓았을 것이다.

대승이다.

단 한 번의 회전으로 천마대의 절반 이상을 쓸어버렸다. 게
다가 혈사자 구양천까지 잡았다.

이런 승리도 없었다.

"하하하하! 대승이야! 대승."

천정호이 기쁜 듯 커다란 웃음을 터뜨렸다.

"그렇습니다."

우상민도 마주 미소를 지었다.

"이제 어떻게 할 것인가?"

"천천히 진격을 해 올라가야지요. 아직 삼 할 이상의 천마
대가 남았습니다. 어떻게 해서든 우리를 막으려 할 것입니
다."

"으음."

“우리가 천천히 진격해 올라감으로 천마대가 다른 곳에 신경을 돌리지 못하게 해야 합니다. 우리의 애초의 작전은 낙양의 빈집 털기. 그것을 잊어서는 안 됩니다.”

천정호이 그대로 천마대를 밀어버리고 낙양으로 진격하고 싶어한다는 심정을 읽은 것인가, 우상민이 타이르듯 말했다.

“낙양은 구조고도로 유명한 전통이 있는 도시입니다. 관부의 세력도 막강한 곳이지요. 마교 놈들이나 되니 그곳에 자리를 잡을 수 있었던 것입니다. 우리가 낙양으로 밀고 들어가면 분명 관부와 충돌이 있을 것입니다. 빈집이 된 낙양 총단을 터는 데는 소수인 천의맹의 지단이면 충분합니다.”

우상민의 설명에 천정호은 고개를 끄덕였다.

마음에 안 들었지만 어쩔 수 없었다. 관부와의 충돌만은 피해야 했다. 솔직히 자신을 따르는 사천맹의 무인들은 그 수만 보아도 하나의 군대나 다름없었다.

지금 이런 움직임을 관부가 용인하는 것만도 다행이었다.

“어쩔 수 없지.”

천정호이 아쉬운 듯 중얼거렸다.

“그러면 천천히 추격을 시작하겠습니다.”

우상민의 명령에 진지를 정리한 사천맹의 무인들은 빠르지도 느리지도 않은 속도로 천마대를 뒤쫓기 시작했다.

천마대의 패퇴!

그 소식은 빠르게 전해졌다.

한창 낙양을 향해 은밀히 이동 중이던 천의맹의 지단에게도 이 소식은 들어갔다.

"허어, 사천맹에 그런 힘이 있을 줄은 몰랐습니다."

무당의 장문인 무극 진인이 어이없다는 듯 말했다. 천의맹은 지금도 화산에서 혈마대를 막느라 전력을 다하고 있는데 어찌 사천맹은 그리 손쉽게 천마대를 무너뜨린단 말인가.

"사천맹에 뛰어난 군사가 있습니다, 사뇌 우상민이라 하는. 그의 작품일 것입니다."

서문황의 말에 사람들은 고개를 끄덕였다.

"혹여 사천맹에서 기세를 몰아 먼저 낙양으로 들어가는 일이 있을 수 있지 않습니까?"

곽상이 마음에 안 든다는 얼굴로 말했다.

하지만 서문황은 고개를 저었다.

"그런 일은 없을 것입니다. 우상민, 그 사람은 매우 똑똑합니다. 스스로 화를 자초할 이유가 없지요."

"낙양으로 들어가는 것이 화란 말입니까? 그곳의 마교 총단은 이제 텅 빈 빈집이나 다름없지 않습니까?"

도성(刀星) 진천일도 팽탁이 물었다.

“물론 마교는 텅 비어 있지요. 하지만 낙양은 구조고도입니다. 관부의 도시라 할 수 있는 곳이지요. 예부터 낙양에는 큰 무림 문파가 없었던 것도 그 때문이지요. 낙양의 마교는 비었으나 관부는 여전합니다. 그곳으로 군대나 다름없는 사천맹의 무인을 이끌고 들어가는 것은 미친 짓이나 다름없지요.”

서문황의 말에 다들 고개를 끄덕였다.

그랬다.

마교와의 싸움이기에 정상을 넘어선 무인들의 움직임을 눈감아주고 있는 관부를 구태여 자극할 이유는 없었다.

“그리고 또 무리하게 움직이지 않을 것입니다.”

“그건 왜 그렇지요?”

무영개가 물었다.

“그는 이미 마교를 몰아낸 다음의 대국을 읽고 있을 것입니다.”

“허어.”

사람들은 어이없다는 웃음을 지었으나 서문황은 미소를 지으며 고개를 저었다.

“이미 마교는 무너진 것이나 다름없습니다. 안과 밖에서 중원을 공략하기 위해 마교는 가진 바 전력을 모두 털어넣었습니다. 그것이 천마대와 혈마대지요. 이번의 공격을 위해 마교는 예전의 교단의 편제까지 완전히 정리하고 천마대와 혈마대라는 두 개의 전투 부대와 잠영대라는 하나의 정보대로 간소하게 조직을 개편했습니다. 모두 빠른 움직임을 위한 것이지요. 그중 천마대가 무너졌습니다. 세력의 절반이 무너진 것이지요. 거기에 총단이 무너지그 남아 있는 혈마대로 우리의 전력이 집중된다면 모든 것은 끝이지요. 이미 마교는 무너진 것이나 다름없습니다.”

“오오!”

서문황의 말에 사람들의 얼굴은 기쁨으로 물들었다. 천의 맹의 군사가 저리 단언하니 어찌 기쁘지 않겠는가. 중원을 노리는 마교를 곧 몰아낼 수 있다는데 정파의 무인으로서 당연한 반응이다.

“이 사실은 사천맹의 군사인 우상민도 잘 알고 있습니다. 그러니 앞으로의 대국을 읽고 움직이는 것이지요.”

“어떻게 말입니까?”

곽상이 물었다.

“아마 천천히 천마대를 쫓을 겁니다. 최대한 사천맹의 전력을 보존하면서요. 이미 우리는 마교에 막대한 타격을 입었습니다. 점창이 무너졌고 공동이 무너졌습니다. 그리고 화산도 엄청난 타격을 받았지요. 마교를 물리친 후 정파의 힘이 줄어드는 것은 명약관화한 사실입니다. 사천맹은 그것을 노리는 것이지요.”

“이런 간악한 사파의 무리들 같으니. 역시 사천맹을 끌어들이는 것이 아니었습니다.”

분노에 찬 무극 진인의 말이다.

그 말에 서문황은 고개를 가로저었다.

“그랬다면 지금쯤 소림이 천마대의 손에 무너졌을 것입니다.”

그 말에 무극 진인은 아무런 말도 하지 못했다.

“우리의 움직임이 늦었고 마교의 움직임이 빠른 탓입니다. 우리가 사천맹과 손을 잡는 것이 너무 늦었습니다.”

서문황의 말에 주변의 인물들은 인정할 수 없다는 얼굴을 했다. 서문황은 그런 주변의 반응에 괘념치 않았다. 이것이 정파의 자존심이라는 것을 그는 잘 알았다. 자신도 정파의 인물이었기에.

“그래도 사천맹이 천마대를 그렇게 물리칠 수 있었던 것은 검존 어른의 힘이 컸습니다.”

“그렇지요. 일검에 혈사자를 베었다고 들었습니다.”

남궁건원이 자랑스러운 얼굴로 말했다. 아버지는 아직 건재했다. 그 사실을 천하에 알렸으니 어찌 자랑스럽지 않겠는가. 이번의 일전으로 남궁세가의 위명은 더욱 커지리라.

“마교의 군사인 귀연수의 패착이지요. 천마대와 혈마대에 참모를 배치하지 않은. 아마도 마교의 압도적인 전력에 대한 자신감이었으라 생각됩니다만… 간단한 쐐기형 진형의 돌격도 막지 못하리라고는 그 자신도 예측 못했을 것입니다.”

서문황이 씁쓸한 얼굴로 말했다.

천단과 인단의 전력이 사천맹만큼만 되었어도 지금 화산에서처럼 격렬한 전투가 벌어지지는 않았을 것이다. 천단과 인단의 전력이 약했기에 화산에서 그토록 격렬한 전투를 벌이고 있는 것이다.

‘거기에 냉면염라. 그자는 좀 똑똑한 편이지. 더군다나 단일 단체와 여러 단체의 연합은 그 전력에서 차이가 날 수밖에 없고.’

솔직히 서문황은 여러 가지들이 아쉬웠다. 조금 더 정파의 피해를 줄일 수 있었음에도 그러지 못하는 상황에서 오는 아쉬움이다.

“그래도 다행한 일입니다. 마교의 발호를 이렇게 막아내다니 말입니다. 아미타불.”

맹주인 불요 대사가 담담히 말했다.

그의 말에 누구도 다른 말을 하지 못했다.

낙양까지는 이제 얼마 남지 않았다.

*　　　*　　　*

천마대가 무너졌다는 소식은 화산에도 날아들었다.

냉면염라 호불산은 믿을 수 없다는 얼굴로 자신의 손에 들린 전서를 내려다보았다.

"어, 어떻게 천마대가……."

그 역시 구장로의 한 사람. 천마대가 어떤 전력을 가졌는지 잘 알고 있었다. 그런데 사천맹 따위에 패퇴하다니 있을 수 없는 일이다.

"이렇게 되면 더 이상 이곳에서 시간을 끌 수 없다. 오늘 어떻게 해서든 화산을 무너뜨린다."

냉면염라 호불산이 자리를 박차고 일어서면서 말했다.

천마대가 무너진 이상 마교의 전력은 이제 절반으로 줄어든 것이나 다름없었다. 어떻게 해서든 혈마대가 중원으로 치고 들어가야 했다.

그 소식은 화산에도 전해졌다.

"우와와와와!"

"이야아아아!"

화산에서 함성이 터져 나왔다. 비록 사천맹이 이룬 성과이지만 마교의 적도들을 물리쳤다는 사실에 천단과 인단의 무인들은 순수하게 기뻐했다.

악귀가 되어 마교와 싸웠기에 마교의 한 축이 무너졌다는 사실이 그들에게는 무엇보다도 커다란 기쁨이었다.

벌써 이틀 동안 이곳 화산의 전투는 소강상태를 유지하고 있었다. 덕분에 진을 구축하고 있던 많은 무인들이 달콤한 휴식을 취할 수 있었다. 거기에 더해 숭산에서 날아든 승전보는 천단과 인단의 사기를 더욱 높이 끌어올려 주었다.

제갈우의 지혜로운 눈이 빛났다.

"이제는 결착을 지을 때가 왔습니다."

그의 말에 이협수가 물었다.

"어떻게 말입니까?"

마교에 진법에 능한 이가 없다는 사실을 확인한 후 이협수와 소민은 건문과 곤문을 다른 무인들과 교대로 지키고 있었다. 그들이 지킬 때는 홀로 지켰지만 다른 무인들이 지킬 때는 십여 명이 모여 있었다.

"진을 변화시켜야지요. 진법에 능한 이는 없지만 저들은 피를 흘리며 진에 익숙해졌습니다. 그만큼 그들은 깊숙히 들어왔습니다. 덕분에 진의 위치도 상당히 위쪽으로 움직였지요."

그랬다.

혈마대의 공격이 점점 거세짐에 따라 진이 전체적으로 위쪽으로 이동한 것이다. 그렇게 이동을 하면서 펼칠 수 있는 진법이라니 제갈우의 지략은 참으로 놀라웠다. 지형지물을 이용한 진이라면 한 자리에 고정되어 있게 마련인데 제갈우는 지형과 사람을 동시에 이용함으로써 그 한계를 뛰어넘었다.

"진을 변화시킨다면 어떤 것을 말씀하시는 거죠?"

소민이 물었다.

하루 동안의 휴식은 그녀의 얼굴에 생기를 불어넣어 주었다.

"생문을 모두 닫을 것입니다. 말 그대로 멸살진이지요."

그 말을 하는 동안 제갈우의 얼굴은 누가 보더라도 알아볼 수 있게 어두워졌다.

수많은 생명을 거두는 진이다. 아무리 그 대상이 마교라 하더라고 마음이 편할 리 없었다.

"하지만 생문을 모두 닫으면 진을 펼치는 이들도 위험하다 하지 않으셨습니까?"

이협수가 일전에 들은 설명을 상기하며 물었다.

제갈우가 고개를 가로저었다.

"그것은 지형과 사람의 움직임이 연동하는 진이라서 그렇습니다. 이번에 변화시킬 진은 지형을 이용한 진입니다. 그것을 펼치기 위해 저들을 이곳까지 끌어들인 것이니까요."

놀라웠다.

처음에는 그저 저들의 발을 묶기 위해 팔문미로혈우진을 펼친다 생각했다.

그리고 다들 그렇게 받아들였다.

하지만 아니었다.

제갈우는 그런 가운데 혈마대를 깊숙이 끌어들여 한 번에 섬멸할 준비를 하고 있었던 것이다.

"천금멸살진(天禁滅殺陣)이라 합니다. 이 진은 애초에 팔문미로혈우진과 연계되어 펼쳐지는 진입니다."

놀라운 말이 계속해서 이어졌다.

"천금멸살진은 적들을 진 한가운데로 끌어들여 가둔 후 섬멸시키는 목적의 진법입니다. 그러기 위해서는 펼치는 쪽도 진으로 들어가서 적을 상대해야 하죠. 생문이 없는 진으로 직접 들어가야 한단 말입니다."

그 말에 사람들의 안색이 딱딱하게 굳어 들었다.

"하지만 걱정하실 필요는 없습니다. 여러분이 움직이실 길은 진의 변화의 결에 위치하는 생로입니다. 생문은 없지만 생로가 존재해 그곳에서 적들을 상대하는 것입니다."

"그렇다면 우리가 그 진의 생로를 새로이 익혀야 한단 말씀이십니까?"

장용걸이 물었다. 그렇다면 다시 시일이 상당히 걸릴 것이다. 현실적으로 불가능한 일이다.

그의 물음에 제갈우가 웃으며 고개를 저었다.

"그렇지 않습니다. 천금멸살진의 생로, 그것은 팔문미로혈우진에서 여러분들이 진의 변화를 담당했던 길입니다."

놀라운 말이다.

어떻게 그런 일이 가능하단 말인가.

모두의 얼굴에는 믿을 수 없다는 기색이 완연했다.

"처음부터 그렇게 고안된 진법들입니다. 그리 놀라실 것 없습니다."

제갈우는 겸손한 얼굴로 말했지만 누가 있어 놀라지 않을 수 있을까.

참으로 대단한 일이다.

“제갈 노사, 노사의 지혜는 하늘에 닿은 것이 아니라 하늘을 넘은 것 같습니다.”

제갈우는 이미 이곳에서 모두의 존경을 받아 노사라 불리고 있었다.

“어찌 하찮은 인간이 하늘의 뜻을 짐작이나 하겠습니까? 너무 과분한 말씀입니다.”

제갈우가 고개를 저으며 말했다.

“그러면 진의 발동은 언제입니까?”

“저들의 다음번 공격 때입니다. 저들이 진의 가운데에 들어서면 발동할 것입니다. 여러분들은 생로에 들어가서 대기해 주시면 됩니다.”

“그럼 이미 진이 천금멸살진으로 바뀌어 있단 말씀이십니까?”

이협수의 물음에 제갈우가 고개를 저었다.

“아닙니다. 저 노송이 진을 억누르고 있습니다. 제가 그렇게 펼쳤지요. 저 노송을 꺾으면 그때 비로소 천금멸살진이 발동될 것입니다. 그 일은 이 대협이 해주십시오.”

“알겠습니다.”

“그럼 모두 위치로 이동하지요. 저들도 곧 움직일 것 같으니.”

소민의 말에 무인들은 일사불란하게 자신이 맡은 자리로 이동했다.

이 지리한 싸움도 이제 슬슬 결말의 때가 다가오고 있었다.

시간이 얼마나 흘렀을까?

혈마대가 돌격해 올라오기 시작했다. 지금까지와는 전혀 다른 움직임이다.

저들도 천마대가 무너졌다는 소식을 접한 것이리라.

제갈우는 심유한 눈으로 그들의 움직임을 침착하게 지켜보았다.

'이게 어찌 된 일이지?

평소라면 이 위치쯤 오면 적들이 펼친 진법에 의해 아군이 하나둘 쓰러지기 시작해야 정상이다. 그런데 오늘은 아무런 움직임이 없다.

호불산은 그것이 불안했다.

저들이 아무래도 다른 수를 낸 것 같다는 불길함이 그의 등을 훑고 지나갔다.

"지금입니다."

제갈우의 말이 끝나는 찰나 이협수의 검이 나무의 밑둥을 갈랐고 거대한 노송은 서서히 쓰러졌다.

쿵!

나무가 쓰러지는 요란한 소리가 화산에 울리는 찰나,

호불산은 환상을 보았다.

갑자기 나타난 악귀가 자신의 앞을 가로막았다. 지금까지 보이던 길은 사라지고 눈앞에 지옥도가 펼쳐졌다.

"진법이다! 진법이 펼쳐졌다! 모두 주의하라!"

호불산이 내공을 실어 큰소리로 외쳤지만 아무런 대답이 들려오지 않았다.

지금까지의 진과는 완전히 다른 진법이다.

호불산의 등이 땀으로 축축이 젖어들었다.

훨씬 위험하고 살벌한 진이라는 것이 온몸으로 느껴졌다.

가만히 있는데도 피부가 따끔따끔해지는 살기가 사방에서 흘러나왔다.

"에잇!"

호불산은 발작적으로 검을 휘둘렀다. 자신의 주변을 맴도는 악귀만 있을 뿐 다른 어떤 것도 없었기에 취한 행동이다. 자신의 이런 눈먼 검에 한 명이라도 베였으면 하는 바람도 담겨 있었다.

하지만 검에는 아무런 감촉이 없었다.

그는 그저 허공으로 검을 휘두르고만 있었다.

사실 그것은 호불산만의 느낌이었다. 그가 휘두르는 검에 그 주변에 있던 마교도들이 쓰러졌다.

일정한 대형을 이루고 이동하던 중이었다. 모두 그 대형을 유지한 채 진법에 빠져들어 환상을 보았다.

사방은 환상이 지배했지만 실제 존재하는 것은 그들의

동료.

그들은 검을 휘둘러 자신들의 동료를 베었다.

촉각마저 속이는 진법의 변화에 그들은 그저 허공에 칼질한다 생각하고 발악을 할 뿐이다.

진의 변화에서 완벽히 벗어나 있는 생로.

그곳에 매복 중인 사람들은 넋이 나간 채 그 광경을 지켜보았다.

진의 위력은 팔문미로혈우진에 비할 바가 아니었다.

저들은 바로 근처에 있는 자신들은 보지 못한 채 동료들을 향해 검을 휘두르고 있었다. 과연 무엇을 보고 있는 것일까? 호기심이 치밀었지만 감히 확인할 엄두는 나지 않았다.

"모두 생로에서 벗어나지 마라. 노사의 말씀대로 저들은 우리를 보지 못한다. 생로를 벗어나면 오히려 우리가 환상에 휘말린다. 생로에서 착실히 적들을 베어라!"

장용걸의 명령에 모두들 자신의 병기를 꽉 움켜쥐었다.

임충은 그사이 피를 잔뜩 빨아들인 자신의 이절창을 꽉 쥐었다.

이제 오늘이면 이 지옥 같은 싸움도 끝이리라.

임충은 그런 각오로 이번 전투어 임했다.

미친 듯이 칼을 휘두르며 동료를 베던 마교도 하나가 임충이 있는 곳 근처로 다가오고 있었다. 그는 아무것도 몰랐다. 그저 자신을 지배하는 환상에서 도망치려 발악하고 있을 뿐.

임충이 창을 뻗었다. 장병기인 창의 간격 안으로 그가 들어왔기 때문이다.

"으, 으악!"

무슨 환상을 본 것일까? 그는 비명을 지르며 발작적으로 검을 휘둘렀다. 하지만 창이 날아가는 방향과는 전혀 다른 엉뚱한 곳이다.

푸욱.

임충의 창이 그의 심장에 박혔다.

수많은 동료를 벤 그는 그렇게 죽었다.

그와 비슷한 광경이 곳곳에서 벌어졌다.

천금멸살진.

과연 그 이름대로 무서운 진이었다.

갖가지 환상이 혈마대를 덮쳤다.

지옥도가 펼쳐진 곳에 홀로 남겨지기도 했으며 갑자기 천년빙하의 설원이 나타나기도 했다. 지진이 일어나 땅이 갈라졌으며 산불의 한가운데 홀로 놓이기도 했다.

이것은 진정한 공포였다.

단순히 보이기만 하는 환상이 아니었다.

보이는 것.

들리는 것.

만져지는 것.

심지어 냄새까지도.

모든 것이 그들을 속이고 있었다.

그랬기에 그들은 속는 줄 알면서도 믿을 수밖에 없었다.

진실과도 같은 환상.

그것은 공포였다.

그 속에서 어디에서 날아오는지 알 수 없는 도, 검, 창.

그들은 자신이 상대에게 찔렸다는 것도 인지하지 못한 채 그렇게 쓰러져 갔다.

아무리 마교의 인물들이라지만 너무나도 잔혹한 죽음이다.

제갈우는 그 모든 것을 지켜보고 있었다.

혈마대가 보는 환상도 볼 수 있었고, 천단과 인단이 보는 광경도 볼 수 있었다.

모두 그 자신이 펼친 진이기에 가능한 일이다.

제갈우는 눈을 돌리지 않았다.

자신이 펼친 지옥도에서 죽어가는 사람들.

지옥도를 손수 펼친 사람으로서 그들의 죽음을 직시해야 할 책임이 그에게는 있었다.

적어도 제갈우 그 자신은 그렇게 생각했다.

시간은 점차 흘러 어느새 석양이 지는 저녁이 되었다.

시간이 흐를수록 비명이 점차 잦아들었다.

이제는 간헐적으로 들리고 있다.

그만큼 많은 죽음이 있었다는 뜻이리라.

"헉헉헉. 대체, 대체 이것은 무슨 진법이란 말이냐!"

냉면염라의 절규가 울려 퍼졌다.

그 자신은 몰랐다. 자신이 혈마대 최후의 생존자라는 것을.

그와 함께 혈마대에 배치된 구 장로 중 다른 세 명은 이미 명을 달리했다.

오직 그만이 남아서 진과 싸우고 있는 것이다.

제갈우가 고개를 저었다.

그리고 곁에 있는 무사에게 한 방위를 점하고 있는 커다란 바위를 부수게 했다.

바위가 부서지자 환상은 사라졌다.

모든 광경이 사람들의 눈앞에 나타났다.

피가 내를 흐르고 흘렀으며 땅은 검붉게 번들거렸다.

호불산은 눈앞에 펼쳐진 광경을 멍하니 바라보았다. 아무도 없었다. 모두 쓰러져 땅에 누워 있었다.

전멸이다.

수많은 혈마대의 무인들이 모두 죽어 쓰러져 있었다. 자신의 주변에 특히 많은 이들이 쓰러져 있었다.

호불산의 눈이 풀렸다.

그가 알아본 것이다. 자신의 주변에 쓰러진 부하들이 어떻게 죽었는지를.

그들의 시신에 선명하게 남아 있는 검흔.

호불산이 자신이 펼친 무공도 알아보지 못할 인물이 아니다. 그는 알 수 있었다. 환상에 질려 자신의 손으로 자신의 부하들을 베었다는 것을.

"이럴 수가……."

호불산이 허탈하게 중얼거렸다.

지금 그의 눈에는 자신을 둘러싸고 있는 수많은 정파의 무인들은 들어오지 않았다.

오직 자신의 손에 억울하게 죽어버린 부하들이 보일 뿐이다.

자박자박.

그런 호불산을 향해 한 사람이 즈용히 걸어갔다.

복호비창 임소민이다.

마지막 남은 적.

그를 처단하기 위해서다.

"푸하하하하. 엄청나구나. 정파의 짓거리가 엄청나!"

실성한 듯 외치는 호불산의 두 눈에서는 피눈물이 흘러내리고 있었다.

"너희들이 먼저 시작한 일이야. 우리가 잔인하다 원망 마라."

"점창도 이곳과 다름이 없었다."

소민의 말에 뒤이어 점창의 참사를 직접 목격한 임충이 말했다.

"크윽."

호불산은 입술을 깨물었다.

자신이 오늘 이곳에서 죽는다는 것은 기정사실이다. 하지만 이렇게 허무하게 죽을 수는 없었다.

자신의 검으로 부하들만 베고 눈을 감을 수는 없었다. 적어도 한 사람이라도 적을 베고 죽으리라.

그의 두 눈이 비장하게 빛났다.

그의 검에 빛이 어린다.

검강이다.

과연 마교의 장로의 위치에 그냥 올라간 것이 아니다.

소민의 창이 그를 겨누었다.

소민이 차가운 눈으로 그를 노려보았다.

"끼얏!"

호불산이 소민을 향해 달려들었다.

그는 소민이 누구인지 모른다. 아직 복호비창에 대한 정보가 그에게까지는 전해지지 않은 것이다.

그저 자신의 앞을 막은 무인이기에 소민에게 검을 휘둘렀다.

그리고 소민의 창이 공간을 갈랐다. 그의 검은 허망히 허공만을 갈랐고 소민의 창은 그의 목을 꿰뚫었다.

"꾸르르륵."

그의 목에서 피 끓는 소리가 울렸다.

혈마대는 화산에서 전멸했다.

이것이 환우가 낙양에 당도하기 하루 전의 일이다.

第八章

육대호법

「사람이 아니야… 사람일 리 없어. 그래, 동방의 하늘에서 내려온 천신(天神)
일 거야. 틀림없어.」

해동에서 온 백의의 사내. 한 번의 손짓에 열 개의 벼락이 떨어지고, 마교의 혈사는
그 앞에 침묵한다. 열 개의 벼락을 중원에 남겨두고 홀연히 떠났다.

그리고 오십년후. 다시금 중원이 어지러우려 할때 그의 후예가 중원으로 향한다.

푸른 하늘에 열 개의 벼락이 다시 떨어지는 순간 천하는 그 앞에서 무릎꿇으리라.

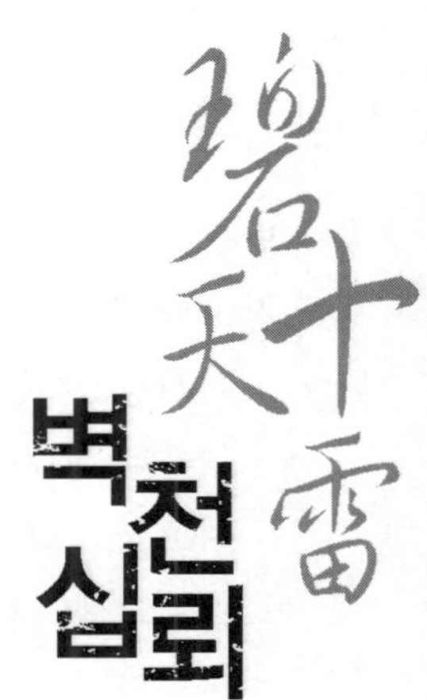

환우는 깊게 가라앉은 눈으로 자신을 품 자 형으로 둘러싼 세 사람을 둘러보았다.

혈사자나 도귀보다는 약해 보였다.

개개인은 그랬지만 그 세 명이 자신을 포위하니 어마어마한 기운이 어깨를 짓눌렀다.

백리장호는 그들의 대치를 가만히 지켜보았다.

"너무 늦게 왔어. 모든 것이 다 끝난 다음에 말이야. 훗."

언제 가져다 놓은 것일까?

그는 술병을 입으로 가져갔다.

환우는 어이가 없었다. 검마임이 분명한 저치는 이 세 명이 반드시 이길 것이라 확신하는 것인가. 아니면 저렇게 술을 마시고도 자신을 상대할 자신이 있는 것일까.

무시당했다는 분노가 온몸을 감싸고 돌았다.

"놈, 네 상대는 우리다."

사도명이 말했다.

"아, 그랬었지."

환우의 손이 품으로 들어갔다 나왔다. 검대에 꽂혀 있던 다섯 자루의 용아천뢰검이 검집을 벗고 그 나신을 드러냈다. 하얗게 빛나는 검신을 아름다웠다.

"얼마나 버티는지 보마."

사도명의 그 말과 함께 주변의 경관이 변했다.

환요마.

사도명이 그 별호에 걸맞게 환술을 펼친 것이다. 육대호법에 오른 그의 환술은 과연 대단했다.

주변의 공간을 완벽하게 장악하여 환우는 환술의 한가운데 존재했다.

환술이라는 것은 처음 겪는 환우다. 하지만 당황하지 않았다.

환우가 익힌 천뢰무위공은 주변의 기운을 받아들이는 무공. 중원의 무공과 그 궤가 달랐기에 기운의 변화에 민감했고 기운의 흐름을 읽는 능력이 탁월했다.

환술도 결국은 기운의 흐름을 변화시키고 꼬아서 만들어

내는 환상에 불과할 뿐이다.

환우의 이목을 가릴 수 없었다.

그때 갈문호의 창이 환우의 목젖을 노리고 날아들었다. 환우가 재빨리 움직여 그의 창을 피했다.

"제법 하는구나."

사도명의 환술에 빠진 그가 자신의 창을 피할 수 있으리라고는 생각 못했다는 듯한 말이다.

"이것이 귀령창인가."

환우가 고개를 끄덕이며 말했다.

"호호호. 여기 소수도 있단다."

새하얀 손이 환우의 옆구리를 파고든다. 환우는 한 발 앞으로 움직이는가 싶더니 몸을 돌려 소수를 피했다. 그것으로 끝이 아니었다.

환우의 발이 천옥심의 소수를 절묘하게 감아 들며 그녀의 어깨를 향해 날아들었다.

그때 사도명의 지풍이 환우의 무릎으로 날아들었다.

환우는 발을 뺄 수밖에 없었다.

처음으로 합격을 하는 듯한 세 사람의 호흡이 절묘하게 맞아떨어졌다.

"까다로운걸."

환우가 이리저리 몸을 움직이면서 중얼거렸다.

하지만 그 말과는 달리 그의 움직임은 여유로웠다. 오히려 약이 오른 것은 그를 공격하는 세 사람이었다.

아직 환우는 자신의 독문병기인 용아천뢰검을 손에 쥔 채다.

환우는 스스로도 자신의 움직임에 놀라고 있었다. 예전이라면 진즉에 용아천뢰검을 날렸을 것이다. 하지만 지금은 아니다.

이들의 공격이 모두 보였다.

무명사에서 자신의 몸을 무수히 두드린 망오 대사의 손발에 비하면 이들의 공격은 너무나 뻔하게 보였다. 그래서 움직임에 여유가 있었고 몸놀림이 가벼웠다.

'쳇. 고마워할 수밖에 없나.'

이러한 변화가 망오 대사 덕임은 말할 필요가 없다.

한창 급할 때 자신을 십수 일 잡아놓고 두들긴 망오 대사. 그의 덕을 지금 톡톡히 보고 있었다.

그가 아니었다면 이들 세 사람의 공격에 상당히 고전하였으리라.

"이익. 쥐새끼 같은 놈!"

사도명의 외침에 환우는 자신의 몸이 무거워지는 것을 느꼈다. 사도명이 환술로써 환우의 움직임을 잡으려 한 것이다.

"어설퍼."

하지만 기운의 결이 뻔히 느껴졌다.

이협수와의 비무로 의지의 결도 깨달아 느끼는 환우다. 이런 뻔한 기운의 결을 느끼지 못할 리 없었다. 환우가 사도명이 펼치는 환술의 기운의 결 사이로 들어갔다. 그러자 환우의 움직임을 구속하려던 기운이 감쪽같이 사라졌다.

환우가 치고 들어간 곳에 천옥심이 서 있었다. 환우의 발이 뻗었다. 천옥심이 소수를 움직여 환우의 발을 막았다. 두 사람의 발과 손이 어지러운 공방을 벌였다. 그때 환우의 옆구리를 노리고 갈문호의 창이 날아들었다. 환우가 한 발짝 뒤로 물러서려는 찰나, 사도명의 지풍이 환우의 발목을 노리고 날아든다. 환우는 훌쩍 뛰어올라 몸을 뒤집었다. 그리고 환우의 두 다리가 선풍처럼 주변을 휘감는다.

환우의 갑작스러운 각법에 휘달리지 않기 위해 세 사람은 한 발 뒤로 물러섰다. 그 틈을 놓치지 않그 다시 몸을 날린 환우가 사도명을 향해 쇄도해 들었다.

환술이 큰 영향을 주지는 않지만 어쨌든 귀찮은 잔재주라는 것은 분명했다.

환우의 팔꿈치가 사도명의 명치를 파고들려는 찰나 갈문호의 장창이 환우의 등을 후려치려 했다.

"쳇."

재빨리 몸을 비틀어 갈문호의 창을 피했다.

덕분에 사도명을 향한 공격은 실패로 돌아갔다.

다시 상황은 처음과 같아졌다.

환우를 가운데 두고 품(品) 자 형으로 서 있는 세 사람.

달라진 것이 있다면 그들의 호흡이 거칠어졌다는 것 정도일까?

아직도 환우의 손에는 다섯 자루의 용아천뢰검이 들려 있었다.

"쥐새끼 같은 놈."

갈문호가 기분 나쁘다는 듯 중얼거렸다.

치욕이었다. 자신들 세 사람이 달려들었는데 아직 옷깃조차 스치지 못했다. 어찌 이럴 수가 있단 말인가.

"놈, 더 강해졌구나."

천옥심은 다른 의미로 분노했다.

손철야와 환우의 대결을 눈앞에서 보았던 그녀다. 그런 만큼 그녀는 환우가 어찌 싸우는지 알고 있었다.

아직도 뇌룡아가 저놈의 손에 들려 있었다. 결국 자신들은 저놈이 뇌룡아를 던지게 만들지도 못한 것이다.

백리장호는 그 모습을 가만히 바라보았다.

"과연 그 둘을 그리 만들 만하군."

백리장호의 눈에 애잔함이 감돌았다.

손철야에 이어 구양천도 죽었다 했다. 오랜 세월 함께해 온 동생 둘이 갑자기 죽었다.

오십여 년 전에도 버텨내었던 그들이 그때보다 더 강해졌음에도 죽었다.

술을 마시지 않을 수 없었다.

백리장호는 다시 술병을 입에 가져갔다

독한 화주가 속을 화끈하게 만들었다. 이 씁쓸함이 지금 그의 심정과 같을까?

백리장호의 심정과는 상관없이 네 사람의 결투는 다시 시작되었다.

“네놈이 언제까지 뇌룡아를 들고 있는지 지켜보마.”

천옥심의 말에 환우가 피식 웃었다.

“이거? 괜히 꺼냈어.”

그러면서 용아천뢰검을 흔들어 보였다.

“건방지구나!”

갈문호의 창이 맹렬히 회전하면서 환우를 쓸었다. 하지만 환우는 여유롭게 그의 창을 피했다.

이 상태로는 아무것도 할 수 없었다.

세 사람은 동시에 서로에게 눈짓을 했다.

오랜 세월을 함께해 온 그들이다. 합격을 하는 것은 처음이지만 이미 그 이상의 교감을 나눈 터다. 전음도 필요가 없었다.

“소수만벽(素手滿壁)!”

천옥심의 새하얀 손그림자가 사방을 덮었다. 환우는 감히 경시하지 못하고 발길질을 했다.

"회선풍!"

사도명의 열 손가락에서 뿜어져 나간 열 줄기의 지풍이 유려한 곡선을 그리며 환우의 등을 노리고 날아들었다.

앞과 뒤에서 날아드는 공격.

결국 다섯 자루의 용아천뢰검이 환우의 손을 떠났다.

세 자루는 소수만벽에 두 자루는 회선풍에 부딪쳤다.

공방은 쉽지 않았다.

두 사람의 끈질긴 공격에 용아천뢰검을 사용했음에도 쉬이 결착이 나지 않았다.

그때 어마어마한 기운이 느껴졌다.

두 사람이 전력을 다해 공격하는 동안 뒤쪽으로 빠졌던 갈문호다.

귀령혈마창.

그 최후 초식인 귀령천쇄강.

단일 초식의 위력은 오히려 손철야의 귀왕현신참을 넘어선다는 극강의 초식이다.

환우 역시 심상치 않음을 느꼈다.

그 즉시 환우의 몸이 맹렬히 움직였다. 다섯 자루의 용아천뢰검은 하늘로 치솟고 환우의 손발이 천옥심과 사도명과 부딪쳤다.

"차앗! 간다! 귀령천쇄강!"

강렬한 기운이 갈문호의 창에서 뿜어져 나왔다. 창과 하나가 되어 환우를 향해 달려드는 갈문호.

창뿐 아니라 자신의 몸까지 강기로 둘러싸여 빛났다.

"칫. 오뢰파곤!"

환우의 외침과 함께 하늘에서 벼락이 떨어졌다.

자신을 노리고 달려드는 갈문호를 향해.

갈문호가 쇄도하는 속도는 무척이나 빨랐지만 벼락은 더
빨랐다.

콰콰쾅!

벼락과 귀령천쇄강이 부딪쳤다.

요란한 폭음이 울려 퍼진다.

그 여파에 천옥심과 사도명도 휘말렸다.

사도명의 환술은 진작에 깨졌다. 환우의 옷이 펄럭였다.

오직 백리장호만이 아무 일도 없었다는 듯 유유자적하게
술을 마셨다.

*   *   *

와장창!

술병이 깨지며 요란한 소리가 울렸다.

"크흐흐흐. 술, 술을 가져와라!"

위청운이 술에 취해 외쳤다.

“그만 하십시오, 소교주. 이미 많이 드셨습니다.”

위청운의 주변에는 이미 엄청난 수의 빈 술병이 굴러 다니고 있었다.

“그만 하라고? 무얼 말인가? 아무것도 남은 것이 없는 내가 무엇을 할 수 있다는 거지? 크하하하!”

야망 가득한 눈을 하고 항상 자신만만한 표정을 짓고 있던 위청운은 사라졌다.

그저 술주정뱅이가 한 명 있을 뿐이다.

“신환우, 그놈이 총단으로 들어왔습니다.”

“흥. 뇌룡아? 그딴 게 무슨 소용이란 말이냐. 이미 모든 것이 끝장난 것을.”

위청운의 그 말에 귀연수의 표정이 어둡게 변했다.

맞는 말이다.

이제 모든 것이 끝장났다.

천마대가 무너졌고 혈마대는 전멸되었다.

그리고 천의맹의 지단이 이곳 낙양을 향해 오고 있는 중이다.

마교는 이번에도 완벽히 졌다.

오십여 년 전보다 더한 패배다.

그때는 마교의 자중지란으로 물러가야 했다.

교주 최후의 안배가 있었다 하나 교주의 죽음으로 그것이 무엇인지는 아무도 몰랐다.

그리고 새로운 교주는 오십여 년 동안 누구도 그 모습을 제대로 보지 못했다. 오직 귀연수만 몇 번 그 그림자를 보았을 뿐이다.

교주가 직접 제자로 삼고 모든 전권을 위임해 태사의에 앉혀 놓은 위청운.

그가 나타난 건 몇 년 전. 그전까지는 누가 마교를 움직이는 지도 알 수 없었다.

하지만 마교는 꾸준히 세력을 키웠다. 놀라운 힘이다.

교주가 모습을 감추고 있음에도 그만한 힘을 키워냈다. 오십여 년 전 이상의 힘이라 확신했다.

그래서 자신만만하게 중원으로 들어갔다.

지금까지의 실수를 되풀이하지 않게 마교의 자존심을 버리고 철저히 실리를 추구하며 중원을 공략했다.

시간과 정성을 기울인 일이다.

처음에는 순조로웠다.

아니, 얼마 전까지도 순조로웠다.

대체 어디서부터 일이 꼬인 것일까?

그놈이다.

그놈이 나타나면서부터다.

뇌룡아가 무엇이기에. 뇌룡아 때문에 마교의 움직임이 주춤했다.

그사이 정파 녀석들이 뭉쳤다.

그놈으로 인해 움츠린 시간만 아니었다면 일 년 전에 이미 낙양에 들어갔으리라.

게다가 그놈으로 인해 숨겨진 패를 너무 빨리 사용했다.

건재한 육대호법.

그들의 존재는 정파나 사파에 쓸데없는 경각심만 심어주었을 뿐이다. 게다가 원정을 손상당한 혈사자에 새파란 애송이에게 패한 도귀.

무엇 하나 뜻대로 된 것이 없었다.

덕분에 사천맹 놈들도 잔뜩 독이 올라 자신들을 경계했고, 자신들의 움직임에 반응해 재빨리 움직였다.

정파와 그렇게 빨리 손을 잡을 줄은 몰랐다.

그랬다.

잘 짜여진 계획에 신환우라는 변수가 등장하면서 모든 것이 꼬여 버렸다.

'신.환.우.'

귀연수가 속으로 분노에 떨었으나 어쩔 수 없었다.

이미 마교는 무너졌다.

이곳 총단이 천의맹의 손에 떨어지기만을 기다리고 있을 뿐이다.

마교 최후의 자존심으로 이곳을 떠나지 않고 지킬 뿐이다.

마교 낙양 총단.

이곳은 마교의 역사상 마교가 중원에 가장 깊숙이 들어온 상징이다.

곧 무너지겠지만 그래도 낙양까지 들어온 것은 마교 역사상 처음이다.

이곳까지 치고 들어와도 곧 물러나야 했기에 이렇듯 번듯한 중원 총단을 가진 것은 처음이었던 것이다.

이곳은 귀연수 자신의 작품의 상징이다.

조금만 더 했으면 완벽히 중원을 손아귀에 넣을 수 있었다는 것의 상징이다.

그랬기에 떠날 수 없었다.

죽어도 이곳에서 죽으리라.

"쿡쿡쿡. 나를 이곳에 앉혀놓은 사부라는 작자는 아직도 코빼기도 비치지 않는구나."

"소교주, 말씀이 지나치십니다."

교주에 대한 불경한 말에 귀연수가 놀라서 말했다.

"지나쳐? 훗. 이것을 보고도 지나치다 할 건가? 앙?"

위청운이 신경질적으로 종이 조각을 집어 던졌다.

새하얀 종이.

그곳에는 단 한 글자만 적혀 있을 뿐이다.

終(종).

혈마대가 전멸한 다음날 교주 직통의 전서응을 통해 날아온 전서다.

끝이라니. 무엇이 끝이란 말인가?

"후후후. 교주가 그러고 있지 않은가? 이제 끝이라고. 그러니 곱게 죽으라는 것인가? 크하하하하. 알겠다고. 이곳에서 곱게 죽음을 기다려 줄 테니 어서 술이나 가져와!"

위청운이 신경질적으로 외쳤다.

어쩔 수 없었다.

귀연수는 고개를 흔들며 술을 가지러 갔다. 그런 그의 두 눈동자에도 짙은 절망이 자리하고 있었다.

*   *   *

"허어. 저것이 무어란 말인가?"

마른하늘에 벼락이 떨어졌다. 구름에서 떨어지는 것이 아닌 아무것도 없는 허공에서 벼락이 떨어졌다.

이제 낙양 근처에 이른 지단의 고수들은 모두 그것을 똑똑히 지켜보았다.

"허허. 신 대협이로군요."

이 비슷한 것을 본 적이 있는 무영개가 말했다. 그때의 수효는 열이었다. 하지만 다섯으로 줄어든 지금이 훨씬 위력적인 벼락이었다.

"그가 지금 낙양 총단에 있단 말입니까?"

서문황이 물었다.

"그가 아니라면 누가 있어 저리 벼락을 떨치겠습니까? 동방신협께서는 그저 해동에 머무른다 하지 않으셨습니까?"

무영개의 말에 서문황이 고개를 끄덕였다.

"하여튼 걸음을 빨리해야겠습니다. 천마대는 사천성에 지리멸렬한 상태고 혈마대마저 전멸했습니다. 이제 남은 곳은 저곳뿐입니다."

서문황의 말에 지단의 고수들은 땅을 차는 발에 더욱 힘을 가했다.

귀령창 갈문호가 쓰러졌다.

커다랗게 파인 구덩이에 두 눈을 뜬 채 창을 꼭 쥐고는 누워 있었다.

그의 심장은 이미 멎어 있었다. 그런 그를 중심으로 오각형을 그리며 용아천뢰검이 박혀 있었다.

"갈 형."

"오라버니."

그 모습에 놀란 사도명과 천옥심이 비틀거리며 그를 향해 걸음을 옮겼다.

무지막지한 위력이다.

여파에 휘말렸을 뿐인데 내상을 입을 정도다.

그런 공격을 하고도 신색 하나 변하지 않은 저놈의 얼굴을 당장이라도 후려치고 싶었으나 그럴 기운도 없었다.

그저 부들부들 떨리는 몸으로 갈문호에게 다가갈 뿐이다.

믿을 수 없었다.

갈문호가 이렇게 허무하게 죽다니.

오직 무공에만 평생을 바친 타고난 무골인 갈문호다. 평소 말이 별로 없고 자존심은 유난히 셌지만 오랜 세월 그들과 함께한 형제나 다름없는 사람 아니던가.

그런 그가 자신의 최고의 무공을 펼치다가 죽었다. 채 적에게 닿지도 못하고.

분할 것이다. 그래서 눈도 감지 못한 것이리라.

사도명이 부들부들 떨리는 손으로 그의 눈을 감겨주었다.

"이제 셋인가?"

텅 빈 술병을 바닥에 놓은 백리장호가 일어섰다.

"이제 내가 상대해 주마."

검을 쥔 채 휘적휘적 걸어오는 백리장호.

그의 모습이 급격히 커졌다. 조금 전까지 술을 마시던 사람이라고는 믿을 수 없었다.

그의 몸에서 어마어마한 기운이 쏟아져 나왔다.

'드디어!'

갈문호의 눈을 감겨준 사도명이 감격에 몸을 떨었다. 드디어 탈마의 경지에 든 백리장호의 진정한 실력을 보게 된 것이다.

'대형이라면 반드시 복수해 주실 수 있을 것이오. 그러니 편히 눈감으시오, 갈 형님.'

사도명은 그렇게 갈문호의 명복을 빌었다.

"우욱."

환우는 전신의 기운을 끌어올렸다.

이런 기운은 일찍이 느껴본 적이 없었다.

세 사람이 품 자로 자신을 에워쌌을 때와는 비교도 할 수 없었다.

한 개인이 저런 힘을 지닐 수 있다니 믿을 수 없었다.

'절대검존보다 훨씬 위다. 이길 수 있을까?'

두려움이 가슴 가득 밀려왔다.

조금 전까지 전신에 넘치던 자신감은 사라졌다.

설마 이렇게 차원이 다른 고수가 있을 줄은 몰랐다. 모든 것은 지배하는 듯한 저 위압감.

저자가 들고 있는 검이 베지 못할 것은 없는 것처럼 보였다.

'그 노인, 그 노인과 비슷하다.'

융중산에서 자신에게 두려움을 안겨주었던 노인. 전대 교주의 사형이라 하였던 노인.

그 노인과 비슷한 기세를 검마가 풍겨내고 있었다.

환우의 얼굴이 긴장으로 물들었다.

환우가 손을 뻗었다.

땅에 박혀 있던 용아천뢰검이 그를 향해 돌아왔다.

“네놈은 누구냐? 누구기에 내 동생의 생명을 앗아간단 말이냐?”

검마의 음성에는 은은한 분노가 서려 있었다.

“난 나의 길을 갔을 뿐. 그대들이 막은 탓이오.”

환우가 당당한 목소리로 대답했다. 자신감은 잃었지만 그렇다고 위축된 모습을 보이기는 싫었다.

환우의 대답에 검마의 입가에 섬뜩한 미소가 어렸다.

“나도 나의 길을 가마. 한데 네가 내 길을 막고 있구나.”

검마의 검이 검집에서 나왔다.

“이익. 오뢰파천!”

다섯 줄기의 벼락이 무시무시한 기세로 검마를 향해 날아갔다. 일체의 변화를 배제한 움직임이다. 변화를 배제한 대신 무시무시한 힘을 싣고서 날아갔다.

검마의 검이 움직였다.

단 한 번의 휘두름이다.

그런데 다섯 자루의 용아천뢰검이 힘없이 튕겨 나왔다.

“아아!”

사도명은 그 모습을 감격한 얼굴로 지켜보았다. 그것은 천옥심도 별반 다르지 않았다.

‘큰 오라버니는… 큰 오라버니는 우리와는 다른 세계에 계

셨구나.’

백리장호가 강하다는 것은 알고 있었다.

하지만 이 정도일 것이라고는 상상도 하지 못했던 것이다. 상상을 초월하는 강함. 그것은 그녀에게는 희망이요, 기쁨으로 다가왔다.

“오뢰난무!”

이번에는 벼락이 어지러이 춤을 춘다. 지금까지 펼친 난무 중 변화가 가장 극에 달한 움직임이다.

검마의 주변을 둘러싼 다섯 자루의 용아천뢰검은 벼락이 되어 검마를 희롱하려 했다. 포뢰의 울음이 검마의 신경을 어지럽히려 하였다.

이번에도 검마는 검을 단 한 번 휘둘렀다.

그 한 번의 휘두름에 벼락은 단검이 되어 사방으로 튕겨 나왔다.

검마는 여전히 멈추지 않고 환우를 향해 걸어갔다.

오뢰파천도 오뢰난무도 잠시도 검마를 멈춰 세우지 못했다.

환우의 얼굴에 땀이 흐르기 시작했다.

“오뢰경혼!”

다섯 줄기의 벼락이 순식간에 검마를 향해 날아들었다. 일수유의 시간을 가르는 벼락.

챙챙챙챙챙!

요란한 소리가 울리며 다시 사방으로 용아천뢰검이 튕겨
져 나갔다.

사도명과 천옥심은 어떻게 된 것인지 알아보지 못했다. 그
저 무언가 번쩍인다 싶은 순간 요란한 소리가 울리며 검이 튕
겨 나간다.

오직 환우만이 검마의 검을 똑똑히 보았다.

빠르게 날아가니 빠르게 휘둘렀다.

벽천뇌검공의 초식이 하나둘 검마의 손에 막혔다.

"이익. 오뢰파곤!"

갈문호의 명을 달리했던 수법이다. 다섯 자루의 용아천뢰
검이 하늘 높이 올라갔다.

그사이 검마는 세 걸음을 더 걸었다.

그리고 다섯 줄기의 벼락이 하늘에서 검마에게로 떨어졌
다.

콰콰콰콰쾅!

요란한 폭음이 다시 한 번 울렸다.

자욱한 먼지가 일었다가 금방 가라앉았다.

검마는 여전히 걷고 있었다.

다섯 자루의 용아천뢰검은 형편없이 사방 바닥에 떨어져
있었다.

정오각형을 그리며 박혀 있는 것이 아니라 여기저기 흩어
져 있었다.

요란한 폭음은 검마의 검과 벼락이 부딪친 소리였다.

두려웠다.

솔직히 두려웠다.

이렇게 무지막지하게 강하다니.

자신을 괴물이라 하는 이들이 있었지만 진정한 괴물은 이곳에 있었다.

어떻게 오뢰파곤을 저렇게 막아낸단 말인가.

이제 환우와 검마의 거리는 불과 십여 걸음이다.

이렇게 당할 수는 없다.

"오뢰진천!"

환우는 포기하지 않았다. 다시 한 번 용아천뢰검이 벼락이 되어 날아들었다.

용아천뢰검에 응집된 뇌기가 당장이라도 모든 것을 부숴 버릴 듯했다.

이번에도 검마는 검을 휘둘렀다.

쾅!

지금까지와는 다르게 요란한 소리가 울렸다.

그리고 검마의 걸음이 주춤했다. 멈추지는 않았지만 잠시 흔들기는 했다.

그 모습에 환우의 눈이 빛났다.

지금까지 아무런 효과가 없다는 생각이 절망에 빠질 뻔했으나 아주 작지만 분명 효과가 있었다. 그것이 쌓이고 쌓여 지금 걸음을 주춤하게 만들지 않았던가.

"오뢰용무!"

다섯 자루의 용아천뢰검이 벼락이 되는 듯하더니 용으로 변했다.

벼락으로 이루어진 뇌룡.

온몸을 꿈틀거리며 검마에게 날아들었다. 반항을 용서치 않겠다는 기세다.

검마가 다시 한 번 검을 휘둘렀다.

쾅.

요란한 소리가 울렸다.

하지만 뇌룡은 사라지지 않았다.

검마가 다시 한 번 검을 휘둘렀다. 용과 검이 부딪쳤다.

용은 건재했다.

전력을 다해 상대를 무너뜨리겠다는 듯 다섯 마리의 뇌룡이 검마를 덮쳤다.

결국 검마는 걸음을 멈췄다.

그리고 용과 검의 싸움이 시작되었다.

검마의 검이 어지럽고 강하며 빠르게 움직였다. 뇌룡들도 쉼없이 움직이며 검마를 공격했다.

그에 따라 환우의 얼굴이 점점 하얗게 질려갔다.

자신의 의지력이 검마의 검과 부딪칠 때마다 조금씩 소멸되고 있었다.

그만큼 자신의 힘이 약해지고 있는 것이다.

그것은 검마 역시 마찬가지였다.

하지만 그 속도는 환우가 훨씬 빨랐다.

검마가 다시 움직이기 시작했다.

용아가 허리를 노리고 날아들고 애자가 목을 물어뜯으려 했다. 폐안이 검마의 가슴으로 날아들었고 비희가 땅속으로 파고든다. 포뢰가 높이 날아올라 검마의 정수리를 노리고 떨어진다.

어지러이 다섯 마리의 뇌룡이 검마의 몸 곳곳을 공격하지만 하나같이 검마의 검에 막혀 뒤로 물러난다.

그렇게 얼마나 치열한 공방을 펼쳤을까?

다섯 마리의 뇌룡과 싸우면서 조금씩 걸음을 옮긴 검마와 환우 사이의 거리가 불과 세 걸음으로 줄었다.

"대단하군, 나를 여기까지 몰아붙일 수 있다니."

어느새 다섯 자루의 용아천뢰검은 환우에게 회수되어 있었다.

아무런 타격을 입지 않은 듯한 검마가 자신을 몰아붙이다니… 받아들일 수 없었다.

하지만 검마의 호흡이 약간 흐트러져 있었다.

그도 이곳까지 오기 위해 무척이나 노력한 것이다.

"너에게 문호의 목숨을 가지고 갈 자격이 있다는 것은 인정한다. 하지만 자격이 있다 해서 가져갈 수 있는 것이 아니다. 그것은 나 역시 마찬가지지. 그럼에도 나 역시 네가 한 것과 같이 너의 목숨을 가져가도록 하겠다.”

검마가 검을 치켜들었다.

“오뢰방건!”

벽천뇌검공 유일의 방어 초식.

이대로 당할 수 없기에 다시 한 번 더 용아천뢰검은 벼락이 되어 환우 앞을 가로막았다.

이로써 벽천뇌검공의 모든 수법을 사용했다.

콰콰쾅!

검마의 검과 벼락의 방패가 부딪쳤다.

요란한 폭음이 터졌다. 환우가 뒤로 주욱 밀려났다.

환우가 밀려난 자리가 깊게 패었다.

“쿨럭!”

환우가 피를 토했다. 검붉은 피다.

심각한 내상을 입은 것이 분명했다.

“빌어먹을!”

환우가 욕설을 내뱉었다.

검마가 무심한 눈으로 환우를 바라보았다.

쩡.

작은 소리가 울렸다. 그와 동시에 검마의 검에 금이 가기 시작했다.

그리고는 산산이 부서져 아래로 떨어졌다.

벽천뇌검공의 모든 수법과 부딪친 검이다.

검마의 힘을 검이 이기지 못한 것이다.

검마는 물끄러미 검병만 남은 검을 바라보았다.

"백 년을 함께한 검이거늘."

아쉬운 듯 중얼거렸다.

그것으로 끝이다.

검마는 검을 버렸다.

그는 이미 검 없이 검법을 펼치는 경지에 든 지 오래다.

검마는 다시 환우를 향해 걸음을 옮기기 시작했다.

"씨발!"

다시 한 번 환우의 입에서 터져 나오는 욕설.

설마 이렇게 몰릴 것이라고는 상상도 못했다.

검마와 부딪치기 전까지는 누구라도 상대할 수 있다는 자신감이 가득했었다. 그런데 이게 무슨 꼴이란 말인가. 더 이상 용아천뢰검을 움직일 힘도 남아 있지 않았다. 이제 정말 죽음을 맞이해야 한단 말인가?

그럴 수는 없었다.

환우는 불만 가득한 눈으로 검마를 노려보았다.

압도적인 힘에 대한 반발 때문인가. 어느새 환우의 얼굴에서 두려움은 씻은 듯 사라지고 없었다. 있다면 오직 검마를 향한 분노과 무력한 자신에 대한 분노뿐이다.

第九章 검마의 힘

「사람이 아니야… 사람일 리 없어. 그래, 동방의 하늘에서 내려온 천신(天神)일 거야. 틀림없어.」

해동에서 온 백의의 사내. 한 번의 손짓에 열 개의 벼락이 떨어지고, 마교의 혈사는 그 앞에 침묵한다. 열 개의 벼락을 중원에 남겨두고 홀연히 떠났다.

그리고 오십 년 후. 다시금 중원이 어지러워지려 할때 그의 후예가 중원으로 향한다.

푸른 하늘에 열 개의 벼락이 다시 떨어지는 순간 천하는 그 앞에서 무표꿇으리라.

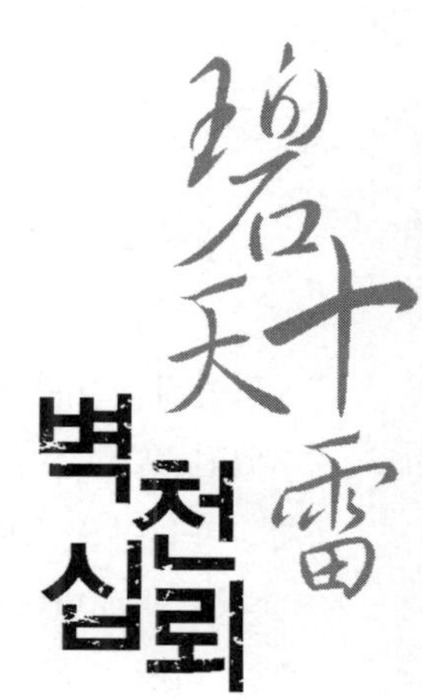

“이제 곧 낙양에 이를 수 있을 것입니다.”

“그런가요?”

마선의 말에 망아 대사가 무심히 말했다.

“그렇습니다. 이미 상당히 요란하게 하고 있군요.”

아직 낙양까지는 많은 거리가 남았다. 그들이 인간의 한계를 초월한 이들이라 상상할 수 없는 속도로 낙양을 향해 나아갈 뿐이다.

그런데 벌써 마선은 낙양에서의 격돌을 느낄 수 있는 것 같다.

“많이 나아진 듯한데 아직도 부족하군요. 거칠어요.”

망아 대사가 고개를 저으며 말했다.

"허허. 그래도 오십여 년 전 대사의 수준에 비해 팔 할 정
도까지는 이른 것 같습니다만. 그때 대사의 나이가 서른 정도
였던 것으로 아는데요."

마선이 웃으며 말했다.

그 말에 망아 대사는 슬며시 웃었다.

"마선과 같은 경지에 든 이가 또 한 사람 있군요. 덕분에
무척이나 애를 먹는 모양입니다."

"허허. 그러게요. 또 벗은 이가 있다니. 아마 장호, 그 녀석
일 겁니다."

마인이되 마인 같지 않았던 백리장호. 그라면 아마 자신과
같은 경지를 맛볼 수 있지 않을까 하는 작은 기대를 한 적이
있었다.

과연 백리장호는 한 꺼풀 벗어던지고 새로운 세계에 발을
디뎠다.

"가는 길에 잠시 숭산에 들러야 할 것 같군요."

망아 대사의 말에 마선이 그를 보았다. 어차피 가는 길에
있으니 문제될 것은 없지만 왜 들르려 하는지 그 연유를 묻는
얼굴이다.

"숭산에 사형이 계신 듯하군요."

그 말에 마선을 고개를 끄덕였다.

그들의 감각은 이미 인간의 한계를 초월해 가히 신선의 경

지에 접어들어 있었다.

＊　　　＊　　　＊

"후우."

환우는 깊은 한숨을 내쉬었다.

어느새 분노가 가라앉고 있었다. 자신의 이런 급작스러운 변화에 자신도 깜짝 놀랐다.

검마와의 거리가 다섯 걸음 남았을 때의 일이다.

이제 곧 끝이라는 생각이 들어서였을까? 아니면 그 사실을 인정해서였을까? 환우의 가슴이 차분히 가라앉았다.

그리고 지금까지 보지 못하던 것이 보였다.

정확히는 잊고 있었던 것이라고 할까?

자신의 의지를 모두 쏟아내고 상대를 보자 상대의 의지가 보였다. 정확히는 의지의 결.

이협수에게 듣고서 그 경지에 도달하기 위해 얼마나 노력하였던가.

그런데 정작 필요한 상황에서는 까맣게 잊고 있었다.

검마의 압도적인 무력 때문이리라.

이제 환우는 볼 수 있었다.

검마의 걸음 하나하나에 실린 의지를. 검마의 몸짓 하나하나가 말하고자 하는 의지를.

그리고 그 사이의 결도 볼 수 있었다.

검마와 환우의 거리가 두 걸음이 되었을 때 검마의 검이 다시 움직였다. 아니, 아무것도 쥐지 않은 손을 움직였다. 그럼에도 이미 그 끝에는 검이 나타나 있었다.

이번에는 환우도 움직였다. 환우가 주먹을 뻗어 찔러 넣었다. 그 위치가 절묘하여 검마의 검이 빗나갔다.

검마의 얼굴에 놀람이 스쳐 지나갔다. 설마 마지막이나 다름없는 이 순간 그런 모습을 보여줄 것이라고는 상상도 못한 때문이다.

지금까지와 움직임이 달라졌다.

검마가 다시 검을 휘둘렀다.

이번에는 환우의 발이 날아들었다.

다시 한 번 빗나갔다.

검마가 놀라서 환우를 바라보았다. 검마의 시선을 받은 환우가 싱긋 웃었다.

이제 무언가가 잡힐 듯했다.

벽천뇌검공에 대해서도, 선무도에 대해서도 말이다.

일각 동안 망오 대사의 공격을 피하기 위해 애를 쓰면서 잡힐 듯 잡히지 않았던 것.

잡지 못하여도 일각을 버틸 수는 있었지만 그것이 무엇일까 하는 궁금함이 아쉬움으로 남아 있었다.

시간이 없었기에 애써 무시했던 아쉬움.

이제 그 아쉬움이 사라졌다.

그것을 잡았기에.

결국은 하나였다.

선무도도 벽천뇌검공도 결국은 한 곳을 향해 나가고 있었다.

'결국 그것은 의지야.'

환우의 두 눈이 빛났다.

검마의 두 눈에 긴장이 어렸다. 지금까지와는 다르다는 것을 직감한 것이다.

검마의 검이 빨라졌다. 환우의 움직임도 빨라졌다.

검마가 정확히 환우의 허점을 공격함에도 환우는 그 사이를 절묘히 파고들어 주먹이나 발을 내질렀다.

그렇게 두 사람은 맞붙어 공방을 펼쳤다.

시간이 흘렀다.

그럼에도 결착이 나지 않았다.

도무지 끝이 나지 않을 것만 같은 싸움이다.

그때 검마의 머리를 두드리는 목소리가 있었다.

"이미 벗었음에 무얼 그리 집착하는 거냐."

검마의 정신에 울린 목소리.

'태상호법, 대사형.'

해동으로 가버렸다는 태상호법 마선이 분명했다.

검마 자신에게는 대사형이 되는 인물. 일찌감치 탈마의 경지에 들어 마교로부터 자유로워졌던 인물.

그의 전음이 자신의 머리를 두드렸다.

아직 상당히 멀리 있음을 알 수 있었다.

자신의 머리를 두드린 것이 거리의 제약을 뛰어넘는 천리전음이라는 비기임을 알아차리는 것은 어려운 일이 아니다. 탈마의 경지에 들었기에 가능한 비기이다.

전음이 들린 즉시 검마는 뒤로 물러섰다.

환우는 굳이 물러서는 검마를 뒤쫓지 않았다.

그런 환우의 머리에도 울리는 목소리가 있었다.

"허허. 놓으라 했더니 벌써 반쯤 놓았구나. 그리 빨리 놓을 줄은 몰랐는데."

환우의 몸이 부르르 떨렸다. 목소리의 주인공이 누구인지 아는 탓이다.

하지만 어디에도 그의 존재가 느껴지지 않았다.

'아직 멀리 있는 모양이군.'

자신이 느낄 수 있는 범위 밖에서 자신에게 전음을 보내다니. 놀라웠다.

환우가 자신의 머리를 두드린 전음에 놀라는 사이 검마는 어느새 몸을 돌렸다.

"대형."

갑작스러운 검마의 행동에 사도명이 놀랐다.

"문호를 안아라."

백리장호의 말에 사도명이 갈문호의 시신을 안아 들었다.
갈문호의 창은 천옥심이 들었다.

"어쩌려는 거지?"

환우가 물었다.

이미 그가 더 이상 싸울 의사가 없다는 것은 똑똑히 느낄
수 있었다.

"우리는 돌아간다."

"어디로?"

"우리의 땅."

"하늘과 닿은 물?"

언젠가 흑마대의 부대주에게 들은 말을 떠올렸다.

그 말에 세 사람의 표정이 살짝 변했다.

"알고 있나?"

"단지 그렇게 부른다는 정도만."

"그곳이 우리의 고향이다. 우리는 우리의 땅으로 돌아간
다."

그 말을 남기고 검마는 몸을 훌쩍 날렸다. 마선의 한마디가
이 모든 것의 무의미함을 그에게 깨우쳐 준 것이다.

사도명과 천옥심이 그 뒤를 따랐다.

이해할 수는 없으나 대형의 결정이니 따라야 했다.

"후우. 갔군."

환우가 바닥에 쓰러지듯 주저앉았다.

기진맥진이다.

용아천뢰검을 겨우 회수한 환우는 그곳에 그대로 드러누웠다. 그리고 눈을 감았다.

조금 쉬어야 할 것 같았다.

검마에게 입은 내상이 적지 않은 탓이다.

그렇게 눈을 감고 환우는 가만히 자신의 내면을 관조했다. 그 결과 새로운 사실을 깨달을 수 있었다.

자신의 내면에도 의지가 흐르는 결이 있다는 것을.

그 결 사이사이에 상처가 있다는 것을 처음으로 알게 되었다.

환우가 깊은 호흡을 시작했다.

그 호흡에 따라 주변 공기에 퍼져 있던 맑은 기운이 환우의 몸으로 들어왔다. 기운들이 환우의 상처를 어루만져 주고 호흡과 함께 밖으로 나간다.

그 과정이 쉼없이 반복되었다.

환우의 내상은 급속도로 치료되어 갔다.

하니 그 과정에서 더 커진 의지력이 환우의 몸 내부에 자리 잡았다.

두 시진을 그렇게 보내고 환우는 몸을 일으킬 수 있었다.

낙양에 처음 왔을 때와 다름없는 몸 상태다.

아니, 그때보다 더욱 나아졌다.

"알 수 없군."

검마와의 싸움에서 자신이 얻은 것은 무엇일까?

일순간 깨달았으나 다시 모호해졌다.

하지만 그것은 분명 자신과 함께 존재할 것이다.

"응?"

그때 환우의 감각에 걸리는 무수한 무인들이 있었다. 익숙한 기운이 간간이 섞여 있었다.

천의맹 지단이 마교 낙양 총단에 도착한 것이다.

속속들이 담을 넘어 날아들었다.

환우가 물끄러미 그들을 바라보았다.

"신 대협!"

가장 먼저 무영개가 달려왔다.

"이게 어찌 된 일인가?"

환우의 몰골이 말이 아니었다. 두 눈은 맑게 빛나고 있었지만 옷 여기저기가 찢어진 것이 보통 큰 싸움을 치른 것 같지 않았다.

"검마와 싸웠습니다."

환우의 대답에 이 자리에 모인 모두의 얼굴이 딱딱하게 굳었다.

육대호법 중에서도 수좌에 있는 검마.

그가 환우를 이렇게 궁지로 몬 것이다.

"그래서 어찌 되었는가?"

"떠났습니다. 자신들의 땅으로 간다 하더군요."

“어서 뒤쫓아야 합니다!”

그 말에 무극 진인이 나서서 말했다.

“그렇습니다. 감히 중원을 침공한 악도를 고이 돌려보낼 수 없습니다.”

곽상이다.

이제 중원에 들어온 마교의 대부분의 세력이 정리되었다.

그런 차에 마교의 핵심 고수라 할 수 있는 육대호법을 그대로 신강으로 돌려보낼 수는 없는 노릇이다.

“신 대협, 검마가 언제 떠났습니까?”

“두 시진 전 쯤. 소수마녀와 환요마와 함께였습니다.”

서문황의 물음에 환우가 답했다. 환우의 대답을 들은 서문황이 주변을 둘러 보았다. 그 눈빛이 말하는 바는 명백했다.

“이 팽탁이 쫓겠소이다.”

도성이 나섰다.

“저 역시 한 손 거들겠습니다.”

화산신검 황규린이 나섰다.

“내가 가만히 있을 수 없지.”

권성 언종호 역시 나섰다.

그렇게 속속들이 나서는 인물이 지단의 절반이었다.

“두 시진 전이라면 멀리는 못 갔을 것입니다. 게다가 신 대협과 격렬히 싸운 후. 지쳤을 것입니다. 반드시 중원을 유린한 죗값을 치르게 해야 할 것입니다.”

서문황의 말에 모두 고개를 끄덕였다.

"당연한 말입니다. 반드시 죗값을 받아낼 것입니다."

무극 진인이 말했다.

환우는 그 모습을 한심하다는 듯 바라브았다.

"만나지 않기를 빌어야 할 겁니다."

"그게 무슨 말입니까?"

환우의 말에 서문황이 물었다.

막 사기가 오르던 차에 찬물을 끼얹는 듯한 환우의 말이 불쾌하다는 뜻이 역력한 얼굴이다.

"만나면 모두 죽을 것입니다. 그는 이디 인간이 아닌 괴물이니까."

환우가 진심을 담아 말했다.

검마를 쫓겠다는 인물들 중 화산신검은 지금의 자신이 있게 된 단초의 역할을 한 인물이다. 그런 그가 덧없이 죽는 것을 원하지 않았다.

"홍. 그렇다면 괴물과 싸워 살아남은 자신도 괴물이라는 것이오?"

환우에게 나쁜 감정이 많은 무극 진인이 퉁명스레 말했다. 그 말에 모두들 고개를 끄덕였다.

환우의 말은 그들 모두를 무시한 말이다. 자신 혼자 상대해 낸 인물을 이들은 상대하지 못할 것이라는 어찌 생각하면 무척이나 광오한 말이다. 그들의 자존심에 커다란 상처가 생졌다.

"자, 어서 갑시다. 조금이라도 빨리 가야 따라 잡을 터이니."

무극 진인이 앞장서 몸을 날렸다. 나머지 인물들이 뒤이어 몸을 날렸다.

"신 대협은 어찌할 것입니까?"

서문황이 물었다.

"찾으러 온 것을 찾아야 하지요."

환우는 아직 용아천뢰검을 찾지 못했다.

그 말을 한 후 성큼성큼 걸음을 옮겼다.

"저, 저……!"

환우의 그런 행동에 누군가가 참지 못했다. 분명 무례한 행동인 것은 사실이었다.

하나 누구도 대놓고 말하지는 못했다. 누구고 환우를 이길 자신이 없었기에.

"끌끌. 하나도 변하지를 않았어."

오랜만에 보는 환우의 여전한 모습에 청풍개가 웃음을 흘리며 뒤를 따랐다.

환우가 가는 곳은 뻔했다.

마교의 소교주.

천마공자 위청운이 있는 곳.

다섯 자루의 용아천뢰검을 그가 가지고 있을 터이니.

낙양 총단은 텅텅 비어 있었다.

무사들이 보인 곳은 오직 중앙의 대전이었다. 하지만 그들도 환우와 지단의 무인들을 막지 않았다.

공격당하면 싸우되 먼저 건드리지는 않겠다는 분위기가 느껴졌다.

환우는 그들을 무시하고 대전 안으로 들어섰다.

자신에게 필요한 것은 대전 안에 있으니.

대전 안에는 단 두 사람이 있었다.

태사의에 앉아 술에 잔뜩 취한 젊은이와 여전히 심유한 눈빛을 가진 중년의 문사.

저들이 위청운과 귀연수이리라.

이렇게 중원을 어지러이 만든 주범들.

"허허. 대단하오. 이곳까지 그렇게 오다니."

귀연수의 목소리에는 환우에 대한 원망이 가득했다. 그럴 수밖에 없었다. 자신의 원대한 계획이 빗나가게 만든 원흉이 눈앞에 있는데 어찌 원망이 없겠는가.

"뭐, 받을 것이 있으니."

환우는 대수롭지 않다는 듯 대답했다.

"허허. 그것 때문에 나의 대계는 모두 구너졌다오. 그대가 없었다면 지금쯤 중원 무림의 우리 마교의 발아래에 있을 것이오."

"어디서 그딴 헛소리냐!"

귀연수의 말에 남궁세가의 가주 남궁건원이 외쳤다.

"응? 남궁 가주이시구려. 하지만 내 말은 사실이라오. 모든 준비가 끝나가는 찰나 신 공자가 나타났고 그때부터 교의 움직임이 달라졌으니. 모두가 공자의 품에 있는 뇌룡아 때문이라오."

그 말에 환우가 싱긋 웃었다.

"그러게 왜 남의 물건을 탐을 내. 그냥 내가 가져가게 가만뒀으면 지금쯤 중원을 호령하고 있을지 모르는데."

"놈, 무슨 망발이냐!"

환우의 말에 참지 못한 탕마 사태가 외쳤다. 어찌 정파가 마교에게 무너졌을 것이란 말을 정파 명숙들 앞에서 할 수 있단 말인가.

"내가 봤을 때도 정파 사람들 머리에는 똥밖에 안 들어 있어. 그러니 너희가 실수한 거지. 나를 건드렸으니."

환우의 말에 뒤에 있던 지단의 고수들의 얼굴이 분노로 붉게 물들었다. 하지만 환우는 아랑곳하지 않았다.

"저는 그 말에 동의할 수 없습니다만."

서문황의 나서며 말했다.

마교의 야욕을 쓰러뜨린 것은 어디까지나 천의맹과 사천맹이 손을 잡았기 때문이다. 이런 건방진 젊은이 하나 때문에 마교가 무너졌다니 인정할 수 없었다.

실제로도 그랬다.

천마대, 혈마대와 치열한 전투를 벌일 때 환우는 어디에도 없었다.

숭산의 무명사라는 작은 절에 숨어 있었을 뿐이다.

"사실은 그렇지 않지요. 신 공자 덕에 우리는 모든 계획을 거의 일 년 이상 늦추었어요. 일 년 전에 천마대와 혈마대가 동시에 움직였으면 막을 수 있었을까요?"

귀연수의 물음에 서문황은 답하지 못했다.

일 년 전이었다면 막지 못했을 것이다. 그때라면 사천맹을 움직이지도 못했을 것이다. 천의갱을 정비하기도 전이었기 때문이다.

이번 마교의 발호는 낌새도 없이 순식간에 일어난 일이다. 물론 마교 부활의 조짐이 곳곳에서 보이기는 했지만 정파에서 위기감을 느끼고 무림맹을 결성할 정도는 아니었다.

만약 정말로 그랬다면 귀연수의 말대로 지금은 마교천하가 되어 있을지도 몰랐다.

인정해야 했다, 환우라는 존재를.

"뭐, 그런 쓸데없는 말은 그만하고 이제 그만 돌려주지?"

환우가 태사의를 올려다보면서 갈했다.

지금껏 대전에 들어온 이들을 두시한 채 술만 마시던 위청운. 그가 환우의 말에 두 눈을 희번덕였다.

"무엇을 말이야? 이것 말이냐?"

위청운의 손에 다섯 자루의 용아천뢰검이 들려 있었다.

환우가 고개를 끄덕였다.

"그래. 그거."

"후후. 크하하하하. 재주가 있으면 가져가 보아라!"

위청운이 광소를 터뜨렸다. 그리고는 훌쩍 몸을 띄웠다. 그의 양손이 막대한 잠력을 뿜어내며 움직였다.

"천마뇌룡후!"

마교의 수호신공의 그의 양손에서 터져 나왔다. 겨우 다섯 자루의 용아천뢰검으로 펼치는 것이라 불완전한 것이었지만 그 위력은 엄청났다.

지단의 무인들이 속속들이 병기를 움켜쥐었다.

하지만 환우는 태연했다.

"쯧쯧. 글러먹었어. 네놈은 저 용아천뢰검들이 울고 있는 게 들리지 않으냐?"

환우가 손을 쭉 뻗었다. 어마어마한 힘을 싣고 날아오는 용아천뢰검 사이로 환우의 손이 비집고 들어갔다.

그러자 놀라운 일이 벌어졌다.

잠력이 씻은 듯 사라지고 다섯 자루의 용아천뢰검은 곱게 환우의 손 위에 올려졌다.

"훗. 잘 받았다."

환우가 미소를 지으며 말했다.

"그럼 볼일들 마저 보십시오. 제 일은 끝났으니, 이만."

환우는 용아천뢰검을 모두 회수하자 미련없이 몸을 돌렸
다. 더 이상 이곳에 있을 이유가 없는 것이다.

"저, 저……."

환우의 행동에 사람들은 당황을 감추지 못했다. 아무리 용
아천뢰검을 회수하기 위해 왔다 하나 정말로 회수하자마자
저렇게 싹 돌아서는 행동이라니. 그들의 사고 방식으로는 이
해할 수 없는 행동이다.

그런 환우의 행동이 환우의 놀라운 무공에 대한 놀라움을
싹 날려 버렸다.

위청운은 멍한 눈으로 환우의 뒷모습을 바라보았다.

어찌 저럴 수 있단 말인가.

자신이 어떻게 익힌 무공인데 그것을 그렇게 장난같이 파
훼해 버린단 말인가.

지금까지 자신이 보낸 그 인고의 수련은 무엇이란 말인가.
지금 자신이 아무리 술을 많이 다셨어도 천마뇌룡후를 펼치
기 전에 내공으로 주기는 모두 날려 버렸다.

단언컨대 자신이 펼칠 수 있는 최고의 무공을 펼쳤다.

그런데 막혔다.

자신은 대체 지금까지 무엇을 하고 있었던 것인가.

무엇을 위해.

누구를 위해.

허탈했다.

자신의 지난 세월이 허탈했으며 노력이 허탈했다.

위청운의 두 눈동자에 허탈과 절망, 그리고 분노가 동시에 자리했다.

위청운의 고개가 획 돌아갔다.

第十章 벽천사뢰

「사람이 아니야… 사람일 리 없어. 그래, 동방의 하늘에서 내려온 천신(天神)일 거야. 틀림없어.」

해동에서 온 백의의 사내. 한 번의 손짓에 열 개의 벼락이 떨어지고, 마고의 형사는 그 앞에 침묵한다. 열 개의 벼락을 중원에 남겨두고 홀연히 떠났다.

그리고 오십 년 후. 다시금 중원이 어지러워지려 할 때 그의 후예가 중원으로 향한다.

푸른 하늘에 열 개의 벼락이 다시 떨어지는 순간 천하는 그 앞에서 무릎 꿇으리라.

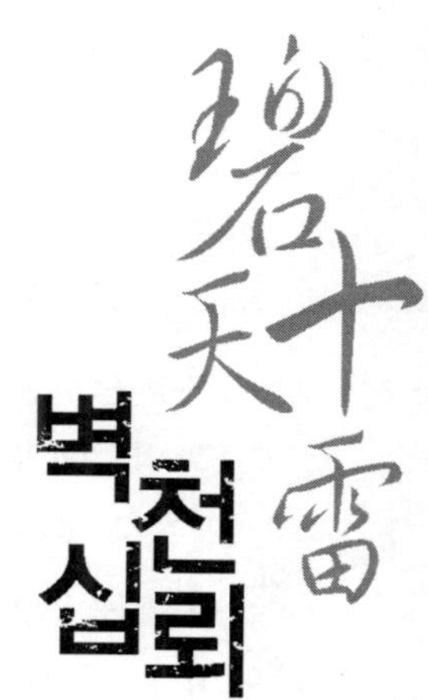

위청운의 두 눈은 분노로 이글거렸다.

"이것입니까? 제가 보낸 그 시간의 대가가 겨우 이것입니까? 예? 말씀 좀 해보시지요!"

갑작스러운 위청운의 행동에 모두가 놀랐다. 걸음을 옮기던 환우마저 멈춰 서서 뒤돌아보았다.

저놈이 충격이 너무 커서 실성했나 하는 생각도 했다.

"무려 십 년입니다. 십 년 동안 천마뇌룡후에 매달렸습니다. 오직 수호신공만을 위해서요. 그런데 이것이 전부인 것입니까? 중원에 당당히 위치한 마교가 되는 것이 아니라 이 무슨 비참한 꼴입니까? '종' 이라 적힌 종이 한 장이면 모든 것이 끝입니까? 네? 말씀 좀 해보시지요. 그곳에 홀로 그리 숨어 있지 말고요! 네? 사부! 아니, 교주!"

위청운의 절규와 같은 외침.

그 외침에 모두의 얼굴에 경악이 자리했다.

분명 사부라 했고 교주라 했다.

다른 곳을 보고 말한 것도 아니다. 지단의 인물들이 모인 곳이다. 사람들의 시선은 위청운의 시선을 쫓았다.

그리고 그 끝에 있는 인물.

사람들의 얼굴에 어린 경악은 더할 수 없을 만큼 짙어졌다.

있을 수 없는 일이다.

있어서도 안 될 일이다.

하지만 분명 위청운은 분노 가득한 얼굴로 노려보고 있었다.

"나참. 이런 웃긴 일도 다 있군."

환우가 허탈하게 중얼거렸다.

서문황은 자신의 옆을 바라보았다. 그의 눈에는 불신이 가득했다.

어찌 이런 일이 있을 수 있단 말인가.

사람들은 재빠르게 그를 홀로 남겨두고 흩어졌다. 서문황도 다른 이들의 손에 이끌렸다.

모두가 거리를 둔 가운데.

오직 천의맹의 맹주인 불요 대사만이 덩그러니 남아 있었다.

“허허. 그릇이 결국은 그것밖에 안 되는구나. 아미타불. 끝이라 전했으면 우리들의 땅으로 돌아가면 그뿐인 것을 어떤 집착으로 이곳에 남아 있었느냐?”

불요 대사가 담담히 말했다.

“당신을 만나려고요. 대체 어떤 생각으로 이런 일을 벌였는지 그것이 알고 싶어서 남아 있었습니다!”

위청운이 외쳤다.

두 사람의 시선이 허공에서 얽혔다.

귀연수도 무척이나 놀란 얼굴이다. 교주가 정파를 감시하기 위해 그 속에 숨어들었다는 것은 알고 있었으나 설마 소림의 방장일 줄은 몰랐다.

“무슨 생각을 했을 것 같으냐? 어리석구나. 교주로서 하는 생각은 단 하나다. 마교의 부흥.”

불요 대사의 말에 사람들은 이제 그가 마교의 교주임을 확신했다.

하지만 그들의 얼굴에는 여전히 불신의 빛이 남아 있었다.

“재미있군, 재미있어. 찢어 죽일 마고 교주 밑에서 열심히 움직였으니. 크크크.”

오직 환우만이 지금의 상황을 흥미롭게 지켜보고 있었다.

누구도 그에게 신경을 쓰지 못했다. 그러기에는 그들이 받은 충격이 너무 컸다.

순간 불요 대사의 몸에서 뿜어져 나오는 기세가 일변했다.

그것은 진정한 마교 교주로서의 기운이다.

그 누구도 그 기운을 이기지 못했다.

오직 환우만이 태연한 얼굴로 서 있을 뿐이다.

그 모습에 불요 대사의 얼굴에 이채가 서렸다.

"호오. 검마와 싸웠다는 말을 믿지 않았는데 정말이구나."

환우가 빙그레 웃으며 고개를 끄덕였다.

"죽을 뻔했지."

상대가 마교 교주인 것을 안 이상 더 이상 그의 입에서 경어가 나오지 않았다.

싸워야 할 적에게까지 경어를 사용할 그가 아니다.

불요 대사가 몸을 훌쩍 띄워 태사의에 올랐다.

"비켜라!"

불요 대사의 말에 위청운은 옆으로 비켜났다. 이미 교주의 기세에 완전히 압도되었다. 이미 조금 전 그 절규와 같은 발악을 하던 모습은 사라지고 없었다.

"여기까지 온다고 수고들 하였소. 절반이 검마를 쫓아간 것은 아쉽지만. 서문 군사 그대가 있으니 그나마 다행이구려."

교주의 목소리에 진득한 살기가 가득했다.

"뭐, 뭐냐! 그 말은!"

탕마 사태가 한 발 앞으로 나서며 말했다.

"머리가 그렇게 안 돌아가요? 이 자리에 있는 사람들 다 죽이겠다잖아요."

환우의 말에 모두의 시선이 그에게로 돌아갔다. 믿을 수 없다는 눈이다.

"역시 눈치가 빠르구나."

교주가 빙그레 웃으며 말했다.

"뭐, 살기를 그렇게 흘리는데 모르면 바보지."

"그게 가능할 것 같은가!"

남궁건원이다.

"가능해요. 마음만 먹으면 여기 있는 사람들 다 죽어요. 상대의 실력도 못 알아보니, 원."

환우의 말에 남궁건원의 얼굴이 붉게 변했으나 그들의 적은 환우가 아니다. 눈앞의 교주다.

환우의 말에 교주는 만족한 미소를 지었다. 그 말이 맞다는 뜻이다.

"뭐, 그것도 내가 없을 때 말이지."

환우가 빙긋 웃으며 교주를 마주 보았다.

교주가 고개를 끄덕였다.

인정한다는 뜻이다.

"그럼 한 판 뜨기 전에 뭐 좀 물읍시다."

"궁금한 것이 있는가?"

"왜 소림으로 간 것이지?"

"후후. 네가 그랬지? 정파의 머리에는 똥만 들어찼다고. 그 말이 맞는 말이지. 왜 그런 것 같은가? 중원 정파의 중심인 무림의 태산북두, 소림이 그렇기 때문이야. 소림이 썩으면 정파가 썩는다. 소림이 약해지면 정파가 약해진다. 그런 것이지. 소림이 나서서 중재해야 할 많은 일이 있음에도 소림은 침묵을 지켰다. 내가 그런 것이지. 크흐흐."

"그럼 나는 왜 불렀어? 나 땜에 계획 다 망했다며?"

"네가 올 줄 몰랐다. 동방신협, 그놈이 올 줄 알았지. 복수는 해야 하지 않겠나."

그 대답에 환우가 고개를 끄덕였다.

"뭐. 그 실력에는 무리야."

환우의 말에도 교주는 동요하지 않았다.

"그럼 조사동의 용아천뢰검이 없어진 것도?"

"내가 천영비마에게 조사동을 열어주었지."

처음 불요 대사를 보았을 때 뭔가 느낌이 좋지 않았다. 무시했었는데 그것의 정체는 바로 이것 때문이었던 것이다.

"결국 덕분에 내가 중원에서 죽을 고생을 한 것이로군."

환우의 미소가 섬뜩하게 빛났다.

"허허. 덕분에 강해지지 않았더냐."

갑자기 들려온 목소리.

그리고 동시에 나타난 세 사람.

"동, 동방신협!"

그중 망아 대사를 알아본 청풍개가 외쳤다.

오지 않겠다던 동방신협이 갑자기 이 자리에 나타난 것이
다.

"녀석, 역시 넌 맞으면서 배워야 한다. 그사이 또 한 단계
성장한 것을 보면."

망오 대사가 환우에게 미소를 보이며 말했다.

"쳇. 죽을 뻔했다구요."

"그럴 줄 알고 내가 미리 그렇게 쥐어팬 것 아니야."

환우는 망오 대사의 말에 반박할 수 없었다.

만일 그에게 잡혀 선무도를 수련하지 않았다면 분명 검마
의 손에 죽었을 것이다.

교주의 눈가가 파르르 떨렸다.

그는 자신의 정면을 막아선 인물을 마주 보았다.

"사, 사백!"

마선이 미소를 지으며 교주를 마주 보았다.

"무엇이 너를 이리 만든 것이냐?"

그가 알던 아이가 무척이나 변해 있었다.

"훗. 자신의 제자를 소림에 보내놓고 기분 좋게 죽은 사부
이지요."

이제 지단의 무인들은 정신을 차릴 수가 없었다.

도대체가 상황이 어떻게 흘러가는지 알 수가 없었다.

"그래서 너도 너의 제자를 버려두었느냐?"

마선의 물음에 교주는 대답하지 않았다.

"그래, 이제 속이 시원한 것이냐? 자신을 정파에 버린 사부에 대한 복수로 사부의 야욕을 무너뜨린 것이?"

마선의 말에 귀연수가 놀라서 그를 바라보았다.

"구태여 해동에 사람을 보낼 필요가 없음에도 보낸 것은 마교를 무너뜨리기 위해서 아니냐? 너 스스로는 정파를 약하게 만든다 하였지만 결국은 마교를 무너뜨려 너를 정파에 잠입시킨 전대 교주, 네 사부에 대해 복수하려는 것이 아니더냐."

귀연수는 그 말에 깜짝 놀랐다.

환우를 중원으로 불러들인 것이 마교를 막기 위한 교주의 광기 어린 빗나간 복수심이라는 것에.

"후후후. 알면서 왜 물으시죠? 크크크."

교주의 입에서 괴소가 터져 나왔다.

"이제 속이 시원하냐?"

"암요. 시원하고 말고요."

"내 너에게 누누이 버리라 했건만 결국 버리지 못했구나. 결국은 장호 그 아이가 더 낫구나."

"검마 사숙 말입니까? 아닙니다. 제가 더 낫습니다."

교주의 두 눈이 붉게 번들거렸다.

"벗은 것은 너만이 아니다. 그 아이 또한 벗었다."

마선의 말에 교주는 흠칫했다.

설마 검마가 탈마의 경지에 들었을 것이라고는 생각지 못한 것이다.

'그럴 수가! 교주와 검마 호법, 모두 탈마의 경지에 들었다니……!'

마선의 말을 알아들은 귀연수는 깜짝 놀랐다. 설마 교에 그런 교수가 둘이나 더 있으리라 생각지도 못한 것이다.

탈마의 경지에 든 것은 지금 눈앞에 있는 태상호법. 마선이 유일하다 생각했었다.

"그리고 네놈은 벗으면 끝인 것을 벗그 나서 쓸데없는 것을 뒤집어썼어. 그것은 벗은 게 아니야. 오히려 쓴 것이지."

"후후후. 마음대로 말씀하십시오."

"네놈은 탈마의 경지에 든 것이 아니라 혈마의 저주에 빠졌어."

"상관없습니다, 사부의 야욕을 깨부수고 그리고 이들을 모두 쓸어버릴 수 있다면."

교주는 자신의 사부에 대한 지독한 분노와 함께 정파에 대한 지독한 분노를 가지고 있었다.

홀로 소림에 보내져 성장하는 동안 그가 보고 듣고 느낀 것에 정파인들의 행동에 쌓인 분노다.

"크흐흐흐. 정파라 떠들더니 결국 그들도 똑같더이다. 그래서 둘 모두 무너뜨리려 하오. 이곳에 정파의 수뇌부가 모두 모였으니 충분히 가능한 일이지요. 교주가 사라지자 지리멸렬했던 오십여 년 전의 마교처럼 말이오."

그의 몸에서 살기가 뭉클뭉클 피어올랐다.

"사백, 막을 수 있다면 막아보십시오."

그 말에 마선이 고개를 저었다.

"나까지 나설 필요도 없어, 저주에 빠진 너는."

그리고 마선이 한쪽으로 비켜섰다.

망아 대사와 망오 대사도 비켜섰다.

세 사람의 시선이 한 곳으로 향했다. 그곳에 환우가 있었다.

환우는 어느새 양손에 각기 다섯 자루씩 모두 열 자루의 용아천뢰검을 쥐고 있었다.

왠지 모를 자신감이 무럭무럭 솟아올랐다.

할 수 있을 것 같았다.

교주가 피워 올리는 살기의 결마저도 똑똑히 보였다.

"크하하하하! 저런 애송이가 날 막는다고?"

교주의 눈에 비웃음이 가득했다.

마선을 비롯한 세 사람이 나타나는 순간 자신의 상대는 그들 세 사람이라 생각했다.

한데 그들이 물러서고 환우가 나서다니, 어이가 없었다.

"널 막는 게 아니라 보내는 거야."

환우가 싱긋 웃으며 말했다. 어느새 열 자루의 용아천뢰검이 허공에 둥둥 떠서 날카로운 예기를 발하고 있었다.

"크하하하핫. 우습구나! 혈강멸천세!"

그의 양손에서 막대한 기운이 뿜어져 나왔다. 그와 동시에 천지가 붉게 물들었다.

그의 온몸에서 사방으로 뿜어져 나오는 강기.

모두들 강기를 피하기에 급급했다.

환우의 손이 앞으로 향했다.

"가라."

담담한 한마디다.

하지만 그것이면 충분했다.

열 줄기의 벼락이 교주에게 날아들었다.

환우의 손짓 한 번에 열 줄기의 벼락이 천지를 뒤덮었다. 굉음도 무엇도 없었다.

그렇게 교주 불요는 벼락 아래어 쓰러졌다.

벽천십뢰.

환우의 손끝에서 쏟아져 나간 것이다.

사람들은 그저 그 모습을 멍하니 보았다.

오십여 년 전 천하를 떨친 전설이 다시 한 번 나타났다.

동방뇌룡 신환우.

그가 열 줄기 벼락으로 마교 교주를 격살했다.

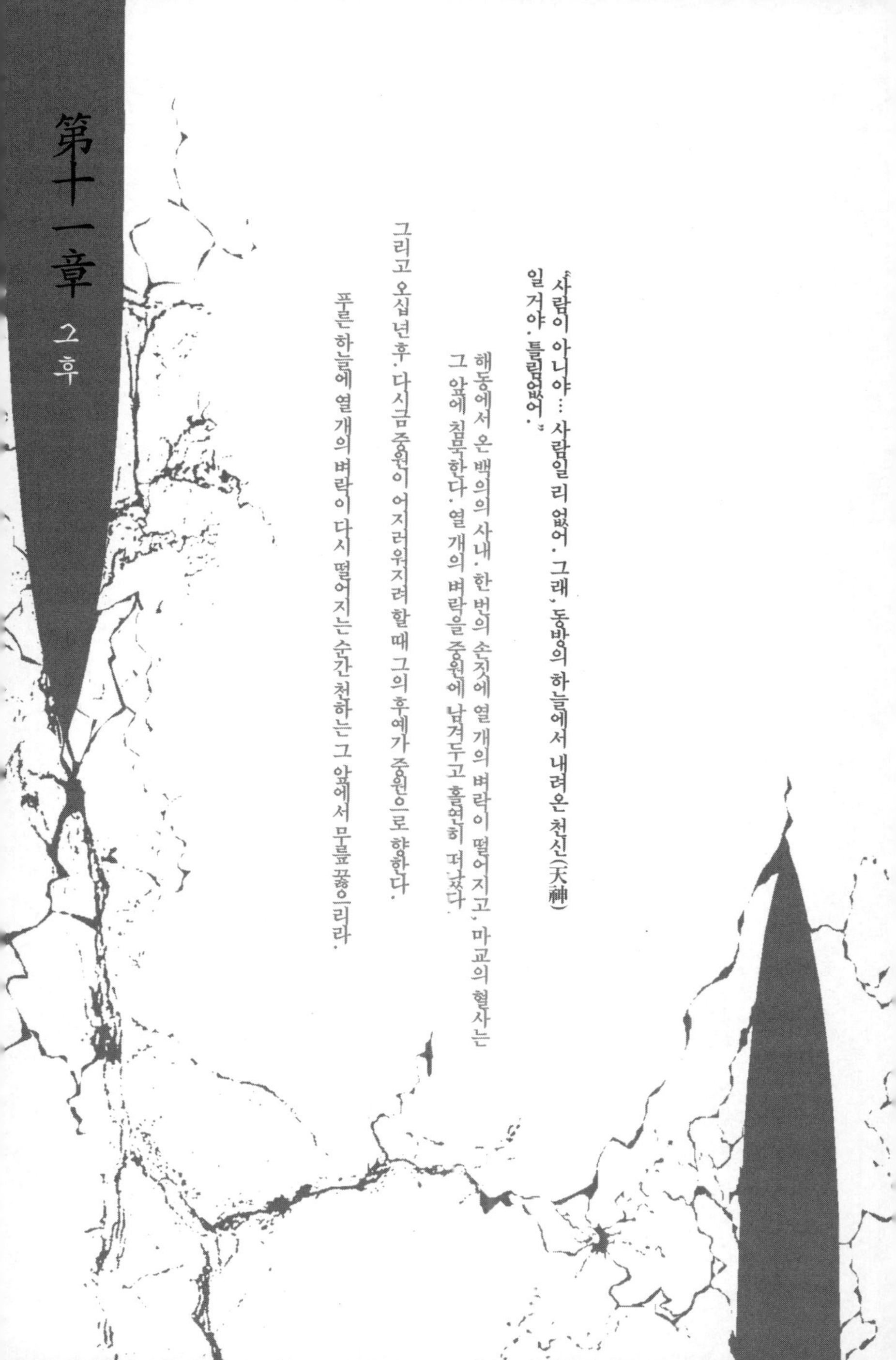

第十一章 그 후

「사람이 아니야… 사람일 리 없어. 그래, 동방의 하늘에서 내려온 천신(天神)일 거야. 틀림없어.」

해동에서 온 백의의 사내. 한 번의 손짓에 열 개의 벼락이 떨어지고, 마교의 혈사는 그 앞에 침묵한다. 열 개의 벼락을 중원에 남겨두고 홀연히 떠났다.

그리고 오십 년 후. 다시금 중원이 어지러워지려 할 때 그의 후예가 중원으로 향한다.

푸른 하늘에 열 개의 벼락이 다시 떨어지는 순간 천하는 그 앞에서 무릎 꿇으리라.

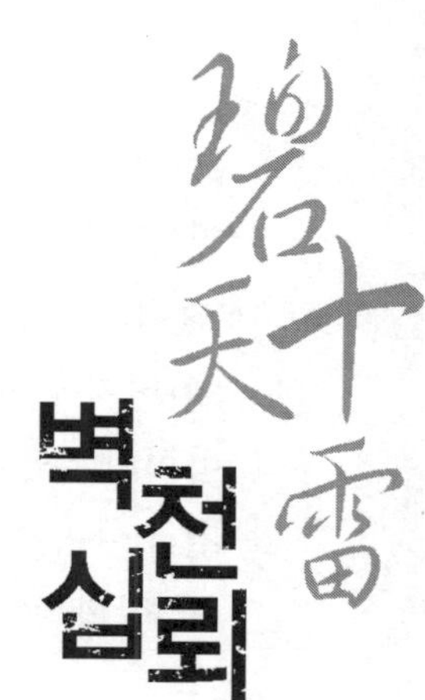

“엄마, 엄마. 빨리 이야기해 줘요.”

한 아이가 엄마의 치맛자락을 잡고 조른다. 하지만 어미는 고개를 흔든다.

“엄마는 그런 이야기 모른다니까. 저기 아버지에게 가보거라.”

어머니의 말에 아이는 일에 지쳐 쉬고 있는 아버지에게 쪼르르 뛰어간다.

“허허.”

그 모습에 사내는 헛웃음을 짓는다.

매일 밤 들으면서 어찌 오늘도 질리지도 않고 또 해달라는 것일까? 이야기를 하는 자신은 이미 질려도 한참 전에 질렸는데 말이다.

"아버지……."

아이의 은근한 부름.

결국 아버지는 너털웃음을 지으며 아들을 무릎에 앉혔다.

"또 동방뇌룡 신환우 대협 이야기를 해달라는 것이냐?"

"네."

아버지의 물음에 아이는 눈을 초롱초롱 빛내며 대답했다.

"그래, 그러니까 말이지……."

그렇게 아버지와 아들은 영웅의 이야기에 빠져들었다.

*　　　*　　　*

"다 잡았냐?"

"네. 오늘도 만선이네예."

중원의 아이들의 이야기 속 영웅인 환우는 뱃전에 누워 한가로이 저물어가는 하늘을 보았다.

"아무튼 행님이 가라는 데로만 가믄 물꼬기들이 떼로 몰리 있네예. 참으로 신기하단 말입니데이."

돌쇠가 웃음 지으며 말했다.

"치호야, 농땡이 피지 마라."

중원에서 해동까지 환우를 따라온 치호는 서둘러 돌아갈

차비를 했다. 저놈의 사숙은 어찌 저리 날카롭단 말인가. 자기는 누워서 뒹굴뒹굴거리면서 말이다.

"이, 이제 부산포로 돌아가는 거예요?"

얼굴이 하얗게 질린 단목휘경이 반색을 하며 말했다.

"그러니까 배에는 따라오지 말라니까. 쯧쯧."

뱃멀미를 해도 보통 심하게 한 것이 아니다. 그녀의 얼굴은 한 나절 사이에 반쪽이 되었다.

"돌쇠야, 빨리 가자. 좀만 더 있으면 애 죽겠다."

"알았으예."

그리고 돛을 내린 고깃배는 바람을 타고 바다를 시원하게 미끄러져 갔다.

중원에 있어야 할 치호와 단목휘경.

그 두 사람이 어이해 해동까지 와 있는지는 모를 일이다.

노을 진 붉은 바다를 바라보는 환우의 입가에 기분 좋은 미소가 걸려 있었다.

〈終〉

작가 후기

오랜만에 인사드립니다.

신가입니다.

재미있게 읽으셨는지요?

습작을 포함해 두 번째 써보는 무협입니다. 책으로 나온 것은 처음이지요. 판타지 소설만 쓰다가 갑자기 무협을 들고 찾아뵈어서 깜짝 놀란 분도 계실 겁니다.

쓰고 싶은 이야기였기에 무협임에도 즐겁게 썼습니다. 너무 즐겁게 쓴 나머지 일 권 첫머리에 작가의 말을 쓰는 것도 깜빡할 정도로요. ^^;

그렇게 즐겁게 쓰면서 처음에는 7권 정도의 이야기로 구상한 벽천십뢰입니다.

하지만 학생이라는 저의 또 다른 신분이 7권의 이야기를 풀어나가는 것을 막더군요.

이제 학생으로서 지내온 날들에 대한 결과를 얻는 해가 되었습니다. 네. 졸업반입니다. 졸업 준비를 하면서 글까지 쓰기란 여간 어려운 것이 아니더군요.

그래서 준비한 이야기보다 조금 짧게 끝을 냅니다.

건방지기 짝이 없는 환우 녀석과 함께한 다섯 권의 여행은 재미 있으셨는지 모르겠습니다.

이렇게 빨리 인사를 드리게 되어 무척이나 아쉽습니다. 이 아쉬 움을 뒤로하고 다음에 더욱 재미있는 이야기로 찾아뵙겠습니다.

다른 이야기로 뵐 때까지 안녕히 계십시오.

벽천십뢰를 사랑해 주신 독자 여러분께 감사드립니다.

이 책이 무사히 끝맺을 수 있도록 도와주신 모든 분들께 감사드 립니다.

덧붙여 벽천십뢰의 등장인물에 이름을 빌려주신 분들께도 감 사의 말 전합니다.^^

무단으로 쓴 사람도 있지만 이해해 줄 거라 믿습니다.

(믿는다. 규린아. 상민아. 친구잖아. 크~)